MW01707017

tout ce qu'il voudra

naufragée

SARA FAWKES

tout ce qu'il voudra

naufragée

l'intégrale

traduit de l'anglais (États-Unis) par Maxime Eck

Red Velvet

prologue

Le visage que Jeremiah Hamilton montre au monde n'est pas représentatif de sa véritable personnalité. Il croit être maître à bord, il estime contrôler sa vie. Mais que se passe-t-il lorsqu'on lui retire ce qu'il a de plus précieux sur terre, la seule personne ayant le pouvoir de réduire à néant tout son univers ? Ce chapitre relate les événements ayant suivi la dernière rencontre entre Lucy et Jeremiah. Ce dernier commence à comprendre que nul homme n'est une île, et que tous les remparts sont susceptibles d'être renversés par celui qui possède le don pour le faire.

— Je vous aime.

Trois petits mots de rien du tout, mais ils avaient eu le pouvoir d'arrêter la course du monde.

— Non !

Il n'avait pas eu l'intention de crier cela aussi brutalement. Il sentit Lucy se raidir contre lui et observa son visage tandis qu'elle s'efforçait de dire quelque chose. Allongé sous elle, il gardait le silence tout en réfléchissant à un moyen de sauver la situation. Il n'en trouva pas.

Comment en étaient-ils arrivés là ?

Refermant ses mains autour de la taille de Lucy, il la souleva, aussi légèrement que si c'était une plume, afin de pouvoir s'asseoir. Un vacarme, plus qu'une pensée précise, se déchaîna soudain dans son esprit. Prêt à bondir, il sentait que tous ses muscles étaient tendus. Pourtant, il ne parvenait pas à bouger, c'était comme s'il était collé à ce lit.

— Pourquoi ?

Jeremiah ferma les yeux. La voix brisée dans son dos lui rappela qu'il n'était pas seul. Comment aurait-il pu l'oublier, de toute façon? Un instant, le contact de leurs peaux se maintint, puis Lucy s'écarta et ramena les draps sur elle. Cette séparation lui fit l'effet d'une lance qu'on aurait plantée dans son ventre. Il se mit à trembler.

Incapable de répondre à la question, il se leva, rassembla ses vêtements et les enfila à la va-vite. Boutonner sa chemise exigea deux fois plus de temps que d'ordinaire tant ses doigts tremblaient. Il mit son pantalon, laissa de côté ses chaussettes et se borna à ramasser ses chaussures.

Il ne daigna regarder la femme dans le lit qu'après avoir bouclé son ceinturon. À ce moment-là, il avait réussi à retrouver sa contenance. À grand-peine, cependant.

La détresse qui se lisait sur les traits de Lucy menaça d'abattre ses défenses. Le tumulte intérieur dans son cerveau augmenta crescendo jusqu'à devenir des hurlements intolérables, mais il ne s'autorisa pas à briser son masque de pierre. Son instinct lui criait de se sauver, qu'il n'était pas en mesure de gagner cette bataille-là. La logique voulait néanmoins qu'il dise quelque chose. Pétrifié par le sens du devoir, il ne pouvait pas plus fuir maintenant que dans toute autre affaire professionnelle.

Sauf que là, il ne s'agissait pas de boulot.

Si. Dans la mesure où qualifier autrement la situation reviendrait à admettre qu'il éprouvait des sentiments qu'il refusait d'analyser.

— Je ne pense pas que…

Il s'interrompit. Les mots, en l'occurrence, étaient difficiles, certains encore plus que d'autres.

— Je préférerais que nous évitions de parler d'amour à propos de notre liaison. Pour l'instant, en tout cas.

— Pourquoi?

La question avait été formulée comme une exigence. Jeremiah avait conscience qu'elle méritait une réponse.

— Soyons raisonnables, dit-il.

Oui, la raison était la solution. Il songea qu'il en était capable, même dans un moment pareil.

— Vous me connaissez depuis deux semaines à peu près. Est-ce suffisant pour construire un lien amoureux?

Il la contempla en train de réfléchir à ses mots, de chercher une objection.

— Je n'exige pas la réciproque, plaida-t-elle.

Hochant la tête, il s'assit sur le lit.

— Peut-être pas, concéda-t-il, avant de s'emparer du menton de la jeune femme. Mais pourquoi gâcher avec de telles platitudes ce que nous partageons?

Le visage de Lucy se tordit et Jeremiah cessa presque de respirer. Sa peau était douce, mais il sentit en elle une froideur nouvelle. Le besoin de partir, de gagner un endroit calme où il serait en mesure de réfléchir le submergea comme un raz-de-marée. Il avait l'impression d'être un animal pris au piège du regard mortel d'un prédateur, incapable de songer à autre chose qu'à fuir. Aussi, quand elle tendit la main, il se leva et s'éloigna. Le contact lui eût été insupportable.

— Maintenant que vous avez été lavée de tout soupçon, poursuivit-il, vous êtes libre de quitter la propriété quand bon vous semble.

Ses paroles avaient l'air lointaines, à croire que ce n'était pas lui qui les formulait. Il continua pourtant :

— La police étant sur place, j'estime que nous ne risquons rien pour le moment. L'un de mes gardes vous conduira où vous le souhaiterez et vous servira d'escorte. Je vous demande juste de nous tenir au courant de vos déplacements.

Il quitta la chambre, descendit l'escalier comme un somnambule et fonça sur la porte d'entrée. Ce ne fut qu'une fois dehors qu'il s'autorisa à respirer de nouveau. Pour autant, sa tension nerveuse ne le déserta pas. D'un geste, il renvoya l'homme qui s'approchait.

— Je conduirai moi-même aujourd'hui, Jared.

— Entendu, monsieur.

En quelques grandes enjambées, il se rendit au garage qui jouxtait la maison et composa le code qui en ouvrait le volet. Impatiemment, il se glissa à l'intérieur avant même qu'il soit entièrement remonté. Au fur et à mesure, le vaste endroit s'emplissait de lumière. Les voitures étaient garées sur plusieurs rangées. Pour la plupart, elles appartenaient à la famille depuis des décennies et ne correspondaient pas à ce qu'il cherchait : un véhicule pour conduire, et conduire vite, pas pour transporter des passagers. L'Audi blanche serait parfaite.

Il démarra dans une gerbe de graviers. Les gardes postés au niveau du portail de la propriété eurent juste le temps de l'entrouvrir pour laisser passer le bolide. Jeremiah s'en fichait. La tête emplie du tumulte de ses pensées, il ne pensait qu'à fuir.

Je vous aime. Les mots résonnèrent dans son esprit avec des intonations quasiment sinistres. Jeremiah conduisait sans but, se moquant de savoir où menaient les routes désertes qu'il empruntait. Il profitait seulement de la liberté momentanée à laquelle il aspirait. Hélas, il s'aperçut vite que prendre de la distance n'aidait en rien. Et même, plus il s'éloignait, plus la tension crispait son corps. L'envie de faire demi-tour, de regagner la chambre et d'implorer pardon s'accrut pour devenir presque aussi violente que son besoin de fuir.

Mais cette option était inacceptable.

Il frappa le volant une première fois, puis une seconde. Pourquoi n'avait-il pas inséré une clause dans ce fichu contrat? S'il fallait accuser quelqu'un de ce qui venait d'arriver, c'était lui. La fille était intelligente; elle avait lu l'accord devant lui, avait compris ce à quoi elle s'engageait. Si une clause avait interdit certains mots, elle s'y serait tenue. Pourquoi diable n'y avait-il pas songé alors?

Parce qu'il ne m'a pas traversé l'esprit que ce serait nécessaire.

Certes… mais nécessaire pour qui? Avait-il cru que Lucy ne s'éprendrait pas de lui? Ou que lui n'en tomberait pas amoureux?

Il était complètement perdu.

Il s'engouffra sur l'autoroute, doublant les autres véhicules sans franchement aucune attention pour le code de la route. Il savait qu'il conduisait comme un fou. Malgré cela, il n'arrivait pas à ralentir. Pendant près de dix ans, depuis qu'il avait pris les rênes de Hamilton Industries, il avait été contraint de réfléchir à chacun de ses actes, conscient que tous les témoins de son comportement le critiqueraient. Bons ou mauvais, ses choix étaient jugés, ils jouaient pour ou contre lui. C'était comme cela depuis son enfance, durant sa carrière militaire, et c'était encore pire depuis qu'il menait une vie publique. Il s'était fait le serment de prévoir les choses, de prédire l'impact de ses décisions.

Alors, comment avait-il pu négliger les conséquences éventuelles du contrat qu'il avait passé avec Lucy?

Dans sa poche, son portable vibra. Il l'ignora. Il inspira profondément avant de s'obliger à ralentir à la vitesse autorisée puis de quitter l'autoroute. Il roula jusqu'à la côte, bifurqua à droite afin de rentrer chez lui. Le ciel couvert au-dessus de l'océan correspondait parfaitement à son humeur. Le trajet de retour, par les petites routes, lui prit plus longtemps qu'à l'aller.

Malgré l'ennui qu'il avait éprouvé sur le chemin, il devina à l'instant où il parvint au portail en fer que quelque chose clochait. Les gardes, rassemblés près de l'entrée, se précipitèrent à sa rencontre dès qu'il se gara. Jeremiah baissa la vitre.

— Nous avons un problème, monsieur, annonça l'un d'eux.

Jeremiah ne se souvenait pas d'avoir jamais dû recourir à des sels pour réanimer un homme, mais le composé à base d'ammoniaque eut l'effet voulu sur le chauffeur inconscient. Jared revint à lui en sursautant, visiblement désorienté par tous les visages penchés sur lui. Il tenta de se redresser, mais son patron le repoussa sur le canapé.

— Du calme, ordonna-t-il.

Le jeune homme obtempéra. La plupart des employés de Jeremiah étaient d'anciens soldats habitués à obéir.

— Racontez-moi ce qui s'est passé.

Jared s'humecta les lèvres et plissa le front.

— Je n'en ai aucune idée, monsieur. Je me rappelle vous avoir laissé pour regagner mes quartiers, et puis tout est devenu flou.

Il se frotta les poignets.

— On m'a ligoté? demanda-t-il.

Jeremiah acquiesça.

— Avez-vous le souvenir d'avoir croisé Mlle Delacourt?

Les nerfs à vif, il avait mis tout son être dans cette question. Pourtant, il était parvenu à garder une voix posée et à ne pas céder à la fureur. Avec difficulté. Beaucoup de difficulté.

— Non, monsieur, finit par dire Jared en secouant la tête. Je n'ai pas vu la demoiselle aujourd'hui. Pourquoi? Il se passe quelque chose?

— Elle a disparu.

Le seul fait de prononcer ces mots ranima le vacarme assourdissant dans le cerveau de Jeremiah, à la différence que, cette fois, un hurlement strident remplaçait le rugissement continu. Réfléchir en ces circonstances était presque impossible. Dieu merci, ses hommes étaient bien entraînés et connaissaient leur métier.

— Nous avons localisé la voiture, monsieur.

Jeremiah se tourna vers la voix.

— Vers où se dirige-t-elle?

— D'après le mouchard, elle a cessé de bouger.

Le cadet des Hamilton poussa un juron.

— Envoyez-moi ses coordonnées.

Sur cet ordre, il sortit de la maison. Un SUV noir se rangeait devant le seuil à l'instant où il y apparut. Sans attendre que le véhicule soit arrêté, il ouvrit la portière et bondit dedans. La voiture démarra sur les chapeaux de roues, escortée de près par deux autres identiques. Lorsqu'elles quittèrent la propriété, Jeremiah entra les coordonnées qu'on lui avait transmises sur le GPS de bord.

La circulation vers New York était extrêmement ralentie. À deux reprises, Jeremiah faillit ordonner au chauffeur de lui laisser sa place. Mais il parvint à s'abstenir et en fut réduit à fixer le point immobile sur l'écran en priant pour ne pas arriver trop tard.

Lorsqu'ils arrivèrent dans l'allée, il fut le premier à sauter du véhicule. Mais il constata tout de suite que la limousine était vide. La portière arrière béait, la poignée en était tordue. Aux yeux de l'ancien marine, c'était le signe évident qu'il y avait eu lutte. D'ailleurs, le sac de Lucy gisait sur la banquette. Rien n'indiquait l'identité de ceux qui l'avaient enlevée, pas plus que l'endroit où ils avaient pu filer ensuite.

— Je veux tout savoir sur ce véhicule ! Qui l'a conduit la semaine dernière, d'où viennent les miettes de nourriture sur la moquette, quels sont les passagers qui l'ont louée. Trouvez-moi quelque chose susceptible de me renseigner sur son ou ses ravisseurs.

Lucy. Il ne pouvait même pas prononcer son prénom sans risquer de s'étrangler sous l'effet d'un trop-plein d'émotion. Il n'avait qu'une envie : réduire cette voiture en pièces, l'obliger à lui livrer ses secrets – ce qui n'apporterait toutefois rien de bon. Une rage impuissante l'envahit. Il ne pouvait agir tant qu'il n'en aurait pas appris un peu plus. Ses hommes étaient doués – il ne recrutait que les meilleurs dans leur domaine – mais ils avaient besoin de temps. Or même une minute écoulée était une minute de trop pour lui.

Le souvenir de ses décisions lui tomba dessus d'un seul coup. Il avait abandonné Lucy seule dans la chambre et avait ignoré les appels sur son portable. Il avait eu l'arrogance d'estimer que le danger était passé. Il avait été un lâche qui avait fui devant trois petits mots. Et voici ce à quoi sa bêtise avait mené!

Lucy. Il humait encore son parfum sur sa propre peau. Elle lui avait donné sa confiance, elle avait avoué ce qu'elle ressentait pour lui et il l'avait livrée aux loups. *Oh mon Dieu...*

Il ne pouvait plus respirer. Tandis que ses hommes s'occupaient de la limousine, il se réfugia de l'autre côté du SUV pour reprendre ses esprits. Il se força à inspirer profondément et, accroché à la poignée de la portière, appuya son front contre la vitre. Il respira, les jointures blanchies, la tension dans son ventre si forte qu'elle était tout juste tolérable. Il revit le visage de la jeune femme, ses grands yeux bleus qui irradiaient la confiance qu'elle avait en lui. Il ne s'était jamais aperçu à quel point elle lui était nécessaire.

Fini. Tout était fini.

— Monsieur?

Jeremiah ignorait depuis combien de temps l'homme s'était tenu près de lui à l'observer. Il se ressaisit très vite. Il n'était pas du genre à afficher ses faiblesses et, grâce à la seule force de l'habitude, il arriva à se murer derrière une apparence de pierre. Si la façade s'était fissurée, elle ne s'était pas effondrée. Il ne craquerait pas. Pas maintenant, alors qu'il avait besoin de se concentrer.

Ouvrant la portière du SUV, il s'empara d'un sac avant de repartir vers la limousine.

— Voyons un peu ce que nous trouvons.

L'après-midi devint le soir, le soir devint la nuit. Toujours pas de nouvelles. Ni appels, ni demandes, rien qui soit en mesure de leur donner la plus infime indication sur l'endroit où Lucy était retenue. La voiture avait été fouillée de fond en comble, la moindre surface en avait été analysée, mais cela n'avait rien donné. Celui qui avait enlevé Lucy savait comment effacer ses traces : poignées, volant, vitres, tout avait été consciencieusement essuyé avec un chiffon.

Ce qui n'incitait pas à l'espoir.

Jeremiah ne put s'endormir. Chaque fois qu'il fermait les yeux, il s'imaginait tous les scénarios susceptibles de se produire en cet instant. Son cerveau ne lui épargnait aucun détail de ce que ses ravisseurs pouvaient infliger à Lucy. À minuit, malgré sa sérénité apparente, il était bouleversé et devait lutter à tout instant pour ne pas céder au désespoir. Ce ne fut qu'aux premières lueurs de l'aube qu'une première piste se dessina.

— Monsieur, Collins a réussi à repérer une empreinte partielle sous le bar de la limousine.

Jeremiah arracha la feuille des mains de l'homme qui continua son rapport.

— Nous avons pu la croiser avec diverses bases de données et sommes parvenus à trois possibilités. Deux d'entre elles sont à écarter. L'un est un fonctionnaire travaillant à Seattle, l'autre un criminel purgeant sa peine à la prison de Folsom. Le troisième, en revanche, est un Ukrainien appelé Kolya Stepanovitch. Il a des liens avec la mafia russe et des trafiquants d'armes…

— Loki !

Le grondement émis par Jeremiah interrompit net son employé. Le milliardaire froissa le papier. Pourquoi n'avait-il pas suivi cette piste ? Pourquoi ne l'avait-il même pas envisagée ? Au fond, il ne fut pas très surpris que son frère soit impliqué dans cette histoire. *Enfin, j'ai une cible.*

— Trouvez-moi tout ce que nous avons sur le marchand d'armes répondant au nom de Loki, notamment les cachettes dont il dispose à New York. Appartements, entrepôts, bateaux… J'exige une liste de tous les endroits où il est susceptible de se terrer. Cherchez également des informations sur son réseau. S'il a déjà filé, il nous faudra des renseignements supplémentaires pour le traquer.

L'homme se dépêcha de regagner son ordinateur. Jeremiah fixa une tache sur le mur du fond de la pièce. Du plâtre, blanc sur la teinte plus sombre du mur, dissimulait à présent le trou qu'avait creusé la balle. Ils n'avaient pas encore achevé les réparations à la suite de l'attaque du tueur à gages. Dans la profondeur du placo, une balle s'était logée dans la structure en bois de la demeure, preuve irréfutable des événements qui s'y étaient déroulés quelques jours plus tôt. Loki lui avait peut-être glissé entre les doigts, mais Jeremiah se promit que ça ne se reproduirait pas. Si jamais Lucy était blessée… Jeremiah serra le poing autour de la boule de papier.

Lucas avait beau être son frère, les liens du sang ne le sauveraient pas, cette fois.

1

Le front du petit homme assis en face de moi était couvert de sueur. Ses fins cheveux rabattus en avant pour dissimuler un début de calvitie, collaient à son crâne en dépit de l'air frais que soufflait une bouche d'aération toute proche. Il tenait fermement son attaché-case sur ses genoux sans regarder un seul des hommes debout autour de la table, et ne cessait de jeter des coups d'œil furtifs vers la porte, comme s'il n'avait qu'une envie : décamper et fuir la tension qui montait lentement dans la pièce sombre.

J'étais cent pour cent sur la même longueur d'onde que lui.

— On n'a pas toute la journée, marmonna un homme brun à l'accent écossais, adossé au mur du fond.

Le blond qui se tenait à côté de lui le réduisit au silence en le fixant d'un regard sinistre. Les mains qui s'abattirent soudain sur mes épaules me firent tressaillir. Je serrai les poings sous la table, tandis qu'une voix joyeuse s'élevait dans mon dos.

— Bon ! Maintenant que nous sommes tous réunis, le spectacle peut commencer. Qui veut se lancer?

Personne ne semblait partager cet enthousiasme. Le type face à moi avait accueilli chaque mot avec un sursaut. Il avait l'air d'avoir envie de s'enfoncer dans le sol et de disparaître.

Je déglutis nerveusement tandis que le silence retombait.

Un costaud, adossé au mur, finit par s'avancer. Aussitôt, en un geste inconscient de soumission, ses acolytes se redressèrent.

— L'heure n'est pas à vos petits jeux, Loki, grommela-t-il avec un fort accent russe qui donnait du poids à ses paroles.

— Et c'est quand la bonne heure, Vassili?

La désinvolture de la réponse fit grincer quelques dents. Vassili poussa un grognement avant de se tourner vers le petit homme craintif.

— Formulez votre requête, docteur Marchand.

L'interpellé frémit tout en fixant le Russe d'un air ahuri. Les paumes se crispèrent sur mes épaules, attirant mon attention.

— À vous de jouer.

Pardon? Je pivotai à demi vers celui qui se tenait derrière moi.

— À quoi? demandai-je.

Plusieurs paires d'yeux me fixèrent, et je me raidis.

— Traduisez, ma chère. Le Dr Marchand est français, précisa le trafiquant d'armes dans mon dos.

Je le gratifiai d'un regard peu amène. Étant née au Canada, je parlais en effet couramment le français, mais je n'appréciais pas qu'on me donne des ordres et, en d'autres circonstances, je ne me serais pas gênée pour répondre vertement à Lucas Hamilton. Il m'adressa un sourire placide, un sourcil arqué. Puis son regard balaya la pièce avant de revenir sur moi – comme si j'avais besoin qu'on me rappelle la situation!

Je ne savais même pas où je me trouvais ni pour quelle raison. C'était la première fois qu'on m'adressait la parole depuis mon arrivée. On m'avait offert une chaise, cependant que les mâles présents s'étudiaient sans aménité, tâchant visiblement de jauger lequel avait la plus grosse... passons.

Me retournant vers le Français, je traduisis d'une voix plate, la bouche pincée.

Seule la douleur de mes ongles plantés dans ma paume me permettait de garder mon calme. Le Dr Marchand me dévisagea avec une sorte de surprise, s'humecta les lèvres puis les bougea sans rien dire pendant un instant, comme s'il rassemblait son courage.

— J'ai besoin d'aide... murmura-t-il ensuite. Pour faire sortir en douce des médicaments.

— Ils vont exiger plus de détails, docteur, répliquai-je. Où comptez-vous expédier la marchandise?

Je m'efforçais d'ignorer les yeux posés sur moi et les mains appuyées sur mes épaules, dont le propriétaire était pour l'instant mon ennemi, à l'instar des autres hommes présents dans la pièce.

— En Afrique. Pour mon hôpital.

Je fronçai les sourcils.

Ce médecin avait plutôt l'air d'être quelqu'un d'honnête. Que fichait-il donc ici? Tout comme moi, il semblait se retrouver ici parce qu'il n'avait pas eu le choix, songeai-je avec amertume.

— Il veut faire passer des médicaments en Afrique, annonçai-je en anglais.

— Lesquels?

— Des traitements contre le sida, répondis-je après avoir obtenu le renseignement auprès d'un Marchand plutôt réticent à s'expliquer.

— L'Afrique risque de poser problème, murmura Lucas. Graisser les bonnes pattes peut revenir très cher.

Je traduisis, dans un sens puis dans l'autre:

— Si vous réussissez à les faire parvenir aux Caraïbes, il s'occupera du reste du trajet.

Mon estomac se tordait au fur et à mesure que je m'écoutais parler. Au bord de l'affolement, je m'efforçai de respirer lentement. Relevant la tête, je croisai quelques regards attentifs.

Le blond appuyé contre le mur siffla.

— Ces trucs coûtent une blinde, commenta-t-il avec de rudes intonations australiennes. Ils valent leur pesant d'or au marché noir.

Quand j'eus traduit, le Français explosa.

— Il tient à signaler que les médicaments sont destinés uniquement à son village et ses environs, dis-je, pendant que le médecin gesticulait dans tous les sens. Il n'a pas l'intention de les revendre pour en tirer un profit quelconque.

— Dommage! s'esclaffa l'Australien, dont le rire sonna affreusement. Il se ferait des milliers de dollars. Surtout là-bas.

Le Dr Marchand parut saisir l'essentiel de cette remarque car il s'empourpra sous l'effet de la colère. Toutefois, il ne pipa mot, se bornant à me lancer un regard accusateur – comme si j'étais à l'origine de l'idée – que je lui rendis. Je lui aurais volontiers confié que j'étais, comme lui sinon plus, une victime, mais je doutais qu'il me croie.

Je n'ai pas postulé pour ce boulot, méditai-je en silence en essayant de libérer mes épaules des mains qui les emprisonnaient. *Prenez-vous-en au beau parleur perfide qui se tient derrière moi.* Le grand Russe qui semblait commander s'adressa justement à lui :

— Pourriez-vous vous en charger, Loki ?

— Pas de souci.

Lucas vint se poster à côté de moi mais il ne me lâcha pas pour autant. Observant son visage balafré, je le vis examiner les hommes dans la pièce.

— Cependant, s'empressa-t-il d'ajouter, je pense qu'il y a autre chose. Je me trompe ?

— Non, mon pote, tu as raison, répondit l'Australien en avançant d'un pas. On aimerait que tu embarques un peu de notre cargaison dans le lot puisque, de toute façon, tu iras là-bas.

Le docteur examina le blond avant de se tourner vers moi.

— Qu'est-ce qu'ils disent ? me demanda-t-il en français.

D'un doigt, je lui fis signe de se taire et d'attendre. La discussion se poursuivit.

— Et qu'est-ce que vous voulez expédier ? s'enquit Loki.

— La même came que d'habitude, intervint l'Écossais avec un sourire. Autant profiter de la balade pour faire d'une pierre deux coups.

Lucas dévisagea le blond.

— Vous réalisez que je n'irai pas plus loin que les Caraïbes ?

— Oui. On a juste besoin que la marchandise quitte le pays. Ça facilitera la distribution par la suite.

Lucas opina, comme si cette réponse expliquait tout.

— Il me faudra un inventaire détaillé.

L'Australien claqua des doigts et une feuille de papier glissa sur la table. Le front plissé, le Dr Marchand avait suivi l'échange. Après avoir parcouru la liste, Loki sifflota.

— Impressionnant, commenta-t-il. Et précieux.

— Que se passe-t-il? souffla le médecin en se penchant vers moi. Qu'est-ce qu'ils racontent?

Je le regardai, hésitante. Il ne pouvait quand même pas ignorer sur qui il était tombé!

— Comment avez-vous fait la connaissance de ces types?

— Je n'ai pas réussi à obtenir assez de médicaments par le biais des canaux légaux, alors j'ai contacté l'un de mes donateurs. Il a organisé un rendez-vous, mais je n'avais encore jamais vu ces hommes. De quoi parlent-ils?

Il abattit sa main sur la table, attirant ainsi l'attention sur lui. Pas très malin de sa part.

— D'armes, admis-je, le cœur au bord des lèvres. De fusils, sans doute. Ils seront ajoutés à votre cargaison.

— Non! s'exclama Marchand en frappant le plateau des deux poings cette fois avant de se lever brusquement. Dites-leur que c'est hors de question! Il s'agit d'une opération strictement médicale. Je ne permettrai pas qu'ils…

Il était si bouleversé qu'il agita son attaché-case dans tous les sens, comme un gourdin, provoquant aussitôt l'apparition d'armes qui se pointèrent sur lui. Il s'interrompit net, les yeux écarquillés.

— Un instant! m'écriai-je.

Je tentai de me lever, mais je fus vigoureusement repoussée dans ma chaise d'une pression sur l'épaule.

— S'il vous plaît, j'ai commis une erreur d'interprétation, mentis-je. Je vous en prie, ajoutai-je à l'intention du Dr Marchand, pensez à vos patients. Si vous mourez maintenant, ils ne recevront jamais cette aide.

— Si je laisse faire, riposta-t-il d'une voix aiguë remplie de crainte et sans cesser de promener son regard sur les pistolets, je serai responsable des blessures de ceux qui devront venir dans ma clinique parce qu'ils auront été victimes de ces armes.

Ces paroles me firent l'effet d'un coup de poing dans l'estomac.

— Monsieur Marchand, plaidai-je, asseyez-vous, je vous en supplie. Que vous le vouliez ou non, ils n'en feront qu'à leur tête. Nous ne pouvons rien y faire.

Les yeux du Français allèrent de moi aux hommes postés tout autour puis, la tête entre les mains, il se rassit lentement sur sa chaise. Son expression d'abattement faisait peine à voir. Il serra de nouveau son attaché-case contre lui. Au regard qu'il m'adressa, je compris qu'il m'avait définitivement cataloguée dans la catégorie des méchants.

Impression que je partageais, au demeurant.

— Qu'est-ce qu'il baragouine? me demanda l'Australien d'une voix rude.

— Euh... il n'était pas au courant de votre cargaison.

— Évidemment, ma poule, ricana le blond, sinon il n'aurait jamais accepté d'allonger le fric. En tout cas, il a intérêt à se calmer.

— Il ne recommencera pas, je vous le promets.

Croisant les doigts pour qu'il se taise, je me tournai vers le petit homme dont le regard me cloua sur mon siège. Réagissant à un ordre silencieux, l'Écossais avança et arracha la mallette des mains du médecin pour la poser sur la table. Il la déverrouilla et l'ouvrit. Je découvris alors plus d'argent que je n'en avais jamais vu, au point d'en avoir le souffle coupé.

— Voilà qui devrait couvrir les premiers frais, reprit l'Australien. Mais je ne refuserais pas de… négocier.

Son ton satisfait me fit tourner la tête. Je constatai qu'il me regardait d'un air vicieux. Il s'attarda sur ma poitrine, sourit puis explosa de rire quand je rajustai mon haut.

— Ta petite traductrice m'amuse, enchaîna-t-il à l'adresse de Lucas. Prête-la-moi pendant vingt-quatre heures et je te refile dix pour cent des profits.

Mon cœur cessa de battre, des aiguilles glacées me transpercèrent de toutes parts. J'enfonçai si violemment mes ongles dans ma chair que l'un d'eux se brisa. La douleur me fit tressaillir et la main sur mon épaule raffermit sa prise.

— Dix pour cent? Quelle générosité!

Lucas pensait-il vraiment ce qu'il venait de dire? Sans m'accorder aucune attention, il fixait le blond qui continuait de me regarder. Il se pencha même vers moi, ses yeux noisette cherchant à croiser les miens. D'aussi près, et malgré le peu de lumière, je remarquai que les bagarres et l'âge avaient laissé leurs traces sur son visage. L'arête de son nez était brisée, les fines lignes blanches de vieilles cicatrices striaient son menton et son front, et l'une de ses oreilles était esquintée, comme chez les boxeurs. Il aurait pu cependant passer pour un bel homme – dans le genre baroudeur – si un éclat réellement malveillant n'avait pas brillé dans ses yeux, abîmant plus encore un visage déjà marqué. Je m'empressai de baisser la tête, ce qui déclencha chez lui un grognement appréciateur.

— Et la peur lui va bien, commenta-t-il.

Dans mon dos, Lucas bougea légèrement et fit claquer sa langue.

— Et moi qui te croyais fidèle!

— Ma femme reste à sa place et ne se permet pas de contrarier mes envies. Mes infidélités ne la regardent pas.

— Ah oui? Donc tu n'aurais rien contre un échange?

L'Australien cligna des paupières; son sourire narquois s'évanouit. S'éloignant de moi, il se concentra sur Lucas. Un éclair de jalousie traversa son visage.

— Ta femme contre ma petite traductrice, précisa Lucas.

Le visage de l'autre se marbra sous l'effet de la fureur. Lucas eut un sourire satisfait.

— Qu'y a-t-il? reprit-il. Tu redoutes la réaction de ton épouse une fois qu'elle aura connu un vrai mec?

— Espèce de fils de…

Le blond saisit l'arme qu'il portait à la ceinture, mais le Russe s'interposa.

— Ça suffit! ordonna-t-il.

Vassili croisa ses bras musclés sur son large torse puis se pencha vers l'Australien jusqu'à ce que leurs nez se touchent presque.

— On est bien d'accord, Niall? murmura-t-il.

Le Niall en question foudroya Lucas du regard avant de s'attarder sur moi. La main sur mon épaule se resserra très légèrement, seul signe de la tension que cette confrontation provoquait chez Lucas.

— Oui, finit par céder le blond d'une voix amère.

Sans ajouter un mot, il fit un geste à ses hommes. L'Écossais força le Dr Marchand à se lever et l'entraîna hors de la pièce à la suite des autres.

Je m'affalai sur le dossier de ma chaise, massant ma nuque douloureuse. Ce n'est qu'au moment où Lucas retira sa main et bougea que je me rendis compte que je m'étais appuyée contre lui. En fait, sa présence m'avait vraiment permis de garder mon calme. Déglutissant avec difficulté, j'agrippai mes genoux. J'étais soulagée que l'aîné des Hamilton se soit écarté même si, paradoxalement, sa force me manquait.

— Bon, dit-il, ça ne s'est pas si mal passé.

Vassili l'ignora, trop occupé à me dévisager. Si son regard de pierre n'était pas aussi effrayant que celui, pervers, de Niall, il restait toutefois perturbant.

— Où est Anya? demanda-t-il au bout d'un long moment.

Le souvenir bouleversant d'une belle blonde agonisant me revint en mémoire. Le sourire de Lucas se fana.

— J'ai embauché une nouvelle traductrice, se contenta-t-il de répondre.

Vassili ne réagit pas tout de suite, mais il finit par hocher la tête.

— Dommage, chuchota-t-il sans changer d'expression. Je l'aimais bien. Vous pouvez partir, ajouta-t-il avec un geste en direction de la porte. Je vous recontacterai quand nous serons prêts.

Lucas tira ma chaise en arrière. Je me redressai et fis un pas en avant quand je sentis sa main se plaquer au bas de mon dos. Il réagit en m'attirant à lui alors qu'une musique aux basses puissantes nous submergeait. Au sommet de l'escalier, un type qui faisait office de videur décrocha le cordon de velours qui donnait l'accès aux marches, et nous nous retrouvâmes dans un tourbillon de corps et de bruit.

C'était la première fois de mon existence que je me retrouvai dans un club de strip-tease. De chaque côté de la salle, sur deux estrades, des femmes nues étaient agrippées à de hautes barres. D'autres strip-poles se dressaient ici et là, mais l'action se déroulait surtout dans la salle. Des femmes aux seins nus divertissaient des hommes assis dans des canapés molletonnés. Nous gagnâmes lentement le fond de la salle, Lucas veillant à marcher derrière moi. Sur ma droite, deux entraîneuses emmenèrent des hommes d'affaires d'un certain âge derrière un rideau. Elles ne souriaient pas, ce qui ne semblait pas gêner leurs clients, trop concentrés sur leurs autres attraits pour s'en préoccuper. Elles étaient très belles, mais aucune d'elles ne semblait heureuse d'être là et elles ne me prêtèrent aucune attention. Ce ne fut qu'une fois dehors que je me détendis.

Le chauffeur de Lucas nous retrouva à la porte de derrière. Après avoir passé autant de temps dans la pénombre, l'éclat du soleil m'éblouit. Je me protégeai les yeux d'une main, tandis que Lucas me poussait vers la voiture. Je montai la première dans la limousine et me réfugiai au fond de la banquette. Lucas s'installa à sa place habituelle, près de la portière. L'ignorant délibérément, je m'appliquai à regarder par la fenêtre.

— Vous vous êtes bien débrouillée, finit-il par dire.

— Comme si j'avais eu le choix, répliquai-je, acerbe.

Nous quittions le quartier. Les bâtiments autour de nous cachaient tous points de repère susceptibles de me renseigner sur l'endroit où nous étions. Durant le peu de temps que j'avais vécu à New York, je n'avais pas pris la peine d'explorer la ville, et les noms des rues ne me disaient rien.

— On a toujours le choix, répondit Lucas d'une voix égale. Simplement, on ne fait parfois pas le bon.

Je me tournai pour regarder enfin mon ravisseur mais il observait la ville, pas moi. Son visage avait une gravité que je ne lui avais jamais vue avant. Il était plutôt du genre à arborer un sourire narquois, à lâcher une remarque méprisante ou un commentaire sarcastique, pas à se plonger dans une introspection silencieuse. Ce changement me déstabilisa et me rappela un autre homme qui lui ressemblait beaucoup.

Le souvenir de Jeremiah me serra le cœur. Je baissai les yeux sur mes mains. *Me cherche-t-il?* À peine quatre heures auparavant, j'étais blottie au lit avec celui que j'aimais, et tout allait pour le mieux dans le meilleur des mondes.

Et maintenant, je me trouvais ici, avec Lucas.

— Pourquoi m'avez-vous enlevée? demandai-je soudain, cherchant à repousser le sentiment de solitude qui m'envahissait.

L'ombre d'un sourire dansa sur les lèvres de Lucas.

— Si je vous disais que c'est parce que j'apprécie votre compagnie, me croiriez-vous?

Je reniflai, il haussa les épaules et conclut:

— C'est bien ce que je pensais.

— Si vous aviez vraiment besoin d'une interprète, il suffisait de demander.

À une autre, si possible, songeai-je en croisant les bras.

— Et qu'auriez-vous répondu? dit-il en me regardant.

— J'aurais refusé.

Cette fois, ce fut un vrai sourire qui étira sa bouche. Ces prunelles bleu vert dans ce visage sévère me frappèrent. *Il ressemble tellement à son frère!* Cependant, au-delà de l'apparence physique, ces deux-là étaient on ne peut plus différents. La cicatrice blanche qui courait sur le nez et la joue de Lucas n'en était qu'un signe distinctif. Il était mince alors que son cadet, ex-soldat, était large d'épaules. Ses mains, remarquai-je en passant, lisses et manucurées, n'avaient rien en commun avec celles de Jeremiah, qui étaient rugueuses comme celles d'un ouvrier. À mon avis, elles n'avaient jamais connu une journée de dur labeur.

— Que voulez-vous, Lucas? demandai-je, lasse.

— Et *vous*, mademoiselle Delacourt? riposta-t-il en me fixant.

— Rentrer chez moi.

— C'est mon cas également.

Une remarque moqueuse me brûlait la langue, mais je la ravalai devant son expression contrite.

Je reportai de nouveau mon attention sur le paysage.

— Vous auriez pu au moins m'avertir de ce qui allait se passer lors de ce rendez-vous.

Comme il ne répondit pas, le trajet se poursuivit en silence. Enfin, nous bifurquâmes dans une allée. Nous franchîmes une première grille, puis une seconde, et nous garâmes près d'un ascenseur. L'appréhension m'envahit.

— Nous y sommes! s'exclama Lucas, qui avait retrouvé son ton désinvolte habituel.

Il ouvrit la portière et sortit de la voiture. Au bout d'un moment, sa tête réapparut.

— Vous venez?

Je fus saisie d'une irrépressible envie de rester sur la banquette – après tout, notre dernière étape avait été une mauvaise surprise – mais, après réflexion, je glissai vers la portière. Ignorant la main qui m'était offerte, je sortis dans l'air frais.

Malheureusement, au lieu de me laisser un peu respirer, Lucas se colla à moi.

Comme je ne pouvais reculer, je détournai la tête, irritée par sa proximité tandis qu'il promenait son index sur ma joue. La paume en coupe autour de mon menton, il m'obligea à le regarder en face.

— De la colère, murmura-t-il, pas de la peur. Ça me va.

Un sourire satisfait lui fendit les lèvres. Il me libéra et je poussai un soupir de soulagement. Le chauffeur referma la portière et s'éloigna au volant du véhicule. De mauvaise grâce, je suivis mon kidnappeur jusqu'à l'ascenseur. Il introduisit une carte magnétique dans une fente, tapa un code sur un clavier et j'entendis le mécanisme se mettre en route.

— Où sommes-nous? demandai-je quand les portes s'ouvrirent.

J'entrai dans la cabine de l'ascenseur et me plaquai au mur du fond. Dieu soit loué, Lucas garda ses distances.

— Encore un rendez-vous où je risque d'être descendue? ajoutai-je.

— Pas tout à fait.

L'ascenseur grimpa, encore et encore, si bien que je m'interrogeai sur la hauteur de l'immeuble. Découvrant que le panneau de commande de la cabine ne comportait qu'un bouton étiqueté « Penthouse », je compris qu'elle ne desservait que le dernier étage. Elle ralentit enfin et, avec un bruit de carillon, les portes s'ouvrirent sur un salon ultramoderne et très clair.

Hum. Pas franchement ce à quoi je m'attendais.

— Après vous.

Je fis un pas en avant et inspectai l'immense pièce.

Des lustres accrochés à des fils quasiment invisibles descendaient du haut plafond juste à hauteur de tête. Deux puits de lumière laissaient entrer le soleil et les baies vitrées donnaient sur les gratte-ciel de New York. Les meubles, où le cuir dominait, étaient couleur crème tirant sur le blanc, ponctuée çà et là de touches de couleur. Les lieux n'avaient pas grand-chose d'une garçonnière.

L'ascenseur se referma derrière moi, et j'entendis le cliquetis du clavier de commande. Un voyant rouge indiquait que j'étais coincée ici pour le moment. Ravalant ma nervosité, j'emboîtai lentement le pas à Lucas qui disparut au détour d'un couloir. Avançant à mon tour, je découvris une cuisine presque aussi vaste que la salle de séjour. Un bruit de verre retentit, puis Lucas lança :

— Du vin?

— Euh... de l'eau, s'il vous plaît.

Il se comportait non comme un ravisseur mais comme un hôte, ce qui me déroutait.

— Tout de suite.

Pendant qu'il s'affairait, j'allai examiner le salon. Au-delà de la cuisine, quelques marches conduisaient à un second niveau. J'avais vécu ces dernières semaines dans l'immense demeure des Hamptons. Si ce penthouse n'était ni aussi grand ni aussi luxueux, il s'en dégageait une atmosphère d'opulence identique.

— Cet endroit vous appartient? lançai-je.

— Entre autres, oui.

Je ne savais pas trop quelle image je m'étais faite du repaire d'un trafiquant d'armes, mais ce n'était certainement pas celle-ci. À ma connaissance, Lucas était quelqu'un d'ironique et exubérant. Je m'étais attendu à ce que sa maison soit aussi ostentatoire que lui. Mais ce loft semblait plus relever de l'esprit Conran Shop que de celui du Cirque du Soleil.

— Qu'est-ce que je fais ici?

Les mots m'avaient échappé, leur simplicité exprimant toute ma frustration. Lucas me tendit une bouteille d'eau.

— Parce que vous et moi avons quelque chose à prouver à mon frère.

— Est-ce que je peux partir?

— Non.

— S'il vous plaît...

— Voulez-vous faire le tour du propriétaire? dit-il avec un soupir.

— Non, je veux juste rentrer chez moi.

— Dans votre trou à rat du New Jersey ou chez mon frère qui vous a rejetée?

Je n'aurais pas dû lui confier ça. Je m'étais malheureusement laissée aller, le mal était fait. Quoi qu'il en soit, ce souvenir me blessa.

— Il ne m'a pas rejetée, mentis-je sans beaucoup de conviction.

Me prenant par le coude, Lucas me guida jusqu'au canapé.

— Asseyez-vous, m'ordonna-t-il en s'installant dans le fauteuil en face de moi. Qu'il vous ait larguée ou non n'a aucune importance. Il faut qu'il apprenne à vous apprécier comme vous le méritez. Quant à moi, j'ai besoin de vos talents de traductrice. Si nous sommes en mesure de nous rendre service mutuellement, je ne vois pas où est le problème.

Je le dévisageai, perplexe.

— Dans quel monde vivez-vous pour penser que vous pouvez enlever les gens et les forcer à vous aider?

— Dans le mien.

Je bus une gorgée d'eau en regrettant pour le coup qu'il ne s'agisse pas d'une boisson plus forte.

— Pour quelqu'un qui prétend vouloir rentrer chez lui, vous n'en prenez décidément pas le chemin, commentai-je avec aigreur.

Il ne réagit pas. Lorsque je me tournai vers lui, je me rendis compte qu'il m'observait intensément. Je me mis à regarder ailleurs pour qu'il ne voie pas à quel point je voulais fuir. Pas seulement cet endroit, mais ma vie.

— La journée a été longue, dit-il au bout de quelques minutes avant de se lever. La première chambre sur la droite à l'étage a été préparée pour vous. Si vous avez besoin de quoi que ce soit, faites-le moi savoir.

Je me dépêchai de me mettre debout, peu désireuse de m'attarder sur sa dernière phrase étrangement ambiguë. Il m'interpella alors que j'atteignais l'escalier. Je me retournai vers lui, attendant un mot de sa part, mais il m'observa longuement avant de lâcher :

— Vous savez bien que je ne vous aurais jamais laissée à Niall.

— Je sais, acquiesçai-je dans un murmure.

J'avais hâte de me retrouver seule. Tout le temps qu'avait duré l'entrevue avec les marchands d'armes, je savais que Lucas était là pour me protéger. Cela pouvait paraître absurde, mais j'avais confiance en lui. Un tout petit peu, du moins.

Lasse de cette conversation, je grimpai les marches à toute vitesse et me réfugiai dans ma chambre. Le grand lit était fait et les volets étaient fermés. Sans me donner la peine de découvrir mon nouvel environnement, et me glissai aussitôt sous les couvertures.

Ce cocon douillet était loin d'être le bouclier idéal pour me protéger du monde terrifiant dans lequel j'avais été propulsée, mais je devrais m'en contenter pour le moment.

J'avais dû m'assoupir car lorsque je repoussai les draps, la nuit était tombée. Le soleil d'hiver se couchait tôt, je n'avais pas l'impression d'avoir dormi très longtemps, mais aucune pendule dans la pièce ne me permettait de savoir qu'elle heure il était. Je m'aperçus qu'il y avait une salle de bains attenante à la chambre, j'en fus soulagée car je n'avais aucune envie de quitter mon refuge.

Je crus percevoir des voix provenant de l'étage du dessous mais n'y prêtai aucune attention. J'observai le comptoir en granit. Lucas avait effectivement tout prévu : il y avait des brosses à cheveux, un fer à friser ainsi qu'une armoire à pharmacie bien remplie. Alors que je m'emparai d'une brosse, j'y découvris un fin cheveu blond enroulé autour du manche. Je m'empressai de la reposer, comprenant à qui elle avait appartenu, ainsi que la chambre que j'occupais à présent.

Une rapide inspection du dressing confirma mes soupçons. Robes du soir, jupes, corsages, pantalons étaient dans une taille beaucoup plus petite que la mienne. Tout était soigneusement suspendu à des cintres et rangé par couleur et type de vêtement. Je reconnus même la tenue qu'avait portée Anya Petrovski lors de notre première rencontre. Malgré la faible lumière, la somptueuse robe ne pouvait qu'attirer l'œil.

Bizarre, bizarre...

On frappa à la porte. Je me retournai vivement, comme si j'avais été surprise en train de farfouiller dans les affaires d'autrui. Je refermai le placard tout en me fustigeant pour ma bêtise.

Mais après tout, si Lucas m'avait installée ici, il devait s'attendre à ce que je regarde un peu à droite et à gauche. Il n'empêche, faire l'inventaire des vêtements d'une morte me semblait incorrect. J'avais beau ne pas avoir apprécié Anya au cours des rares fois où je l'avais croisée, je ne pouvais pas oublier l'image de son visage à la peau pâle strié de larmes et baignant dans une flaque de sang.

— Toc, toc? lança Lucas, interrompant mes réflexions.

Après une brève hésitation, je lui ouvris. Debout sur le seuil, il tenait une bouteille à moitié vide et deux verres.

— Puis-je entrer?

Je faillis lui répondre non. Je m'écartai cependant, tout en songeant que c'était une mauvaise idée.

— Vous êtes là pour me rendre ma liberté? demandai-je en croisant les bras.

— Du tout. J'avais juste envie de parler.

Un instant, il parut distrait par le spectacle de la pièce, comme s'il la découvrait. Ses traits étaient cachés par la pénombre, je ne pus deviner ce qu'il éprouvait. Mais lorsqu'il s'empara d'une photographie d'Anya que je n'avais pas remarquée jusqu'alors et qu'il la contempla longuement, la compassion me serra le cœur. Je me rappelai qu'il avait tenté de sauver la jeune Russe, qui était morte dans ses bras. Je tendis la main vers lui quand il reposa le portrait, face cachée, mais la retirai dès qu'il pivota dans ma direction.

— Vous avez soif? s'enquit-il en brandissant les verres.

Je fis signe que non, et il haussa les épaules.

— Ça en fera plus pour moi.

— Vous êtes saoul, dis-je en m'éloignant.

— Pas saoul, juste un peu éméché, rectifia-t-il, l'index levé, avant de tituber et de s'appuyer à la commode. Bon, d'accord, juste un peu ivre.

Je fixai d'un air désapprobateur la bouteille déjà bien entamée.

— Ça vous arrive souvent?

Il opina d'un signe de tête, sembla réfléchir un instant, et secoua la tête de nouveau. Je poussai un soupir. Les ultimes vestiges de mon empathie s'évaporaient.

— Ça ne joue pas en votre faveur, lâchai-je, alors que, bien malgré moi, un petit sourire traître étirait mes lèvres.

— J'aimerais comprendre ce que mon frère vous trouve, rétorqua-t-il.

Mon sourire se dissipa, de même que ma patience.

— Sortez d'ici, décrétai-je en traversant la chambre pour ouvrir la porte. Je vous…

Au moment où je me retournai, je constatai qu'il était juste derrière moi, à seulement quelques centimètres de distance. J'en perdis mes mots. Je ne l'avais même pas entendu se déplacer. En reculant, je me retrouvai coincée entre la porte de la pièce et celle de la salle de bains. Lucas se rapprocha, beaucoup trop à mon goût, ce qui me força à le repousser d'une main pour l'empêcher de se coller à moi.

Être si près d'un homme aussi séduisant avait quelque chose d'intriguant. Même si je ne l'appréciais pas spécialement, je ne pouvais nier qu'il était attirant et provoquait en moi de drôles de sensations. La cicatrice qui balafrait sa joue mettait encore plus en valeur ses traits. Le parfum de grand cru qui émanait de lui faisait plus l'effet d'une eau de Cologne et n'avait pas l'odeur écœurante que j'avais redoutée. Ma main sentait ses muscles qui jouaient sous la peau tiède et la soie.

Du bout des doigts, il repoussa une mèche de mes cheveux, et sa caresse le long de mon front me fit frissonner. Je me collai au mur, mais il suivit le mouvement. Seule ma paume nous séparait.

— Vous êtes très belle, murmura-t-il en rapprochant son visage de ma tempe, son haleine effleurant ma joue. Futée aussi. Audacieuse. Est-ce donc cela que mon frère a vu en vous?

Loin de m'offenser, ses paroles me troublèrent. Refusant de croiser son regard, je fixai son épaule. Son autre main remonta et frôla ma clavicule. Ce contact me brûla, laissant un sillage chauffé à blanc sur ma peau. Mes faibles défenses commencèrent à céder, lui permettant de se rapprocher encore de moi.

Peut-être que s'il avait tenté de m'embrasser ou de me toucher d'une façon qui me semblait déplacée, j'aurais trouvé la volonté de le repousser. Mais il me paraissait se satisfaire d'être tout près, ce qui, plus que tout sans doute, me désarçonna et m'empêcha de réagir. Lorsque le dos de sa main glissa le long de ma nuque et dans le creux de mon épaule, je fus prise de tremblements et mon ventre se contracta.

Souviens-toi d'Anya, me souffla une part de moi. Mais, en cet instant, j'avais tant de mal à rassembler mes idées que j'en aurais presque oublié mon propre nom. Alors celui de l'ancienne occupante de la chambre...

J'appuyai ma tête contre le mur tandis que l'autre main de Lucas voletait, légère comme une plume, sur ma seconde clavicule. Je battis des paupières et fermai les yeux, rendant les armes devant la grâce si délicate d'un épiderme contre un autre.

Je ne m'étais rendu compte de mon besoin désespéré de chaleur humaine qu'après avoir rencontré Jeremiah. J'avais perdu ma famille, j'étais seule au monde. Pendant trois ans, je m'étais consacrée à sauvegarder l'héritage de mes parents – en vain, puisque leur maison avait fini par être récupérée par leurs créanciers. La suite s'était réduite à lutter pour survivre et à éviter de me retrouver à la rue. Jeremiah Hamilton m'avait arrachée à cette dure réalité. Sous ses caresses, j'étais devenue vivante comme jamais, je m'étais épanouie. Il m'avait repoussée, mais mon désir incandescent et la nécessité impérative de sensualité continuaient de m'animer avec force, comme un courant électrique que j'étais incapable de canaliser.

Lucas posa son front contre le mien. J'ouvris les yeux, découvris ses lèvres pleines tout près des miennes.

En voyant ses yeux, bordés de cils noirs qui sublimaient la couleur bleu vert de ses prunelles, je me sentis fondre.

— Si belle, répéta-t-il à mi-voix.

Il se pencha et pressa sa bouche tiède contre la mienne. Comme il n'exigeait pas que je réponde à son baiser, je ne réagis pas tout de suite. Il se contenta sucer ma lèvre inférieure, à l'agacer de ses dents. Crispée sous l'effet de l'indécision, je ne l'embrassai pas. Ce qui ne sembla pas le déranger cependant. Mais, lorsque sa langue tenta de s'immiscer, mes lèvres s'écartèrent d'elles-mêmes instinctivement. Ma main sur son torse ne servit plus de bouclier, au contraire, j'agrippai la soie de sa chemise et l'attirai violemment à moi.

Si j'avais cru un instant que Lucas n'était que douceur dans la séduction, son avidité me détrompa. Me plaquant au mur, sa bouche incendia la mienne. Un petit soupir m'échappa. Tandis que notre baiser se faisait plus profond, il glissa sa paume sur mes reins et me colla à lui. Sa langue me provoquait, m'encourageait à plus d'audace. Et c'était efficace. Je nouai mes bras autour de sa nuque, arquai mon corps en direction du sien, ouvris pleinement la bouche et l'accueillis sans plus de réticence. J'agrippai ses beaux cheveux bruns, gémis dans le baiser, mes doigts dansant sur ses oreilles et sa barbe naissante.

— Ce que vous êtes bandante ! chuchota-t-il.

Ses mains se faufilèrent sous la ceinture de mon pantalon pour agripper mes hanches. Excitée par ce contact, j'eus soudain envie de plus, soudain envie de tout, soudain…

Jeremiah.

La culpabilité me poignarda le cœur et eut l'effet d'un seau d'eau glacée qu'on m'aurait renversé sur la tête. J'interrompis notre étreinte en poussant un cri étouffé. Mais Lucas, ne s'apercevant pas de mon brusque changement d'humeur, se mit à cribler de petits baisers les parties sensibles de ma gorge. Aussitôt, mon ventre s'enflamma. Alors que mon esprit me suppliait de mettre un terme à ce qui était en train de se passer, mon corps paraissait s'en réjouir et en réclamer davantage. Je tournai la tête. L'image d'Anya s'imposa à moi.

— Est-ce que vous faisiez ça avec Anya?

Lucas réagit aussitôt. Cessant de m'embrasser, il recula en titubant et me toisa. Le courant d'air frais qui se glissa entre nous me fit frémir. Tout à coup, les larmes menacèrent de me submerger. L'émotion tordit les traits de l'aîné des Hamilton.

— Oui, marmonna-t-il en me fixant sans me voir. C'est exactement ce que je faisais avec elle.

S'écartant d'un pas mal assuré, il ouvrit violemment la porte et disparut dans le couloir. Je claquai le battant derrière lui, le verrouillai et retournai m'allonger. Ma poitrine était douloureuse et les larmes roulaient sur mes joues. Je m'efforçai d'oublier le monde qui m'entourait.

Jeremiah.

Je pensai à son visage, à l'étreinte de ses bras puissants. *J'aurais dû vous laisser vous expliquer...* Mais expliquer quoi, exactement? Je lui avais avoué mon amour dans un moment de candeur, et il avait fui comme pourchassé par un essaim de frelons.

D'en bas me parvinrent des bruits de coups et d'objets brisés, mais je n'y prêtai pas intérêt, trop accablée par mon propre malheur. *Comment cela a-t-il pu m'arriver?* me demandai-je en revivant les événements de la journée.

Dans quelle folie me suis-je embarquée?

2

Une alarme stridente me tira d'un sommeil lourd mais agité.

Je sursautai, rejetai les draps et tâtonnai vers le bord du lit. Surprise que le sommier soit si haut, je trébuchai en me levant. Je me ruai vers la porte et l'ouvris à la volée. Une odeur de fumée assaillit mes narines. Je dégringolai l'escalier, sans savoir ce que j'allais trouver.

Depuis la cuisine, Lucas me regarda débouler. Affublé de lunettes de soleil, il m'adressa un sourire radieux.

— Bonjour, beauté. Je suis en train de préparer le petit déjeuner. Ça vous tente?

Il tenait une fourchette dans une main et un grille-pain chromé débranché était coincé sous son bras. L'appareil était sans doute à l'origine du déclenchement de l'alarme incendie. Il le reposa sur le plan de travail et se dirigea vers le réfrigérateur.

— Des œufs?

Je le contemplai, hébétée, encore assommée par ce réveil brutal. Tout en s'agitant, il sifflotait un air entraînant. Je secouai la tête avant de tourner mon regard en direction du salon. Ce que je découvris me remplit de stupeur.

— Que s'est-il passé? m'exclamai-je en descendant les dernières marches.

— Oh, ça? J'ai juste redécoré la pièce.

On aurait dit qu'un ouragan avait dévasté les lieux au cours de la nuit. Un fauteuil était renversé, plusieurs tableaux avaient été décrochés des murs, la table basse en bois était cul par-dessus tête. Pour autant, rien ne me semblait avoir été cassé. C'était le bazar, mais pas irréparable. Perplexe, j'évitai le salon et me perchai sur un des tabourets de la cuisine.

Une fois installée devant l'îlot central, la surface en granit me séparant prudemment de mon joyeux ravisseur, je tirai le grille-pain à moi et l'inspectai. Les sourcils froncés, je m'emparai d'une fourchette et en extirpai les ultimes vestiges d'une tranche de pain entièrement carbonisée.

— La cuisine n'est pas votre fort, hein? fis-je remarquer d'une voix moqueuse.

— N'importe quoi, répliqua-t-il. Je ne loupe aucune émission sur le sujet. Ce n'est pas si compliqué.

Après avoir allumé un brûleur de la cuisinière au maximum, il y posa une poêle dans laquelle il entreprit de casser des œufs. Je l'observai, un brin interloquée quand je constatai qu'il n'y avait pas mis de beurre ou d'huile.

— C'est ça, soupirai-je, résignée à ce que l'alarme se remette à striduler.

Je m'accoudai au comptoir le temps d'émerger et de reprendre mes esprits.

— Et maintenant? demandai-je.

— Pardon?

— Je peux rentrer chez moi?

Il avait les yeux fixés sur la poêle, bien qu'il ne s'occupe pas vraiment des œufs, et je ne pus déchiffrer son expression.

— Ce n'est pas aussi simple, répondit-il au bout d'un moment.

— Je vous en prie, suppliai-je, mettant brièvement de côté mon orgueil. Après tout, je vous ai servi de traductrice dans cette espèce de trou à rat répugnant. Si ça se trouve, je suis désormais complice d'une activité criminelle.

Cette seule perspective fit trembloter mon menton.

— Je vous en supplie, Lucas, insistai-je. Je ne tiens pas à finir comme Anya.

Là ! C'était dit. Avant de m'assoupir, la veille au soir, l'idée m'avait traversé l'esprit que la mort de la jeune femme – sa vie aussi, peut-être – était un sujet sensible chez le marchand d'armes. Sa réaction me prouva que j'avais raison : les jointures de ses phalanges blanchirent autour de la spatule qu'il tenait à la main.

— Très bien, murmura-t-il en poussant un gros soupir.

Il s'empressa de lever un doigt avant que je me mette à hurler de joie.

— À une condition, poursuivit-il. Vous assisterez à la dernière réunion avec moi.

— De quoi sera-t-il question?

— De paperasse pour l'essentiel. La rédaction des documents de transport. Tout aura lieu aujourd'hui. Vous veillerez à ce que le français soit correctement rédigé. Ensuite, vous serez libre.

Mes épaules s'affaissèrent sous l'effet du soulagement. La tension me quittait.

— Merci, chuchotai-je avec un sourire. Vos œufs brûlent.

Derrière lui, des volutes de fumée montaient de la poêle. Poussant un juron, il la retira du feu mais c'était trop tard. Cinq secondes après, l'alarme se déclencha. Lucas lâcha une bordée de jurons.

La scène étant du plus haut comique, je me mordis les lèvres pour ne pas m'esclaffer. En vain. Ma prochaine libération avait beaucoup amélioré mon humeur. Je descendis de mon tabouret, plissant le nez pour ne pas respirer l'odeur âcre.

— Mettez ça dans l'évier, conseillai-je. Surtout, n'y versez pas d'eau. Autrement, l'odeur ne s'estompera jamais.

Après une rapide inspection, je découvris dans le réfrigérateur ce dont j'avais besoin et, deux minutes plus tard, je mélangeai de la pâte dans un plat creux.

— Qu'est-ce que vous faites? s'enquit Lucas.

— Des pancakes. Et je vous bannis de la cuisine. Dehors!

Avec le fouet que j'avais à la main, je lui enjoignis de sortir.

— J'adore les commandantes en chef! marmonna-t-il.

Sur ce, il fila tandis que je le menaçai en riant de la spatule en bois couverte de bouts d'œufs calcinés.

Quand, quatre heures plus tard, la limousine se gara sur le port, je ne souriais plus. Je suivis Lucas, descendu le premier, en veillant à rester aussi près que possible. Si Jeremiah avait été présent, il m'aurait offert le soutien de son bras. En même temps, jamais le cadet des Hamilton ne m'aurait mise dans pareille situation. La seule pensée réconfortante était que, ma tâche achevée, j'en aurais fini avec Lucas et ses magouilles.

Je n'avais pas la moindre idée de l'endroit où nous nous trouvions. New York était loin derrière nous. Au fur et à mesure que nous nous en étions éloignés, l'anxiété me gagnait. L'espoir que Jeremiah surgisse pour me sauver la mise s'était progressivement estompé. J'avais tenté de me réconforter en songeant que je le reverrais bientôt, pour peu que Lucas tienne sa promesse et ne me refasse pas le coup d'un dernier service à rendre.

Niall et ses hommes patientaient devant un gros bateau amarré au bout de la jetée. Sans pour autant être une experte, je me rendais compte que le navire était imposant, bien que moins récent et moins grand que la plupart des transporteurs qui remontaient ou descendaient l'Hudson. Il y avait des traînées de rouille sur la coque. J'eus l'impression qu'il s'agissait d'un chalutier, dont la cale ventrue servait à stocker la pêche du jour. Mais je doutais, vu sa présence dans les parages, qu'il serve encore à ce type d'activité.

— C'est quoi, ce rafiot? gronda Niall, mécontent, en désignant du pouce la carcasse métallique.

— Tu voulais un moyen de transport, je t'en fournis un, répliqua Lucas sans se laisser démonter. Tout a été chargé? demanda-t-il ensuite à un homme plus vieux qui se tenait à l'écart du groupe.

— Affirmatif. On attend vos ordres.

Mais Niall n'en avait pas terminé.

— Mec, si j'avais voulu un putain de canot de sauvetage, je l'aurais acheté moi-même!

— C'est un bon bateau, se défendit Lucas, et le capitaine Matthews prendra soin de la cargaison. Si tu veux que je livre ta marchandise à bon port, alors tu fais comme je dis. Crois-moi, conclut-il avec un large sourire, tu finiras par l'adorer, ce bateau!

L'Australien ne parut pas convaincu. Ce dont Lucas se moquait visiblement.

— Et où est notre cher docteur? s'enquit-il.

— Il voyage de son côté, grommela Niall. C'est nous qui accompagnerons le matos.

Au rictus malsain qui étira ses lèvres, j'eus l'intuition que cet arrangement cachait quelque chose. Cela n'affecta pas la bonne humeur de Lucas.

— Eh bien, messieurs, déclara-t-il, vérifions que tout est à votre convenance, puis nous pourrons partir et…

— Non, nous avons d'autres affaires à régler, lança l'autre. La fille vient avec nous.

Mon cœur cessa de battre. Lucas se contenta de rire.

— J'ai bien peur qu'elle reste avec moi, objecta-t-il.

Il me saisit le bras, mais se figea lorsque les hommes de l'Australien sortirent leurs armes.

— Tu ne m'avais pas dit que cette poupée-là appartenait à ton frère. À ton avis, combien serait-il prêt à payer pour la récupérer entière ?

J'avalai ma salive, l'estomac noué par la peur. Si les armes n'étaient pas directement pointées sur nous, la menace n'en restait pas moins évidente. Lucas continuait d'arborer son sourire, mais il était moins enjoué. Il étudia Niall et ses acolytes.

— Un bon paquet, je pense, répondit-il.

Il claqua des mains, ce qui incita deux des hommes de main à braquer leur pistolet.

— Ma foi, capitaine, poursuivit Lucas à l'adresse de Matthews, il apparaît que nous aurons quelques invités lors de la traversée. Veillez à ce que tout soit prêt pour les accueillir.

— À vos ordres.

— C'est ça, s'exclama Niall, ravi d'avoir emporté le morceau. Toi, tu viens avec moi.

Il avança d'un pas, tendit le bras pour m'attraper. J'eus un mouvement de recul, prête à me défendre bec et ongles, mais Lucas s'interposa. Il fut si rapide que je n'aperçus son arme qu'une fois qu'il l'eût appuyée sous le menton de l'Australien, qui s'arrêta net. Son visage s'empourpra sous l'effet de la rage et de la peur. Il fusilla Lucas des yeux.

– Mlle Delacourt reste avec moi.

Toute trace de jovialité avait disparu de la voix de Lucas. Il approcha son visage de celui de Niall.

— Mon navire, mes règles, me suis-je bien fait comprendre, monsieur Jackson ? ajouta-t-il.

L'interpellé grimaça.

Derrière lui, ses sbires nous tenaient en joue. Je croisai les doigts en espérant que Lucas sache ce qu'il faisait.

— Ils vous tueront, toi et la fille, grogna Niall.

Lucas enfonça le canon de son revolver dans la chair tendre du menton.

— Peut-être, acquiesça-t-il d'un ton vaguement amusé, mais toi, tu seras déjà mort.

Les deux hommes se défièrent du regard, aucun ne voulant céder. Mais lorsque Lucas arma le chien, l'éclat se ternit dans les prunelles de son adversaire.

— Rangez vos flingues ! ordonna-t-il à ses hommes.

Ils obtempérèrent et le blond recula. Lucas baissa son arme à son tour, sans cesser de garder Niall dans sa ligne de mire.

— Tu me le paieras, lui promit ce dernier.

— J'ai déjà une belle ardoise. Tu attendras ton tour.

Sur ce, Lucas me saisit par le coude et m'entraîna vers la passerelle. Quand je tentai de résister et d'échapper à sa prise, il sembla ne même pas s'en apercevoir et m'entraîna vers la passerelle pour monter à bord.

— Vous aviez promis de me laisser partir ! m'écriai-je en me débattant.

— En effet, admit-il.

Ses lèvres n'étaient plus qu'une mince ligne sévère. Nous longeâmes l'embarcation, qui avait tout d'un nid à tétanos, en dépit des travaux de peinture censés dissimuler la misère. Elle tanguait sur les eaux agitées. Alors que nous dépassions la partie centrale du bateau, je distinguai la porte d'une cabine.

— Par ici. Attention où vous mettez les pieds.

La passerelle s'enfonçait dans les entrailles du navire, où résonnait le bruit de l'écoulement de l'eau suintante. Des membres d'équipage s'échinaient à ranger des caisses au fond de la cale, d'où s'élevaient divers escaliers et passages métalliques menant aux différents ponts.

Nous descendîmes jusqu'en bas, empruntâmes une nouvelle passerelle puis, après avoir bifurqué, débouchâmes sur une coursive à mi-hauteur de la coque. Plusieurs portes s'ouvraient sur notre gauche. Nous les dépassâmes jusqu'à un battant que Lucas poussa avant de m'inviter à entrer du geste.

La cabine était en bien meilleur état que le reste du bateau. Petite et claire, elle était équipée d'un lit double, de quelques meubles et, à mon grand soulagement, d'une salle d'eau attenante.

— Vos quartiers pour les prochains jours, annonça Lucas, pendant que j'inspectai la pièce.

Il passa une main dans ses cheveux, seul signe tangible de sa nervosité. Comme son frère, il affichait un visage difficile à déchiffrer. Seul manquait le sourire insolent qui lui était habituel.

— Il y a des cachets dans l'armoire à pharmacie de la salle de bains si jamais vous avez le mal de mer. N'ouvrez à personne sauf à moi et vous serez en sécurité.

— C'est une promesse, repartis-je avec ironie. Comme celle concernant ma libération?

— Touché, admit-il en hochant légèrement le menton.

Il repartait déjà quand je le hélai.

— Lucas?

Il s'arrêta, se tourna vers moi.

— C'est ce qui est arrivé à Anya? demandai-je.

— Non. Elle aimait le danger, elle trouvait ça romantique. Et, comme un idiot, je l'autorisais à m'accompagner.

Il secoua la tête et soupira, avant de sortir et de refermer la porte derrière lui. Je m'empressai de tirer le verrou puis me laissai tomber sur le matelas dur. Sous le choc de ce qu'il venait de me révéler sur la Russe, j'attrapai un oreiller et y enfouis mon visage. J'étais vraiment dans le pétrin!

Un mois auparavant à peine, j'étais une secrétaire intérimaire qui réussissait tout juste à joindre les deux bouts. Comment m'étais-je débrouillée pour atterrir à bord du navire d'un trafiquant d'armes?

J'étais toujours allongée lorsque, quelques minutes plus tard, je perçus les vibrations du bateau qui larguait les amarres. Fermant les yeux, je roulai sur le ventre, accablée par le tournant désastreux qu'avait pris mon existence.

Alors que nous gagnions le large, la mer devint plus agitée. Ma famille n'ayant jamais eu l'occasion de faire des virées en bateau, je n'avais pas le pied marin. Pour le moment, tout allait bien, mais prévenir valait mieux que guérir. Je me rendis à la salle d'eau pour avaler un cachet.

Contrairement à la chambre que Lucas m'avait réservée dans son loft new-yorkais, celle-ci était sobre au point d'en être spartiate, et n'avait visiblement pas été occupée par une femme. La plus grande partie de ce qu'elle contenait était soit vissé soit soudé au plancher, ce qui semblait légitime pour des traversées en haute mer. Même l'étagère était munie d'un haut rebord afin d'empêcher les livres qu'elle contenait de voler dans tous les sens. Je jetai un coup d'œil aux différents titres des volumes qui, tous, étaient vieux et abîmés, comme s'ils avaient été lus et relus. Je ne fus pas surprise de découvrir *L'Art de la guerre* de Sun Tzu, et *Le Prince* de Machiavel. En revanche, je ne m'attendais pas à trouver des auteurs comme Tolkien ou C.S. Lewis dans la cabine de Lucas. *Choix intéressant*, songeai-je en me détournant de la bibliothèque pour examiner le reste de la cabine.

Un cadre photo était posé sur une commode étroite. Quand je voulus le prendre, je m'aperçus qu'il était scotché sur le meuble. Je me penchai pour détailler la photo de plus près. Même s'il était difficile de déterminer de quand exactement datait le cliché, je déduisis que les deux garçonnets qui y figuraient devaient être Lucas et Jeremiah. La côte en arrière-plan ressemblait beaucoup à celle où se trouvait la résidence des Hamptons que j'avais bien malgré moi visitée récemment. Si les enfants ne souriaient pas, leur proximité physique suggérait un véritable lien – aujourd'hui rompu.

Soudain, on frappa à la porte. Je sursautai, comme prise en faute. Levant les yeux au ciel, j'inspirais un bon coup et allais ouvrir. C'était Lucas.

— Ne vous ai-je pas demandé de vérifier qui était là avant d'ouvrir? s'emporta-t-il en s'engouffrant dans la pièce.

— À vos ordres, Maître! répliquai-je, railleuse, ce qui me valut un regard carrément exaspéré. Qu'est-ce que c'est?

Il venait de déposer un paquet sur le lit.

— Des vêtements, répondit-il en oubliant un instant les questions de sécurité. Je les ai fait apporter avant notre appareillage. Et non, ils n'appartenaient pas à Anya. J'ai envoyé l'un de mes hommes les acheter hier soir. Ils sont à votre taille.

— Combien de temps comptez-vous donc me garder avec vous? lançai-je, suspicieuse.

— Je ne comprends pas votre question, éluda-t-il avec un immense sourire ravageur. Votre nouvelle chambre vous plaît-elle?

Il s'adressait à moi comme si nous étions les meilleurs amis du monde, ce qui ne fit que renforcer mes soupçons.

— Ça va, admis-je d'une voix prudente.

— Tant mieux! Figurez-vous que je l'occuperai avec vous.

— Dans vos rêves! Pas question!

Quel culot! La seule idée de dormir dans la même pièce que lui... À plus forte raison dans le même lit!

— Oh que si! riposta-t-il en tapotant de l'index sur le bout de mon nez avant que j'aie eu le temps de reculer. Vous m'en serez reconnaissante, d'ailleurs. Et puis, c'est est ma cabine. Vous ne voudriez tout de même pas que je me contente d'une couchette avec mes hommes, non?

— Si! explosai-je.

Il leva les yeux au ciel d'un air moqueur.

— Bon, reprit-il, il faut que j'aille vérifier que nous nous éloignons du continent sans ennuis. J'espère avoir graissé les bonnes pattes, cette fois. Faites comme chez vous.

— Comment ça, cette fois? repris-je.

Mais il filait déjà. Avec un grognement, je poussai le verrou, bien décidée à ne pas lui ouvrir lorsqu'il reviendrait frapper. Puis j'allai prendre un livre, résignée à sombrer dans l'ennui.

J'ignore combien de temps plus tard, des coups retentirent à la porte. J'avais lu un quart de *L'Art de la guerre*, ayant abandonné Tolkien dès le deuxième chapitre. Je tournai ma page, ignorant délibérément mon visiteur, quiconque puisse-t-il être. Nous n'avions fait aucune escale depuis notre départ, et je n'étais toujours pas d'humeur sociable.

De nouveaux coups ébranlèrent la porte. Exaspérée, je finis par lâcher mon bouquin.

— Qui est là? criai-je d'une voix agacée.

— Ah! Voilà qui est bien mieux!

— Ce n'est pas en vous moquant que je vous laisserai entrer ici, répliquai-je en croisant les bras sur ma poitrine.

— Vous n'avez pas faim?

La seule idée de nourriture suffit à déclencher des gargouillements dans mon ventre, et je me dépêchai de lui ouvrir. Lucas était planté dans le couloir, un plateau dans les mains.

— Puis-je me joindre à vous pour le dîner? s'enquit-il.

La politesse de sa requête me déstabilisa.

— Bien sûr, opinai-je avec un haussement d'épaules.

Je m'écartai pour le laisser passer. Les bonnes odeurs qui émanaient du plateau me mirent l'eau à la bouche, et je lui emboîtai le pas tandis qu'il le posait sur la commode.

— J'imagine que je ne suis pas autorisée à manger dans ce qui sert de réfectoire à bord? lâchai-je, non sans regarder par-dessus son épaule pour voir ce qu'il m'avait apporté.

— On parle de carré chez les marins. Et vous avez raison. Autant j'ai confiance en mes hommes, autant Niall trimballe toute une bande d'affreux dont je ne connais pas les intentions à votre égard.

La perspective d'être la seule femme sur un navire bondé d'hommes faillit me couper l'appétit, et je frissonnai.

— Anya a-t-elle jamais voyagé sur ce bateau?

— Pas souvent. À deux reprises. Elle appréciait les attentions qu'elle recevait. Je ne crois pas qu'elles vous plairaient autant qu'à elle.

Il me gratifia d'un drôle de regard.

Nous dînâmes en silence, ce qui me convint fort bien. La nourriture était correcte et relativement équilibrée, bien que les haricots verts aient un arrière-goût de lard fumé.

— Qui est votre cuisinier?

— Alexeï. Il prétend avoir une formation de cuistot, mais j'ai de sacrés doutes.

— Ah.

Le silence retomba, un peu gêné cette fois, mais supportable. Lucas semblait perdu dans ses pensées, ce qui me donna une rare occasion de l'observer discrètement. Lorsqu'il arborait cet air grave, il ressemblait énormément à son frère. Je continuais d'avoir du mal à admettre qu'il soit l'aîné des deux. Bien que plus svelte et petit que son ex-militaire de frère, il avait certains de ses traits et la même peau mate. Sa balafre pâle tranchait sur son teint sombre. C'était elle, par-dessus tout, qui le distinguait de Jeremiah.

Leurs différences de caractère étaient frappantes. Là où son cadet était maussade et torturé, Lucas était... comment l'exprimer? Son masque à lui était tout autre, et j'avais tout autant de difficultés à le percer. Loin d'être menaçant, en surface du moins. Sa bouche était la plupart du temps fendue en un sourire à la Joker, comme si l'ironie et les plaisanteries lui permettaient de maintenir une certaine distance avec les gens.

J'avais beau aimer les énigmes, les hommes de la famille Hamilton représentaient un mystère qui me dépassait.

— Si je comprends bien, je suis coincée ici jusqu'à ce que nous ayons atteint notre destination?

Ma question était empreinte d'une résignation presque décontractée. Les Hamilton avaient au moins en commun une fâcheuse tendance à me garder prisonnière. À ma grande surprise, Lucas secoua la tête.

— Vous êtes plus en sécurité dans cette cabine, mais si l'envie vous prend de vous balader à bord, ne vous gênez pas. Bien sûr, vous devrez être escortée par l'un de mes hommes.

Je fronçai les sourcils mais il n'en tint pas compte.

— D'une geôle à l'autre, marmonnai-je en jouant avec le reste de mes haricots verts.

J'avais été une « invitée » dans la maison des Hamptons durant presque quinze jours, obligée de me cantonner à l'intérieur du manoir. Pourtant, je n'avais pas été épargnée. On m'avait tiré dessus et enlevée, j'avais frôlé la mort avant que mon amant, ancien tireur d'élite de l'armée, abatte mon assaillant sous mes yeux. Ce souvenir m'ayant définitivement coupé l'appétit, je repoussai mon assiette.

— Et maintenant? m'enquis-je.

— D'ordinaire, je ne participe pas à ces voyages. Je suis plus du genre à prendre un avion privé pour me régaler d'un joli paysage tropical et d'un bon cocktail à base de rhum. J'adore les petits parasols qu'ils y collent.

Il m'adressa un clin d'œil joyeux.

— Bien entendu, répondis-je.

Les conversations avec cet homme avaient tout d'une discussion avec un enfant qui vous court dans les pattes. Bizarres, sans suite logique, mais divertissantes.

— Cinq jours de trajet, c'est bien ça? repris-je.

— Oui. Entre-temps, j'aurai trouvé un moyen de vous rapatrier chez vous.

J'avais très envie de le croire. Pourtant, je me bornai à acquiescer d'un air sombre.

Il s'empara du livre que j'avais abandonné sur le lit et le feuilleta.

— Excellent choix, commenta-t-il. Vous y trouverez tout un tas de conseils pratiques qui ne sont utiles qu'en cas de conflit.

— Ben voyons, maugréai-je en récupérant l'ouvrage et en le contemplant.

Lucas glissa un doigt sous mon menton et m'obligea à croiser son regard.

— Toute lutte est fondée sur la tromperie, souffla-t-il. Faites-vous passer pour faible quand vous êtes fort, et pour fort quand vous êtes faible. Le véritable art de la guerre, c'est de soumettre l'ennemi sans combat.

Je compris alors qu'il citait des extraits de l'ouvrage.

— Le summum est de soumettre l'ennemi sans verser une seule goutte de sang. En amour comme à la guerre.

Il baissa ses yeux bleu vert pour fixer ma bouche.

— Pour connaître l'ennemi, deviens ton ennemi.

Ma citation le fit tressaillir, et il replongea son regard dans le mien. Un sourire, sûrement le plus authentique que je lui aie jamais vu, étira ses lèvres.

— Rien de plus vrai, commenta-t-il.

Prise d'une soudaine timidité, je rompis le contact et m'écartai.

— Merci pour le repas, dis-je en veillant à conserver le lit entre nous.

— Je vous en prie. Reposez-vous. Inutile de m'attendre, dormez.

Une fois encore, il me gratifia d'un clin d'œil guilleret. L'inquiétude me fit écarquiller les yeux tandis qu'il regagnait la coursive en sifflotant.

— Bonne nuit! me lança-t-il, narquois, avant de disparaître.

Je poussai un soupir irrité. *Les hommes!* Après avoir posé le paquet de vêtements par terre, je me laissai tomber sur le matelas et fixai le plafond. Je n'étais pas du tout fatiguée. Je remontai tout de même la couette sur moi, m'emparai de mon livre et retrouvai l'endroit où j'avais interrompu ma lecture. La semaine promettait d'être longue.

3

Quand je me réveillai, la cabine était plongée dans une obscurité que seule rompait la lueur d'une veilleuse. Le matelas tanguait et roulait, et une brusque nausée me rappela que j'étais à bord d'un navire. Je tendis le bras sur le côté et fus soulagée de constater que j'étais seule.

Je repoussai les draps mais m'interrompis quand un faible ronflement me parvint depuis le centre de la cabine. Rampant sans bruit jusqu'au pied du lit, je découvris Lucas, profondément endormi sur le sol. Étendu en croix sur le ventre, il prenait un maximum de place. Ses couvertures tire-bouchonnaient autour de son corps mince. D'après ce que j'apercevais... Je roulai sur mon lit en rougissant. Pas question de vérifier s'il était aussi nu qu'il en avait l'air.

Je patientai un bon moment avant de me lever aussi discrètement que possible. J'attrapai le paquet de vêtements et contournai le dormeur sur la pointe des pieds. Le tapis mince était frais, et les craquements provoqués par mes pas se fondaient dans les bruits de fond du bateau.

Ce fut avec un gros soupir de soulagement que je réussis à m'introduire dans la salle d'eau.

Après avoir refermé derrière moi, je me débarbouillai le visage, tirai mes cheveux indociles en queue-de-cheval. Jetant un rapide coup d'œil dans la cabine, je fonçai sans un bruit vers la porte, enfilai mes chaussures et un caban, puis me faufilai dehors.

Il n'y avait personne en vue et j'en fus bien contente. Des tréfonds de la coque me parvint le son de quintes de toux, plus près de moi j'entendis des voix assez fortes. D'une démarche hésitante, je me dirigeai vers elles. La dernière porte du couloir était ouverte. Lorsque j'y passai la tête, les conversations s'arrêtèrent net. Tous les hommes qui se trouvaient là me dévisageaient.

Le réfectoire. C'est tout ce que mon cerveau put formuler. Pour le reste, je me pétrifiai. J'essayai de m'exprimer – en vain. Aussi, je me bornai à faire un signe de la main. Cela suffit à rompre le charme. Tous se détournèrent et reprirent le repas que mon apparition avait interrompu. *Ma pauvre fille*, me morigénai-je, *tu n'es qu'une gourde.*

Je choisis de monter vers le pont supérieur plutôt que de m'enfoncer dans les entrailles du navire. Je dus pousser fort sur une porte pour émerger à l'extérieur. Comme des nuages gris cachaient le soleil, je ne sus définir quelle heure il était. De violentes bourrasques faisaient rouler et tanguer le bateau. Les embruns me couvrirent rapidement d'une fine pellicule d'humidité. Serrant les pans de mon caban, je m'agrippai au bastingage tout en observant l'agitation de l'océan. Par bonheur, j'avais avalé un nouveau cachet avant de quitter ma cabine. Je me félicitai d'avoir pris cette précaution, car mon estomac n'était guère enchanté par les mouvements du navire. À part ça, j'étais ravie de l'expérience.

J'étais la seule à être assez idiote pour me rendre sur le pont aussi tôt le matin. Même si cela signifiait que j'avais les lieux pour moi, je comprenais pourquoi les autres préféraient ne pas sortir – le froid était pénétrant et réussissait même à s'infiltrer sous l'épaisse laine du caban. En rasant les cloisons, je rejoignis une porte que j'avais remarquée au bout du pont. Je tirai le battant et fus aussitôt assaillie par une bouffée d'air chaud qui me fit prendre conscience que j'avais le bout du nez gelé. Je me dépêchai d'entrer et grimpai l'escalier d'un pas hésitant, l'œil aux aguets.

L'atmosphère enfumée et l'odeur de tabac m'indiquèrent que la passerelle supérieure était occupée. Je distinguai d'ailleurs un murmure. Glissant la tête par l'écoutille pratiquée au sommet des marches, j'aperçus deux hommes installés sur des chaises vissées au sol. Ils regardaient par les fenêtres qui surmontaient le tableau de bord. J'identifiai le capitaine, entrevu la veille, mais pas son voisin. Ils donnaient tous les deux la même impression d'être de vieux loups de mer burinés et bourrus. Mais rien dans leur attitude ne dégageait de violence ou n'exprimait de menace, contrairement à ce que j'avais pressenti chez les hommes attablés en bas.

— Regarde-moi un peu qui va là !

Je leur adressai un petit coucou timide de la main. Ils pivotèrent vers moi et le capitaine me fit signe de monter.

— Restez donc pas plantée là ! s'exclama-t-il tandis que son visage ridé se fendait d'un sourire. On mord pas, juré.

— Moi si, objecta son voisin en souriant à son tour, dévoilant une dentition loin d'être complète. Autrefois. Aujourd'hui, j'ai perdu presque tous mes crocs.

Le capitaine lui flanqua une tape sur le crâne, et l'autre émit un couinement amusé. Je grimpai avec bonne humeur les dernières marches de l'escalier et entrai dans le poste de pilotage. Les deux hommes se trouvaient de part et d'autre d'une table pliante. Un grand bol rempli de piécettes était posé dessus. Ici, le roulis était plus perceptible qu'en bas, et je m'accrochai à la rampe. Le capitaine me tendit la main.

— Seth Matthews, se présenta-t-il d'une voix bourrue. Mais personne m'appelle par mon prénom. Et ce voyou, c'est mon second, Francis Buttercup.

— La ferme, intima l'autre en lui assenant un coup de coude avant de me tendre la main à son tour. Appelez-moi Frank.

Sa paume, comme celle du capitaine, était calleuse comme du cuir brut. Il indiqua la table d'un geste.

— Vous jouez au poker, petite?

Sans attendre ma réponse, les deux hommes tirèrent un tabouret de derrière la timonerie et redistribuèrent les cartes. Les piécettes furent également réparties entre nous trois. Mes partenaires n'étaient, semblait-il, pas assez féroces pour ne pas partager leur richesse. Le capitaine continuait de surveiller la mer, ses indicateurs et ses cadrans, ce qui ne l'empêchait nullement de participer activement au jeu.

— Vous recevez beaucoup de visite ici? demandai-je en tirant une reine de cœur.

— Non, pas vraiment, répondit Matthews, qui se frotta la tête. De toute façon, on ne les encourage pas vraiment. On apprécie pas trop les types qui voyagent sur ce bateau, si vous voyez ce que je veux dire.

Je lâchai un soupir soulagé, heureuse de voir que mon opinion était partagée.

— Je n'étais encore jamais montée à bord d'un navire aussi gros.

— C'est un baptême, alors?

Je hochai la tête.

— Ça vous tenterait de prendre la barre? proposa le capitaine.

Je lui adressai un sourire ravi et ne tardai pas à me retrouver à la barre, tandis qu'il me dispensait des conseils simples pour garder le cap.

— Vous auriez dû voir mon chalutier, s'exclama-t-il, plongé dans ses souvenirs. Il était souple, un bonheur à barrer, et il fendait les eaux comme aucun autre bateau. C'était le plus rapide de la flotte, avec le meilleur équipage qui soit. Rien en commun avec ce tas de rouille.

— Parce que celui-ci ne vous appartient pas?

— Si, si, reconnut Matthews sans grand enthousiasme mais en tapotant les commandes avec affection. On a sué sang et eau pour l'améliorer. Il est un peu comme un outsider. Ne vous fiez pas aux apparences, il est plus rapide que la majorité des navires de son tonnage. Il n'empêche, ce sera toujours comme comparer un char d'assaut à une voiture de course.

Son accès de nostalgie me fit sourire. J'allais l'interroger de nouveau lorsqu'un courant d'air froid monta de l'entrée, en bas. Je me figeai quand j'entendis un accent écossais.

— Je crois bien l'avoir vue venir ici, chef.

Soudain, la tête de Niall apparut au-dessus de l'écoutille. Un rictus satisfait déformait ses traits.

— Tiens, tiens, tiens! Si ce n'est pas ma poupée! Justement, on te cherchait, ma chérie.

Il adressa un geste méprisant à mes compagnons.

— Ne bougez pas les gars, ajouta-t-il. Elle vient avec moi.

— Ça m'étonnerait, murmura Matthews.

Le capitaine et son second se postèrent devant moi, formant un rempart solide. Niall leur jeta un regard coléreux.

Matthews attrapa quelque chose en douce sous la table et le garda dans son dos.

— Vous avez intérêt à m'obéir ! exigea l'Australien.

Ses menaces parurent toutefois ne produire aucun effet.

— Tu le laisses te parler sur ce ton ? demanda Frank d'une voix calme sans quitter le blond des yeux.

— Non, tu as raison, admit son supérieur. J'aime pas beaucoup son arrogance.

Niall écarta alors un pan de son gros manteau et découvrit l'arme qu'il portait à la hanche.

— Elle vient avec nous, lâcha-t-il lentement.

— Le voilà qui se prend pour un porte-flingue, maintenant ! siffla Frank, railleur.

Le capitaine ricana.

— C'est sûrement son sang de cow-boy australien qui parle ! Sauf qu'il fait pas le poids.

Sur ce, il brandit le fusil qu'il dissimulait dans son dos et le pointa sur Niall avec un sourire mauvais.

— Alors, gamin, toujours envie de te battre ?

Aussitôt, le blond et son acolyte écossais levèrent les mains.

— Putain de rafiot ! s'exclama le premier, furieux. Je n'ai pas craché autant de pognon pour être traité comme ça. Vous bossez pour moi !

— Non, pour moi ! lança joyeusement la voix de Lucas depuis le bas des marches.

Je poussai un soupir de soulagement quand je le vis grimper prestement l'escalier et dépasser les deux hommes en colère pour se planter de notre côté.

— Et si vous redescendiez voir ce que mijotent vos gars ? leur suggéra-t-il.

Tout à coup, Niall se rua sur Lucas, mais l'Écossais le retint au dernier moment.

— Chef! hurla-t-il.

L'Australien repoussa brutalement son homme de main et menaça l'aîné des Hamilton du doigt.

— La rançon pour cette nana sera à moi, Loki!

Niall écarta alors son complice et s'en alla en claquant la porte derrière lui.

— Une rançon? grommela Matthews à mon adresse. Vous devez être drôlement importante aux yeux d'un sacré gros bonnet pour affoler autant le slip de ce type.

— Mon frère, révéla Lucas. Qui ignore qu'elle est ici avec moi.

Le capitaine poussa un sifflement.

— Vous vous débrouillerez tout seul sur ce coup-là, dit-il ensuite. Pas question de me mêler à cette embrouille. Ce requin vous a-t-il raconté comment je l'avais connu? me demanda-t-il ensuite en désignant mon ravisseur du pouce.

Son ton me fit sourire. Matthews semblait toujours avoir une bonne histoire sous le coude. La tension finit par se dissiper. Lucas s'adossa au tableau de bord et soupira:

— Il faut vraiment que vous racontiez cette histoire à tout le monde?

— Pas à tout le monde, repartit le capitaine en me gratifiant d'un clin d'œil complice. Juste à ceux dont je suis sûr qu'ils ne vous la laisseront pas oublier. Alors, voilà. Je viens de rentrer d'une virée en mer et je me trouve dans mon bar préféré à picoler pour relâcher un peu la pression quand ce gars, en costard trois pièces, me demande si je cherche du travail. Je pue le poisson et je me suis pas douché depuis des semaines, vu que je débarque à peine de mon bateau. En plus, j'avais chopé le fiston d'un copain en train de fumer un joint et j'avais été obligé de le virer. Donc, je suis pas de très bonne humeur.

Matthews s'interrompit pour reprendre son souffle avant d'enchaîner :

— Il m'offre un sacré paquet de fric, assez pour éveiller mon attention. Mais comme il me donne l'impression d'être un foutu prétentieux, je lui propose un marché : s'il accepte de bosser une journée sur mon navire, j'écouterai ce qu'il attend de moi. Le gamin essaye de m'embobiner, sauf que je mords pas à l'hameçon. Franchement, j'ai été content de le voir tourner les talons, j'avais envie de boire en paix. Bref, vous imaginez ma surprise quand, le lendemain, il se ramène sur le quai. Il a aucune idée de ce qui l'attend, mais il est plein de bonne volonté. J'ai immédiatement regretté de l'avoir provoqué. Malheureusement, je m'étais engagé.

— Vous m'avez exploité jusqu'à la moelle, précisa Lucas en croisant les bras sur sa poitrine.

Son sourire démentait la rancœur qu'auraient pu exprimer ses mots.

— Je vous ai fait trimer comme n'importe quel moussaillon, riposta le capitaine. C'est le reste de l'équipage qui vous a le plus harcelé. Mais figurez-vous, ajouta-t-il à mon intention, que ce petit merdeux a réussi à tenir sans craquer. Il a même gagné le respect de mes hommes en donnant tout ce qu'il avait. C'est pas rien, en mer. Alors quand on est rentrés au port, je lui ai refilé sa part des bénefs. Mais il m'a dit de la garder et m'a proposé un boulot. À moi !

— Et vous l'avez accepté, si ma mémoire est bonne, commenta Lucas.

Matthews haussa les épaules.

— J'ai plus gagné avec cette petite expédition que ce que m'avait rapporté la saison de pêche de l'année précédente.

Il sembla soudain devenir grave.

— Mes gars me manquent, mais ils étaient pères de famille et je voulais pas les fourrer dans le pétrin. Y a que ce crétin de Frank qui a refusé de quitter le bateau, alors je l'ai embarqué avec moi. Ma foi, on est vieux, on a plus de femme ni de gosses. L'idéal pour ce genre de vie.

Mon cerveau avait du mal à se représenter Lucas engoncé dans des cuissardes en train de vider des poissons. Remarquant que je l'observai, il me gratifia de son sourire narquois habituel.

— Quoi? me lança-t-il. Vous pensez que je suis incapable de m'en sortir dans la cour des grands?

À cet instant, un *boum* étouffé m'évita de répondre. Matthews pivota aussitôt en direction de son tableau de bord, s'empara de la roue, la manœuvra à droite et à gauche, vérifia ses instruments.

— On a plus de jus, commenta-t-il sans plus aucune trace d'amusement dans la voix. Le gouvernail fonctionne, mais j'ai perdu les moteurs.

Lucas se précipita en bas, m'entraînant avec lui.

— Est-ce que je peux vous aider? m'enquis-je.

— Bien sûr. Vous vous y connaissez en mécanique?

— Non, marmonnai-je, déçue.

Nous regagnâmes rapidement notre cabine. J'étais en proie à un profond sentiment d'injustice. Non seulement j'étais une prisonnière mais, de surcroît, une prisonnière *inutile*. Lucas dut sentir mon agacement car il marqua un temps d'arrêt.

— Je suis obligé de vous garder ici pendant que je règle le problème. Je vous promets de vous tenir au courant dès que j'aurai du nouveau. Ça marche?

Légèrement rassurée, j'opinai. Il me récompensa d'un sourire qui me liquéfia.

— N'oubliez pas de vous enfermer à clé, précisa-t-il en sortant.

— À vos ordres !

Après une parodie de salut militaire, je lui claquai la porte au nez. Fidèle à ma parole, je la verrouillai puis allai m'asseoir sur le lit. Mon regard fit le tour de mon étroite geôle. *Quelle ironie du sort si je mourais ici !* Cette pensée morbide me troubla cependant. Lentement, je m'allongeai et fixai la paroi du fond.

J'aurais aimé pouvoir déterminer ce qui m'avait conduite jusqu'ici. Le plus simple était d'accuser Lucas. C'était lui qui m'avait traînée à bord de ce navire. Même si, à l'origine, c'était le décès de mes parents qui avait interrompu mes études, je ne pouvais pas leur en vouloir. L'événement, bien qu'il remonte à plusieurs années, était encore trop douloureux. Depuis, ma vie n'avait été qu'une longue dégringolade et, alors que je croyais que la chance avait enfin tourné…

Pourquoi gâcher ce que nous partageons avec de telles platitudes ?

Les mots prononcés par Jeremiah seulement quelques jours plus tôt me revinrent en mémoire, transperçant mon cœur d'une flèche incandescente. Je serrai les paupières afin de retenir mes larmes. J'avais déjà trop pleuré. Sa réaction à mes trois petits mots – *je vous aime* – m'avait poussée à quitter la maison des Hamptons et à me fourrer dans les ennuis jusqu'au cou. Je n'avais pas eu l'intention de dire cette phrase à voix haute. Elle m'avait échappé.

Je vous aime.

Son rejet avait été comme une gifle en pleine figure. Il m'avait dit de ne jamais redire ça avant de s'en aller.

Ai-je vraiment eu tort d'exprimer mes sentiments ? Cette question me tourmentait plus que tout. Pourtant, je ne m'étais pas attendue à ce qu'il me réponde qu'il m'aimait aussi. Je n'étais pas aussi naïve : nous nous fréquentions depuis moins d'un mois. En même temps, il n'avait jamais précisé que ces mots étaient tabous. Si j'avais su qu'il préférait que les émotions soient tues, je n'aurai rien dit.

J'avais été prise au dépourvu. Pour autant, pouvais-je reprocher à Jeremiah ce qui m'arrivait ? *J'aimerais rejeter la faute sur lui.* Mais non. Je soupirai. Parfois, j'aimerais être moins pragmatique.

Soudain, on frappa. J'allais à la porte.

— Qui est-ce ?

— Lucas.

La voix était étouffée par l'épaisseur du battant. Je ne pus m'empêcher de sourire.

— Vous m'avez trouvé un truc à faire ? lançai-je en ouvrant.

Une rangée de dents jaunes me sourit.

— Salut ma belle.

Je tentai aussitôt de refermer la porte mais le corps massif de mon visiteur m'en empêcha. Je battis en retraite et courus me réfugier derrière le lit, Niall sur mes talons. Il m'empoigna par les cheveux, mais je parvins à échapper à son emprise, traversai la cabine et me retrouvai piégée dans un coin. Niall fit une pause, tel un prédateur se délectant de l'impuissance de sa proie. Lorsqu'il fit le tour du lit, je sautai par-dessus le matelas et fonçai vers la coursive.

J'étais sur le seuil, croyant être sortie d'affaire, quand une énorme main m'agrippa par la taille et me tira en arrière.

— Lucas ! m'époumonai-je.

L'Australien me plaqua contre le mur et claqua la porte de la cabine.

— Ton chéri est à l'autre bout du rafiot, dit-il en se marrant. Je serais ravi que tu hurles mon nom, plutôt.

Il se colla à moi mais je roulai sur le côté, ma hanche heurtant au passage la commode. Le cadre photo qui s'y trouvait tomba sous le choc. Alors que mon agresseur se penchait vers moi, sûrement pour me voler un baiser, je m'en emparai et l'abattis sur son visage. Le coup était maladroit et faible, mais il suffit à le faire reculer et j'en profitai pour me réfugier dans la salle de bains.

Il y eut un silence, durant lequel Niall reprit ses esprits, interrompu par un véritable rugissement. Sans me laisser le temps de refermer le battant, l'homme se rua dans la pièce exiguë. Sa bonne humeur avait disparu. Sa grosse main autour de ma gorge, il me propulsa violemment contre la paroi de la douche. Déséquilibrée, immobilisée, je tentai vainement de griffer la poigne qui m'étranglait. L'Australien fit cogner ma tête contre la surface dure, encore et encore, au point que ma vue se brouilla. De sa main libre, il s'essuya le visage, grogna et me montra ses doigts rougis de sang.

— Espèce de petite salope !

Il me traîna hors de la salle d'eau et me jeta sur le lit. À moitié assommée, luttant pour respirer, je me débattis pour lui échapper. Mais il saisit mes jambes, me ramena vers lui et écrasa sa paume sur mon visage lorsque j'essayai de me relever. À travers la douleur qui envahissait tout mon corps, j'entendis le bruit d'une boucle de ceinturon qu'on détachait. *Non, par pitié…*

La suite me parvint de façon très floue. Un fracas retentit, suivi d'une détonation, et Niall s'écroula sur le flanc en couinant comme un porc qu'on égorge. Il s'effondra par terre à l'autre bout du lit, et je découvris Lucas qui avançait sur lui avec son revolver.

— Tu m'as tiré dessus !

— En effet. Et maintenant, je te donne trois secondes pour me convaincre de ne pas recommencer.

Reprenant un peu mes esprits, je me relevai et les regardai.

Derrière Lucas, l'Écossais entra dans la cabine à reculons, les mains en l'air. Frank apparut à son tour, le menaçant du fusil du capitaine qui arrivait en dernier, les yeux fixés sur Lucas.

Sur le sol, Niall gémissait en se balançant.

— Sale fils de pute ! cracha-t-il.

Lucas tira de nouveau, et je tressaillis en entendant le hurlement de Niall. Je ne pouvais pas le voir mais je ressentais profondément la souffrance dans la voix de l'Australien.

— Tu as raison, pour ma mère, lâcha Lucas sur un ton dangereusement léger. Mais j'attends mieux.

— Quoi ? marmonna l'autre, les dents serrées.

— Pourquoi tu as saboté mon navire ?

Pour le coup, mon agresseur sembla dérouté.

— Comment ? s'écria-t-il. Pourquoi est-ce que j'aurais fait ça ? Non, non ! se dépêcha-t-il d'ajouter en agitant les bras quand Lucas approcha d'un pas. Je te jure que je n'ai rien saboté du tout ! Pourquoi je mettrai en danger ma cargaison ?

— J'en conclus que ta visite ici relève uniquement du hasard, alors ?

Si l'aîné des Hamilton s'exprimait avec la désinvolture qu'il aurait utilisée pour parler de la météo, je savais, pour avoir vu son frère agir de manière identique, que le danger n'était pas loin. Ce dont Niall paraissait complètement inconscient.

— J'ai saisi ma chance, OK ? rétorqua-t-il.

L'arme fut cette fois dirigée droit sur son crâne. L'air jovial qu'affichait Lucas disparut, comme sous l'effet d'un interrupteur. Il s'approcha encore, plaça le canon sur le front de son adversaire qui se mit à bredouiller avant de s'écraser par terre, hors de ma vue.

— Fiston ! lança la voix rude de Matthews.

Lucas se figea.

— Ne fais pas ça, poursuivit le capitaine en passant au tutoiement. Pas sous l'emprise de la colère ni devant la fille.

Durant une poignée de secondes, je crus que Lucas n'allait pas l'écouter. J'étais sous le choc. De l'autre côté du lit me parvenaient les suppliques de Niall. Le revolver trembla un instant, l'index se crispa sur la gâchette, puis le masque souriant de Lucas revint sur ses traits.

— Tu as du pot que je sois un type bien, dit-il en pointant son arme vers le plafond. Que son homme le ramène en bas. Enfermez-les tous les deux dans la soute avec une trousse d'urgence.

— Tu me le paieras, marmonna Niall tandis que l'Écossais l'aidait à se relever.

Lucas lui avait tiré dans la jambe à deux reprises.

— Je connais des gens qui ne seront pas très contents quand je…

Lucas rabaissa son revolver et, avec désinvolture, tira dans l'autre jambe de l'Australien. Ce dernier poussa un hurlement et s'effondra contre son acolyte.

— Finalement, je suis ne pas un type aussi bien que ça, commenta le balafré en secouant la tête. Que Dieu me préserve des amateurs !

Sanglotant, l'Australien fut évacué de la cabine, suivi de près par Frank qui continuait de tenir les deux hommes en joue. Lucas les regarda partir avant de se tourner vers moi.

— Comment est-il entré ? me demanda-t-il.

Comme je ne répondais pas, il poursuivit d'une voix pleine de colère :

— Je vous avais pourtant conseillé de vous renseigner avant d'ouvrir !

— Il s'est fait passer pour vous, avouai-je en serrant mes genoux entre mes bras. Je vous ai obéi. J'ai cru que...

J'entendis un cliquetis, puis Lucas posa l'arme sur la commode et me prit dans ses bras. Je tentai d'échapper à son étreinte mais l'émotion commença à me submerger. Je me mis à trembler et m'accrochai à lui, comme à une ancre rassurante et protectrice.

— Je suis désolé, chuchota Lucas dans mes cheveux, alors que je me laissais aller contre lui.

— Je redescends vérifier où en sont les réparations, annonça le capitaine.

Je ne me donnai pas la peine de regarder dans sa direction, mais Lucas hocha la tête.

— Le gamin a littéralement volé quand il vous a entendue, continua Matthews à mon adresse avant de s'en aller en refermant la porte derrière lui.

Agrippée à Lucas, je cachai mon visage quand je fondis en larmes. Plus j'essayais de me contenir et plus j'étais secouée de sanglots. Le barrage rompit, je cédai à la fois à la colère et au soulagement.

Je me calmai peu à peu. Pendant tout ce temps, Lucas n'avait cessé de me bercer. Pour autant, je ne le lâchai pas et le retins même quand il desserra son étreinte.

— Ne partez pas, murmurai-je. Pas encore.

D'une main, il caressa mes cheveux tandis que de l'autre il frôlait mon dos. Je frémis, mais il ne descendit pas plus bas.

— J'ai commis une erreur en vous emmenant, marmonna-t-il, visiblement furieux contre lui-même. Bon sang, je n'aurais pas dû vous mêler à tout ça ! J'aurais pu me débrouiller autrement, sans vous, et vous seriez restée…

Il s'interrompit alors je relevai la tête pour le dévisager. Il regardait dans le vide, la bouche étirée en une ligne sévère. Quand il finit par croiser mon regard, je distinguai dans ses yeux un éclat qui me vrilla le ventre, et je ressentis en même temps combien notre contact était intime. Mes poings s'enroulèrent autour du fin tissu de sa chemise, et je me serrai contre lui.

— Merci, chuchotai-je en me réfugiant dans la chaleur réconfortante de son corps.

Son odeur et sa proximité me bouleversèrent, mais tout valait mieux que le souvenir de cette journée… non, de cette semaine.

— Je vous en prie, répondit-il d'une voix tendue.

Le désir se lisait dans ses yeux. Je me rappelai brusquement le baiser que nous avions échangé chez lui, la sensation de ses lèvres sur les miennes, son parfum envoûtant.

— Lucy…

Je ne sus pas ce qu'il allait dire, car je relevai la tête et posai ma bouche sur la sienne. Durant un instant, il ne réagit pas, et le désespoir s'empara de moi. *Aidez-moi à oublier !* Je nouai mes bras autour de sa taille et le tirai à moi. Alors, ses lèvres s'entrouvrirent. Un soupir m'échappa lorsqu'il me renversa sur le matelas. Il remonta mes poignets au-dessus de ma tête. Je gémis. Sa langue joua avec ma bouche, et il me sourit.

— Vous aimez ça, hein?

Oui. Je serrai les poings, avide de le caresser mais me délectant aussi de sa domination. Il glissa un genou entre mes cuisses, l'appuya fort contre mon sexe. Je tressaillis et arquai le dos pour mieux me coller à lui. Brièvement, à la pensée de Niall ensanglanté, je poussais un petit cri, interrompant notre baiser. Lucas posa son front sur le mien.

— Nous pouvons arrêter, si vous...

Je lui coupai aussitôt la parole en l'embrassant, et il ne protesta pas. Tenant mes poignets d'une seule main, il introduisit l'autre sous mon haut et entreprit de titiller l'un de mes tétons, tandis que sa bouche descendait le long de mon cou. Je gémis de nouveau et crochetai mes jambes autour de ses hanches étroites.

— Comme vous êtes bandante! murmura-t-il.

Je l'aidai à remonter mon corsage au-dessus de ma tête. Quand je sentis sa chaleur contre ma peau dénudée, je fus soudain engloutie par une vague de désir. Me libérant de son emprise, je tirai avec précipitation sur sa chemise. Ma maladresse lui arracha un rire étouffé qui m'irrita. Je le repoussai sur le dos et, le délestant de sa ceinture, j'enlevai son pantalon. Je découvris, sans grande surprise, sa queue déjà raidie. Je le saisis, promenai mon pouce sur le gland épais et fus récompensée par un soupir étouffé. Je glissai au pied du lit en griffant son torse de mes ongles et le pris dans ma bouche.

Il lâcha cette fois un juron et tandis qu'il se redressait. Je le gobais aussi profondément que je pus. Ses doigts agrippèrent mes cheveux tandis que j'embrassai, suçai, enfonçai mes ongles dans ses hanches pour mieux l'engloutir. À plusieurs reprises, j'agaçai son nœud turgescent avec la langue avant de l'enrouler autour de la hampe et de redescendre vers la base.

— Nom de dieu ! s'exclama-t-il quand je caressai l'intérieur de ses cuisses du bout des doigts tout en mordillant gentiment l'extrémité de son membre durci.

Il prit ma tête entre ses mains, m'ôtant son sexe de la bouche, et m'attira contre lui. Docile, je suivis le mouvement et me mis à califourchon sur lui avant de chercher aussitôt sa bouche. Lucas m'embrassa avec une vigueur renouvelée et me fit rouler sur le lit.

— À mon tour, souffla-t-il.

Il déboutonna habilement mon pantalon tandis que je me soulevai pour l'aider. Il me retourna ensuite avec une certaine brusquerie, ce qui m'arracha un petit cri. Ses mains agrippèrent mes fesses et j'en miaulai de désir. Écartant mes replis intimes, il plongea le visage entre mes jambes.

Je lâchai un gémissement de plaisir, bondis en avant, mais ses mains autour de ma taille me maintenaient fermement en place. Alors qu'il me léchait et me suçait, j'enfouis ma tête dans un oreiller tout en gigotant sur le lit. Soudain, l'une de ses mains abandonna ma taille et ses longs doigts me pénétrèrent. Je me tendis comme un arc en gémissant. Il m'aurait enchaînée que je n'aurais pas été plus esclave des sensations qu'il provoquait en moi. Rien n'aurait pu m'amener à renoncer à une torture aussi délicieuse tant mon corps vibrait de plaisir. Maître en la matière, il savait parfaitement jouer avec mon corps.

Le bruit d'un étui de préservatif qu'on déballe m'annonça qu'on passait à une autre étape, mais j'étais dans un tel était que je ne m'en préoccupais pas. Quand sa bouche me délaissa, je me mis à grogner de frustration et à supplier en silence pour qu'il m'en donne encore et toujours plus. L'absence soudaine de tout contact m'était insupportable, mais le lit craqua et je le sentis se glisser derrière moi. Ses mains s'arrondirent sur les courbes de mon corps, ses ongles se plantèrent sur mes hanches et je m'agrippai plus fort à l'oreiller.

Lorsque son gland frôla l'entrée de mon sexe, je ne pus retenir un cri d'excitation, aussitôt suivi d'un halètement, car il venait de me pénétrer d'un seul et long mouvement assuré. Je mouillais comme une dingue et sa présence en moi précipita la montée de mon orgasme. Je ponctuai désormais chacune de mes respirations de cris, étouffés par l'oreiller mais bien audibles dans l'espace exiguë de la cabine. Tout mon corps était tendu, et je devinai aux mouvements erratiques de Lucas qu'il allait lui aussi atteindre l'orgasme.

Il modifia sa position, ajustant parfaitement ses coups de boutoir aux endroits les plus sensibles, et je cédai à la jouissance. Des vagues de plaisir m'emportaient tandis que Lucas continuait d'enfoncer sa queue, la moindre de ses allées et venues exacerbant mes sensations. Au bout d'un moment, il ne put plus se retenir et jouit à son tour avec un soupir étranglé, ses doigts crispés sur mes hanches. Il s'abattit lourdement sur moi, son haleine chaude me brûlant la peau.

Nous restâmes ainsi un moment, reprenant notre souffle. Il finit par se retirer et alla se laver. Allongée sur le ventre, pantelante et les yeux fermés, j'attendais que l'onde de choc s'estompe. Quand il revint dans la cabine, Lucas s'allongea près de moi, m'enlaça et me fit rouler sur le flanc entre ses bras. Je me blottis contre son torse tiède, rassurée par le réconfort de son étreinte.

— Navré de vous apprendre que j'ai un côté un peu sale con, me chuchota-t-il à l'oreille. Le vôtre est assurément l'un de mes préférés dorénavant.

Un petit rire m'échappa, qui salua ce compliment inattendu. Je me collais davantage à lui, heureuse qu'il me serre aussi fort. Je promenai mon index sur les contours des muscles de sa poitrine, qui se tendaient puis se relaxaient à mesure que je les effleurais. Je m'autorisai à profiter pleinement du sentiment de sécurité que j'éprouvais à son contact. Son arme était toujours posée près du lit, et je la contemplai tout en jouant distraitement avec l'un de ses tétons.

Nous profitâmes ainsi de plusieurs minutes d'un répit bienvenu. Je me serais endormie dans cette position si, malheureusement, il ne s'était pas écarté, trop tôt à mon goût. Privée de la chaleur de son corps, prenant tout à coup conscience que la porte n'était pas verrouillée, je m'empressai de m'enrouler dans la couette et observai Lucas s'habiller. Le seul spectacle de sa musculature ondulant sur son corps mince était superbe. Je n'avais pas connu tant de beaux hommes dans ma vie…

Jeremiah.

Le prénom surgit dans mon esprit. En une seconde, comme si j'étais soudainement dégrisée, les dernières traces de bien-être s'effacèrent. Frissonnante sous l'effet de la gêne, je baissai le regard sur les draps autour de moi.

— J'ai un cadeau pour vous, annonça Lucas.

Il me tendit un objet long et fin. Je m'en emparai avec précaution et le retournai entre mes mains. L'objet en métal était léger, et, à ma grande surprise, je m'aperçus qu'il dissimulait une lame.

— C'est un couteau à cran d'arrêt, expliqua Lucas. Facile à ouvrir et refermer avec un peu d'habitude.

Il me le reprit et, en quelques gestes du poignet, m'en montra le fonctionnement, faisant apparaître et disparaître la lame acérée. Puis il me rendit.

— Gardez-le et entraînez-vous, me conseilla-t-il. Il ne sera guère utile en cas de fusillade mais devrait vous donner un peu de répit en cas de corps-à-corps.

J'acquiesçai. Lucas renversa ma tête en arrière et plongea son beau regard bleu vert lourd d'inquiétude dans le mien.

— Je reviens très vite, me promit-il. Il faut que je bosse un peu. Et surtout, que je veille à ce que nous repartions.

Apparemment réticent à me quitter, il se pencha et m'embrassa. Durant ce bref instant, mes doutes et mes peurs s'envolèrent, évincés par le désir et le sentiment de sécurité que dégageait cet homme. Mais je fus de nouveau assaillie de doutes dès qu'il se redressa et s'en alla sans ajouter un mot.

Contemplant le couteau, je m'adossai aux oreillers et songeai à mon existence. Trois jours plus tôt, j'avais avoué mon amour à un autre. Je ne l'avais jamais dit à personne d'autre qu'aux membres de ma famille, lesquels étaient tous morts à présent. Je n'avais pas imaginé que cet homme me repousserait de cette manière.

Aujourd'hui, j'étais prisonnière à bord d'un bateau de contrebandiers, enlevée par le frère de celui qui m'avait rejetée. Son aîné, dont l'odeur s'attardait encore sur ma peau.

Vous ne vouliez pas aimer, Jeremiah. Je jouai avec l'arme blanche. À ma grande satisfaction, un simple geste déploya la lame, sur laquelle se refléta la lumière ténue qui m'environnait. Tout aussi aisément, je repliai le couteau.

Je n'étais jamais tombée amoureuse avant de rencontrer Jeremiah. Son pouvoir de séduction m'avait réduite à néant, il m'avait transportée en des lieux jusqu'alors inconnus de mon cœur. Confrontée aux dangers et à la décadence de ma nouvelle vie, je m'étais éprise du milliardaire en croyant naïvement et sottement qu'il partageait mes sentiments. Quand, dans un moment de faiblesse, j'avais formulé ce que j'éprouvais, il s'était cabré comme un cheval sauvage. Et voici que, une poignée de jours après, je me retrouvai dans le lit d'un autre homme.

Si le sexe était synonyme d'aimer, que venait-il exactement de m'arriver?

4

Patienter n'a jamais été mon fort, mais il semblait que c'était tout ce que les Hamilton attendaient de moi. Je n'étais pas pour autant obligée de me conformer à leur bon vouloir.

Je m'habillai, jouai un peu avec le couteau de Lucas, consultai les livres sur l'étagère, contemplai le plafond et finis par me tourner les pouces. Les minutes se transformèrent en heures, et les gargouillements de mon estomac finirent par être impossibles à ignorer. Je n'avais rien avalé de la journée et je commençais à me demander si Lucas allait revenir avant que je sois morte d'inanition. Même quand les moteurs se remirent à vibrer sous mes pieds, personne ne vint frapper à la porte de ma cabine.

Bref, il devenait évident que j'étais livrée à moi-même.

Plantée devant la porte, je fixai la poignée. Dieu merci, ceux qui me voulaient du mal étaient à présent sous les verrous. Plus j'avais faim et moins le danger me paraissait important en regard des crampes qui me tordaient l'estomac. Un ultime gargouillis à l'idée d'un bon repas me donna enfin le courage d'ouvrir et de passer la tête dans le couloir.

Un costaud tituba devant moi, mais il m'ignora et grimpa prestement l'escalier qui menait au pont supérieur. La soute donnait l'impression d'être le lieu d'une activité fébrile. Si ma curiosité en fut éveillée, je décidai qu'elle devrait attendre que j'aie mangé un morceau. Même si c'était ridicule, je marchais sur la passerelle métallique sur la pointe des pieds, aussi doucement et rapidement que je le pouvais, et me faufilai dans la cambuse.

Je fus soulagée que l'endroit soit vide. Je fonçai droit sur le réfrigérateur et grimaçai bien vite quand je fis l'inventaire de ses maigres richesses: de la viande crue posée telle quelle sur des assiettes, sans aucune protection, et des Tupperwares non étiquetés contenant des restes douteux. Déçue, j'entrepris de fouiller le placard le plus proche. Tout était caché dans des boîtes, à l'exception d'un pain de mie. Je vérifiai qu'il n'était pas moisi et m'en contentai pour apaiser ma faim.

Ce n'était sans doute pas le repas le plus nourrissant qui soit, mais j'engloutis trois tranches d'affilée avant de me mettre en quête de quoi faire un sandwich. En fouillant sur les étagères, et, à défaut du beurre de cacahuète que j'espérais, je dénichais un tube d'une pâte appelée Marmite. Je l'ouvris, reniflai et me dépêchai de le remettre à sa place. C'est alors que j'aperçus un jeune homme qui m'observait depuis l'autre côté du comptoir de la cuisine. Je poussai un petit cri de surprise et lâchai le tube.

— Euh… salut! marmonnai-je, incertaine, avant de ramasser le tube qui était tombé par terre.

Le garçon me fixait avec nervosité, ce qui me rassura un peu. Il était beaucoup plus jeune que les autres hommes que j'avais croisés à bord, même à peu près de mon âge. J'optai pour un sourire hésitant.

— Je cherchai de quoi grignoter.

Comme il me dévisageait d'un air stupide, je me dis qu'il ne me comprenait peut-être pas.

— Hum…

À cet instant, un hurlement inintelligible retentit dans le couloir. La tête du jeune homme pivota vivement en direction de la porte avant de revenir sur moi. Je déchiffrai une sorte d'avidité désespérée dans ses yeux.

Merde ! Je me précipitai vers la porte, mais il fut plus rapide que moi. M'empoignant par le bras, il me fit virevolter et m'expédia brutalement contre une table. Alors que des hommes entraient dans la pièce, il me plaqua dos contre lui et je perçus un reflet qui me glaça le sang : il tenait un couteau de boucher appuyé contre ma gorge.

Lucas fendit le groupe d'hommes et s'arrêta net en me voyant. Je le foudroyai du regard, mais il eut l'audace de me sourire.

— Décidément, commenta-t-il, vous avez la poisse.

— Je sais ! Inutile d'insister.

J'étais exaspérée, mais la lame glissa dans mon cou et toute émotion autre que la frayeur disparut.

Quand je déglutis, je sentis la pointe acérée mordre ma peau.

— Lâche-la, Alexeï, ordonna Lucas d'une voix sourde.

L'interpellé cracha à la figure de Lucas et lâcha un chapelet de mots. Si je ne comprenais pas sa langue, je devinai sans problème qu'il s'agissait d'insultes.

— Kolya ? lança Lucas sur un ton sec.

Un type, qui était le chauffeur me semblait-il, avança.

— Traduis, s'il te plaît, continua Lucas.

— Va te faire foutre.

Lucas jeta un coup d'œil au Russe tatoué et lâcha :

— À peu près ce que je pensais. Dis-lui d'avoir la gentillesse de libérer mademoiselle Delacourt.

Le costaud transmit le message. Hélas, Alexeï secoua la tête et repartit dans une tirade furibonde.

— Il refuse, traduisit Kolya.

— Pourquoi a-t-il saboté le bateau?

— Tout couler. Surtout toi!

Alexeï s'était cette fois exprimé directement en anglais, et ponctua d'un nouveau crachat destiné à Lucas.

— Ah, il parle! s'exclama ce dernier avec un sourire sinistre. Puis-je me permettre de te demander ce que je t'ai fait?

— Tuer ma famille! gronda Alexeï. Tes fusils. Eux massacrés.

Le sourire s'effaça aussitôt sur les lèvres de Lucas.

— Qui t'a raconté ça?

Je ne manquai pas de remarquer qu'il ne se donnait même pas la peine de nier l'accusation.

— Mettre bombe mais pas marcher, enchaîna le garçon sans répondre à la question. Vous au fond de la mer, je revoir ma famille.

Il brandit son couteau alentour en hurlant de nouveau en russe.

— Ça, c'était pour nous, ça, intervint Kolya, réagissant à un coup d'œil de Lucas avant de reporter de nouveau son attention sur Alexeï. Parce que nous travaillons pour vous.

— Dix ans! s'égosilla Alexeï. Dix ans pour vengeance. Et maintenant, je échouer.

Lucas sursauta.

— Je n'étais pas là, il y a dix ans, se défendit-il avec gravité. Ce n'est pas moi qui ai vendu les armes qui ont tué ta famille.

Dans mon dos, je sentis le corps de jeune homme se mettre à trembler.

— Menteur! souffla-t-il.

La tension monta encore d'un cran. Tout à coup, quelque chose dans ma poche heurta ma cuisse. *Le cran d'arrêt!* Morte de frousse à l'idée d'être vue, je l'extirpai lentement des profondeurs de ma poche et l'ouvris le long de ma jambe. Avec un peu de chance, mon preneur d'otage ne s'en rendrait pas compte. Je serrai les doigts autour du manche lorsque Lucas leva un bras dans un geste apaisant. Je retins mon attaque, en priant pour qu'il sache ce qu'il faisait. Je respirais à peine, par crainte de m'entamer la cuisse toute seule.

— C'est celui qui t'a dit que j'étais dans le business il y a dix ans qui a menti, Alexeï, plaida le marchand d'armes. Révèle-moi son identité, s'il te plaît.

Le jeune homme semblait hésiter, tandis que ma main tremblait de plus en plus. Je sentis quelque chose couler le long de mon cou et compris que je saignais. Il suffirait d'un rien pour que mon sang coule bien plus abondamment.

— Tu tuer d'autres familles, finit par rétorquer le Russe en ayant l'air de reprendre courage à cette seule idée. Pourquoi moi pas tuer la tienne?

Ses mains raffermirent leur prise. Inutile de compter sur Lucas, songeai-je. Je venais d'entendre ma sentence de mort. *Tant pis pour toi, mon pote.*

M'écartant brutalement, je projetai ma lame vers arrière jusqu'à ce que perçoive la résistance écœurante de la chair. Le cri d'Alexeï déchira mes tympans tandis que nous roulions à terre. Le bras qui tenait le couteau pointé sur ma gorge se détendit suffisamment pour que je puisse le repousser, mais, dans la chute la pointe érafla ma peau.

Dans la mêlée, je perdis mon cran d'arrêt et je fus prise de panique. Rampant au sol, je constatai que le garçon n'avait pas lâché son arme. Il m'attrapa par la cheville et me tira de nouveau vers lui. Je glissai en me débattant et il brandit la lame au-dessus de moi. C'est alors que des coups de feu retentirent. Le Russe fut projeté en arrière et s'effondra contre le réfrigérateur.

Gémissant faiblement, je m'éloignai à quatre pattes de son corps et repoussai les mains secourables qui voulaient m'aider.

— Bordel de merde ! hurlai-je en me mettant debout toute seule.

Sous l'emprise d'une décharge ininterrompue d'adrénaline, j'arpentai la cambuse de long en large, le cœur battant, le corps frémissant.

— Pourquoi ces trucs-là m'arrivent-ils tout le temps ? protestai-je, incapable de tenir en place.

Kolya se pencha sur Alexeï, tâta son pouls. Je savais déjà qu'il était mort. Bouleversée, je m'arrachai les cheveux. Je n'avais plus qu'une envie : fuir, déguerpir de ce bateau. À cet instant, Lucas surgit devant moi et me bloqua la sortie.

— Restez tranquille ! m'ordonna-t-il.

Quand je voulus le contourner, il m'immobilisa, m'agrippant par les épaules.

— Vous saignez, poursuivit-il. Laissez-moi voir ça.

Je le repoussai et il fronça les sourcils.

— Vous sentiriez-vous mieux si je vous giflais ? s'enquit-il.

— Essayez seulement ! dis-je en le fusillant du regard.

Sa menace eut pourtant l'effet escompté et je me calmai un peu. Il en profita pour appuyer un torchon sur ma blessure. Tandis que la douleur me faisait tressaillir, je priai pour que le tissu soit propre.

— Il y a une trousse de secours dans ma salle de bains, reprit Lucas. Kolya? Charge-toi du corps et trouve-moi comment Alexeï a réussi à introduire une bombe à bord.

Bien décidée à me débrouiller seule, je flanquai une tape sur ses mains tendues. Sauf que, tout à coup, le plancher se déroba sous mes pieds et que le monde bascula. Je me retrouvai dans ses bras, en train de m'égosiller comme une écorchée. J'eus beau hurler et ruer, il me porta jusqu'à la cabine et me jeta sur le lit avant de refermer la porte derrière nous. Puis il revint de la salle de bains avec une boîte rouge.

— Ne bougez pas, m'enjoignit-il. Je tiens à soigner ça.

Je me laissai faire en protestant, mais je ne pus m'empêcher de m'écarter en sifflant comme une tigresse quand il tamponna ma blessure avec de l'alcool.

— Qu'est-ce que ma vie était ennuyeuse avant que je vous rencontre, votre frère et vous! grognai-je.

Il m'ordonna de presser un coton contre ma gorge pendant qu'il farfouillait dans sa trousse de premiers soins.

— Vous croyez que c'est une sorte de vengeance divine pour avoir été l'adolescente la plus rasoir au monde? poursuivis-je.

— Peut-être.

Il s'esclaffa quand je le toisai d'un regard noir.

— Allez vous doucher, dit-il ensuite. Personnellement, je refuserais de toucher quoi que ce soit qui ait été en contact avec le sol de la cambuse sans être passé d'abord par un sas de décontamination.

Il n'avait pas tort. La cuisine était répugnante, et je doutais que son plancher vaille mieux. M'enfermant dans la salle de bains, je me déshabillai, fis couler l'eau et examinai mon cou dans le miroir. Lucas m'avait collé un pansement assez large pour que l'eau ne pénètre pas dans la plaie, mais ma peau restait sensible. Une fine marque rouge descendait jusqu'à l'un de mes seins, là où la lame avait ripé. Un frisson me secoua, tant parce que mon taux d'adrénaline retombait que parce que je commençais à prendre conscience d'avoir véritablement frôlé la mort. Sautant dans la douche, je me détendis durant plusieurs minutes sous le jet chaud.

Tout à coup, la porte couina et Lucas entra.

— Fichez le camp! aboyai-je.

Il se contenta de rire. Je l'entendis se déshabiller, puis il écarta le rideau et me rejoignit sous l'eau. Histoire de dissimuler ma nervosité, je lui tournai le dos et entrepris de me savonner.

— Vous me passerez le savon quand vous aurez fini.

Le ton sec de commandement provoqua des remous dans mon ventre. Obtempérant, je me rinçai rapidement en m'efforçant d'ignorer sa présence. Il ne tenta pas de me toucher, ce dont je fus soulagée. Malheureusement, je ne pouvais pas le fuir indéfiniment. Je pivotai sur les talons et pris soin de fermer les yeux tandis que je finissais de me rincer. Un sifflement appréciateur me parvint et, malgré la chaleur de la douche, mes tétons réagirent en durcissant.

— À moi, décréta-t-il.

J'ouvris les paupières et vis qu'il me tendait un gant de toilette.

Je fronçai les sourcils et protestai:

— Je ne suis pas votre esclave.

Néanmoins, je me saisis du gant avec empressement.

— Ça vous dirait de le devenir?

Je levai les yeux au ciel en affectant la nonchalance. Non sans mal cependant. M'interdisant de regarder son bas-ventre, je me mis à frotter son cou et le haut de son torse. La crasse que je retirai me stupéfia.

— Vous êtes dégoûtant, commentai-je.

— Voilà ce qui arrive quand on bosse sur un moteur de bateau toute la journée.

Le gant était peu adapté à tant de crasse. Je dus le rincer deux fois et le savonner de nouveau pour parvenir à rendre propre la poitrine de Lucas. Ma tâche me permit de ne pas trop penser à la sensation de ses muscles sous mes mains ni au fait que j'étais nue en compagnie d'un bel homme bizarre. Cette douche commune était d'une intimité dont je n'étais pas certaine de pouvoir assumer les éventuelles conséquences à venir. Si je cessai de le nettoyer au-dessus de son bas-ventre, cela ne m'empêcha pas de deviner la hampe raidie qui pointait dans ma direction.

— Tournez-vous !

— Mais c'est que la petite esclave se permet de donner des ordres !

Il finit par obéir et je m'attaquai à ses épaules et à son dos en descendant peu à peu. Lorsque j'atteignis ses hanches, je dus me mordre la langue pour ne pas trahir combien je les appréciais. Je me retins de caresse sa chute de reins splendide et je me forçai à reculer.

— Bon, vous pouvez vous rincer.

Nous échangeâmes nos places en nous serrant dans la douche étroite. Nos peaux se frôlèrent, et mon cœur fit des soubresauts. Il se plaça sous le jet et, décontracté, m'offrit un spectacle auquel, ce coup-ci, je fus incapable de m'arracher. Même s'il n'était ni aussi grand ni aussi bien bâti que Jeremiah, il était magnifique à sa façon. Je mourrai d'envie de le caresser mais retirai ma main à la toute dernière seconde. J'avais la poitrine serrée et une douleur diffuse incendiait l'intérieur de mes cuisses.

Il se dégagea du jet, ouvrit les yeux et afficha un sourire narquois en découvrant que je le regardais.

— Vous ne vous lavez pas les cheveux? me demanda-t-il.

— Euh…

À court de mot, je cherchai des yeux une bouteille de shampooing avant de me figer, car Lucas venait d'avancer d'un pas dans ma direction. Il prit mes seins en coupe, et en titilla les tétons durcis. Un long frisson parcourut ma colonne vertébrale. Je ne savais pas trop à quoi m'attendre de la part de cet homme qui pouvait alternativement être un gentleman et une parfaite crapule. En tout cas, mon corps réagissait dès qu'il me touchait. Il me contempla d'un air malicieux.

— Une fois avec vous ne suffit pas, déclara-t-il en effleurant ma joue.

Un soupir lourd de désir m'échappa malgré moi, allumant aussitôt un éclat dans ses yeux. Mes mains se plaquèrent d'elles-mêmes sur son corps, soulignant les lignes de ses pectoraux. Il tira brutalement le rideau de la douche.

— Dehors! m'ordonna-t-il.

Il me suivit sur le tapis. Sans nous laisser le temps de nous sécher, il me souleva de terre et m'emporta sur le lit. Nous nous y vautrâmes, nos bouches avides se cherchant, nos paumes jouant sur nos peaux humides.

Si nos baisers n'eurent pas la passion de nos premiers ébats, ils n'en furent pas moins intenses. Je geignis sous l'effet de ses coups de langue et de dents sur mon cou. Alors qu'il se glissait entre mes cuisses, ses lèvres trouvèrent les miennes, agaçantes et prometteuses, et je soupirai de satisfaction.

Il plaqua encore mes poignets au-dessus de ma tête sauf que, cette fois, je sentis qu'il les emprisonnait vraiment. Interrompant notre baiser, je levai la tête et découvris un cordage, puis je vis son sourire insolent.

— J'ai comme l'impression que vous aimez ce genre de chose, murmura-t-il avec un clin d'œil.

Je ne savais même pas où il avait trouvé cette corde. Elle était probablement dans la cabine, mais je ne l'avais pas remarqué jusqu'à présent. La corde était épaisse, presque aussi large que mes poignets, mais elle me laissait suffisamment de mou pour avoir une certaine liberté de mouvement.

Lucas contempla d'un air satisfait son ouvrage.

— Maintenant, je vais pouvoir faire ce qu'il me plaît, dit-il.

Il se mit alors à sucer un de mes tétons. Dans un profond soupir, je me cambrai, exigeant encore plus de caresses. Il passa à l'autre sein puis descendit le long de mon ventre frémissant. Il fit passer mes genoux par-dessus ses épaules et me dévisagea intensément, tandis que je luttais pour conserver un tant soit peu de dignité. En vain.

— Je raffole de votre goût, chuchota-t-il.

Alors, il pencha la tête et, au contact de sa langue sur les lèvres de mon sexe, je projetai mes hanches en avant, tirai sur mes liens, me tordais sur le lit. Je tremblai de tous mes membres. Des doigts rejoignirent sa bouche sur mes chairs si sensibles, m'ouvrirent plus largement pour permettre à son visage de s'enfoncer en moi. Je poussai un long gémissement de plaisir.

— Ah, mais c'est qu'on est du genre à crier? Allez-y, rendons les gars jaloux!

Je serrai les lèvres et la mâchoire, tandis qu'il repartait de plus belle. Mon corps bondissait sous ses coups de langue. Des grognements et des cris continuaient de m'échapper, pas assez puissants cependant pour transpercer les cloisons. Lucas était un maître dans l'art de me faire vibrer. Il savait adroitement appuyer sur les zones les plus sensibles et les plus secrètes de mon corps jusqu'à ce que je ne sois plus qu'une poupée de chiffon pantelante sous ses caresses.

Puis il se redressa et me souleva par le bassin. Il m'inclina sur le flanc, passa l'une de mes jambes sur son épaule et s'enfonça en moi brutalement. Je poussai un cri que je m'efforçai de ravaler immédiatement. Alors qu'il allait et venait en moi, sans se presser, il toucha un endroit qui déclencha de violents frissons le long de mon dos. Cette position lui permettait de me donner un maximum de plaisir, et je sentis la jouissance monter en moi. Pourtant, Lucas n'allait pas jouir aussi tôt.

Il finit par se retirer, me fit pivoter de nouveau et me plaqua sur le ventre. Il empoigna ensuite mes fesses, les secoua un peu avant de leur assener une claque moqueuse parce que je venais de lui adresser un regard agacé par-dessus mon épaule.

— J'aime jouer avec votre cul, dit-il avec son sourire narquois. Presque autant que le pénétrer.

Son pouce glissa dans ma fente et l'écarta, tandis que je repliai les genoux pour mieux m'offrir. La tête dans l'oreiller, je me raidis un instant lorsqu'un doigt taquina mon trou le plus intime, mais il ne s'attarda pas, préférant caresser la petite zone de chair sensible entre les deux. Puis, lentement, il se plaça derrière moi et gémit tandis que la pointe épaisse de son sexe se frayait un passage en moi. Mon abdomen se contracta sous l'effet de l'anticipation. Il tira sur mes hanches jusqu'à ce qu'il soit fermement planté entre mes fesses. Il posa son front sur mes omoplates et se retira pour mieux me pénétrer, avec plus de force, une deuxième fois.

Je m'agrippai au cordage emprisonnant mes poignets aux barres du lit, car les coups de boutoir de Lucas étaient de plus en plus violents et rapides. Étouffant mes gémissements dans l'oreiller, je tendais les fesses avec avidité, toutes mes terminaisons nerveuses saturées par le plaisir que me procuraient ces va-et-vient. Je sentis d'abord ses dents griffer la base de ma nuque et soudain, elles me mordirent, mais la souffrance ne fit qu'ajouter à ma jouissance.

— Comme vous êtes sexy ! me souffla Lucas.

Le compliment m'enchanta, et je serrai d'autant plus l'anus autour de sa queue tout en me collant à son bassin. Il jura et, souriante, je recommençai à me contracter. À son tour, il plongea en moi avec une vigueur renouvelée, et je gémis encore dans l'oreiller. J'étais à deux doigts de l'orgasme.

Mais juste à ce moment-là, il se retira, me mit sur le dos et s'enfonça dans mon vagin très vite, son visage tout près du mien. Il couvrit mes cris avec sa bouche, avalant les sons que j'émettais. Les jambes crochetées autour de ses hanches, je l'emprisonnai fermement contre moi. La jouissance surgit en moi au point de me faire sangloter, menaçant de me submerger. Je tirai comme une folle sur mes liens tant j'avais envie de le toucher, de le tenir contre moi.

— Je veux vous voir jouir, haleta-t-il.

Ses yeux splendides étaient devenus d'un bleu plus soutenu que d'ordinaire, assombri par le désir. Sa cicatrice pâle ressortait, unique irrégularité sur son visage parfait.

Tout à coup, le monde disparut dans un tourbillon qui m'emporta tout entière. Mes muscles se bandèrent tandis que j'explosais. Même les lèvres de Lucas ne purent contenir mes cris.

Il continua à me pilonner de son membre, le souffle court, chaque attaque prolongeant les vagues de jouissance qui m'engloutissaient. Je fermai les yeux, au-delà de l'épuisement, et Lucas jouit enfin au plus profond de moi avant de se laisser tomber sur moi. Nous avions tous les deux du mal à reprendre haleine.

— Je ne me doutais pas que ça pouvait être encore mieux que tout à l'heure, murmura Lucas.

Je ne répondis pas, trop confuse pour m'exprimer. Mon cœur battait la chamade. Au bout d'un moment, il se retira mais resta allongé sur moi. Son corps brûlant et pesant qui me clouait au matelas était réconfortant. Quand il dénoua mes liens, mes bras retombèrent mollement sur l'oreiller. Nous restâmes ainsi de longues minutes, repus et profitant l'un de l'autre.

— Pourquoi la majorité de vos hommes sont-ils russes? finis-je par demander.

Cette question déplacée provoqua un petit rire. Repliant les bras sur mes seins, il posa son menton sur son poignet et me dévisagea avec amusement.

— Mes premiers associés venaient pour la plupart des pays de l'ancien bloc de l'Est. Et puis, j'avais Anya à mon côté pour traduire.

Ses yeux se voilèrent à l'évocation de la jeune femme.

— Vous l'aimiez? demandai-je, bien que consciente que la conversation prenait un tour gênant.

Il ouvrit la bouche pour répondre, s'interrompit, et, finalement, reprit:

— Au début peut-être, admit-il, apparemment guère embarrassé. Quand je l'ai connue, elle était très jeune et naïve. Moi, j'étais en colère et égoïste. La voler à mon frère était un acte de vengeance parce qu'il m'avait dérobé mon avenir.

Il se tut, soupira, me regarda sans vraiment me voir.

— Mais les temps changent, poursuivit-il. Les gens aussi. Je n'ai pas assez protégé Anya et, maintenant, elle est morte.

Ses yeux furent soudain plus attentifs.

— Et Jeremiah ? lança-t-il. L'aimez-vous ?

— Je...

Mon cœur se serra douloureusement. En cet instant, mon opinion sur son cadet était différente, notamment à cause de l'homme qui était allongé sur moi.

— Je l'ai cru. Il m'a sauvé la vie.

— Moi aussi. À deux reprises.

À ce souvenir, je grimaçai en passant la main sur mon pansement.

— En effet, marmonnai-je en détournant la tête.

La gorge nouée, je retins mes larmes.

— Quand je lui ai avoué mes sentiments, continuai-je, c'était la première fois que je le faisais depuis la mort de mes parents. Il s'est borné à m'accuser de débiter des platitudes.

— Mon frère est un idiot, décréta Lucas avec une décontraction laissant entendre que ce jugement lui était aussi familier que respirer. L'amour est capricieux et cruel, ajouta-t-il avec un nouveau soupir. Très déroutant aussi.

— C'est vrai.

Nous observâmes un silence complice pendant un moment.

— Je devrais terminer ma douche, annonçai-je en effleurant une boucle de cheveux humides et emmêlés.

— Je vous trouve parfaite comme ça.

Je lui assenai une tape sur l'épaule, ce qui le fit rire.

— D'ailleurs, reprit-il, j'ai encore envie de vous.

Sa voix rauque m'incendia. Il caressa ma cuisse et il rit lorsque je me rendis compte avec stupéfaction qu'il rebandait déjà. J'ébouriffai ses cheveux et il m'embrassa avec douceur. Je fermai les yeux tandis que ses lèvres repartaient à l'assaut de mon corps.

Nous refîmes l'amour deux fois avant de nous endormir blottis l'un contre l'autre. Le temps ne comptait guère, dans la cabine dépourvue de hublot. Ni le soleil ni personne ne nous dérangea.

Faire l'amour. Quand Lucas me touchait, ses doigts laissaient comme des cicatrices au fer rouge sur ma peau. Je m'efforçais de ne pas trop penser à ce que ces mots signifiaient désormais pour moi.

Ce furent des coups violents sur la porte qui nous réveillèrent en sursaut.

— Lucas? On a besoin de vous! Le capitaine assure avoir repéré un navire à l'approche. Des pirates, peut-être.

C'était Frank. Si je restai confuse, Lucas lui bondit sur ses pieds, alluma une lampe et se dépêcha de s'habiller.

— Des pirates? murmurai-je.

J'avais du mal à me figurer l'image du pirate à la jambe de bois dans notre époque moderne.

— Nous ne sommes plus loin des Caraïbes, dit Lucas en bouclant sa ceinture. Des bandes de hors-la-loi continuent d'écumer ces eaux. Mais je ne pensais pas que nous en rencontrerions aussi haut dans le nord. Je vous conseille de vous habiller.

Il referma la porte derrière lui. Après avoir pris soin de tirer le verrou, je me préparai à mon tour, attentive au moindre bruit. Il y eut des bruits de pas de l'autre côté de la porte mais rien de plus suspect. Je cherchai des yeux mon cran d'arrêt, puis me rappelai que je l'avais laissé planté dans la cuisse d'Alexeï. Il n'y avait pas d'autre arme dans la chambre que le cadre de la photo des frères Hamilton. Je m'en emparai, regrettant de ne pas disposer de mieux pour me défendre.

Soudain, le son de coups de feu étouffés parvint des entrailles du navire. Je me figeai, serrant si fort le cadre qu'il laissa des marques sur mes paumes. Je perçus de nouveaux bruits de pas sur la coursive, furtifs cette fois.

Pitié, pas ici. N'entrez pas ici, s'il vous plaît...

On tourna la poignée puis un craquement résonna alors qu'on tentait d'enfoncer la porte. Je poussai un cri terrifié et j'allai me réfugier dans la salle d'eau à l'instant où elle cédait. Une silhouette brandissant un fusil d'assaut s'encadra sur le seuil. Je m'arrêtai sur place. L'intrus baissa pourtant son arme et tendit la main vers moi. Je le repoussai en criant et filai droit vers le lit, mais un bras s'enroula autour de ma taille et me souleva de terre. J'abattis la photo sur l'homme et m'apprêtai à hurler encore quand une paume se plaqua sur ma bouche.

— Lucy, dit une voix familière, coupant court à ma résistance tant j'étais stupéfaite de l'entendre. Je suis venu vous libérer.

Je lâchai le cadre qui tomba sur le sol. La main s'écarta de ma bouche.

— Jeremiah? chuchotai-je en essayant de regarder derrière moi.

Il me reposa sur mes pieds, et je le contemplai. Du noir salissait ses bras et son visage, mais les prunelles vertes que je connaissais si bien luisaient d'un éclat flamboyant. J'effleurai sa joue avant de porter mes doigts à mes lèvres, n'en croyant pas mes yeux.

À cet instant, le cliquetis d'un chien qu'on armait résonna sur le seuil de la cabine. Jeremiah releva brutalement la tête puis se pétrifia.

— Salut, petit frère ! murmura une voix.

Jeremiah se tourna d'un coup et se mit devant moi. Lucas arqua un sourcil et me jeta un coup d'œil.

— Ma foi, lâcha-t-il, quelle drôle de situation !

5

— Je viens d'avoir une idée très amusante. Tu veux l'entendre ?

Jeremiah toisa Lucas, qui ne parut pas le moins du monde impressionné. Son sourire était d'une largeur presque indécente, ses dents blanches luisaient dans la pénombre.

— La dernière fois que nous nous sommes retrouvés tous les deux dans ce genre de situation, les rôles étaient inversés. C'est toi qui me menaçais d'une arme, petit frère, tu te souviens ?

— Loki...

— Oui ! Je me rappelle que tu m'as demandé de te donner une bonne raison de ne pas me tuer !

Lucas s'éclaircit la gorge avec une outrance théâtrale, mais son arme ne bougea pas d'un poil.

— Alors, cher frère, à ton tour, reprit-il. Pourquoi donc te laisserais-je en vie ?

— Pour moi ! intervins-je.

Je voulus contourner Jeremiah, mais ce dernier persista à faire rempart de son corps. Cette attitude m'agaça, mais j'insistai :

— S'il vous plaît, Lucas.

Comme Jeremiah se retourna pour me regarder, il ne remarqua pas l'éclair de déception qui traversa brièvement le visage balafré de Lucas, mais fut très vite remplacé par une expression railleuse, comme s'il n'avait jamais existé.

— Elle a dit s'il vous plaît, murmura-t-il sur un ton complice.

Pendant un instant, je fus persuadée qu'il allait raconter à Jeremiah ce qui s'était passé dans cette cabine quelques heures auparavant.

— Il se trouve cependant que, contrairement à mon frère, poursuivit-il en pointant le canon de son arme vers le plafond, je respecte les liens du sang.

Dès qu'il cessa d'être en joue, Jeremiah bougea. Je ne saurais même pas dire ce qu'il fit exactement, mais, comme par magie, il arracha le revolver à Lucas avant de plaquer ce dernier contre le mur et de le tenir en joue.

— En revanche, souffla Lucas, dont la cage thoracique était compressée par la poigne de fer, mes hommes ont ton bateau dans la ligne de mire d'un missile. Sans un ordre de moi, d'ici dix secondes, ils feront feu.

Il tira une radio de sa poche.

— Neuf…

— Appelle-les.

— Certainement pas, riposta l'aîné des Hamilton en louchant sur le revolver. Lorsqu'on me menace ainsi, je ne me laisse pas faire. Navré.

— Lucas…

— En personne, c'est bien moi, et tu sais très bien que je ne bluffe pas. Six.

Je m'interposai en attrapant le coude de Jeremiah.

— Je vais bien Jeremiah, lui dis-je d'une voix désespérée. Lâchez-le.

Jeremiah me dévisagea d'un regard furieux avant de se retourner vers Lucas qui, sans un mot, agita quatre doigts sous son nez. Lâchant un juron, Jeremiah libéra son frère, qui porta aussitôt sa radio à sa bouche.

— Donnez-moi trente secondes supplémentaires. Gardez-les dans le collimateur.

— *À vos ordres !*

Lucas abaissa l'appareil.

— Rappelle tes hommes, Jeremiah. Qu'ils fichent le camp de mon navire.

Les deux hommes se toisèrent du regard. Ils s'affrontaient en une bataille silencieuse où s'entrechoquaient deux caractères bien trempés. Jeremiah serrait les poings de façon convulsive, comme s'il rêvait d'étrangler son aîné. Ce dernier ne semblait nullement impressionné par cette attitude, mais un muscle de sa joue tressaillait sous l'effet de la tension. Les secondes s'écoulèrent. J'étais prête à tordre quelques cous moi-même lorsque Jeremiah porta une main à son oreille.

— Évacuez, lança-t-il.

Il marqua un temps d'arrêt et répéta :

— Évacuez et regagnez le bateau. Moi, je reste.

Je poussai un soupir de soulagement. Cependant, aucun des deux Hamilton ne lâcha le regard de l'autre. Des silhouettes apparurent sur le seuil. Kolya ainsi que certains acolytes de Lucas étaient arrivés, pointant leurs armes sur Jeremiah, tandis que Lucas se remit à parler dans sa radio.

— Laissez-les partir.

Il y eut un silence significatif, puis de nouveau :

— *À vos ordres.*

— Prenez ses armes et mettez-le dans la cale, ordonna ensuite Lucas aux types rassemblés devant la cabine. Je vous interdis de tenter quoi que ce soit contre lui. Il est rancunier et n'hésite pas à faire des coups bas pour se venger.

Jeremiah se dégagea d'un coup sec lorsqu'un des hommes tenta de l'attraper par le bras, mais il le laissa prendre son fusil d'assaut et le revolver.

— Vous allez vraiment bien? me demanda-t-il.

Une boule se forma dans ma gorge. Cette simple question me confrontait à une multitude de problèmes complexes.

— Oui, chuchotai-je.

Mon cœur était en proie à un violent tumulte ; j'en avais la nausée. Soudain, de manière déroutante, Jeremiah s'approcha de moi, m'enlaça et posa ses lèvres sur les miennes.

Son baiser fut aussi intense et puissant que dans mes souvenirs. Durant une fraction de seconde, je me blottis dans ses bras forts, oubliant ce qui m'entourait et la tension des derniers jours.

Mais, à l'instant où notre étreinte fut rompue, tout me revint à l'esprit avec une brutalité d'autant plus dure à supporter qui serra mon cœur comme dans un étau.

Jeremiah colla son front au mien.

— Je vais vous ramener à la maison, promit-il en enveloppant mon visage de ses grandes mains.

Puis il recula et disparut dans la coursive sans un mot, suivi de près par deux hommes armés.

— Vérifie bien que tout le monde est parti, ordonna Lucas à Kolya, qui acquiesça avant de s'en aller.

J'étais vraiment à deux doigts de vomir. Je m'assis sur le lit, le cœur au bord des lèvres. La perspective atroce d'être confrontée aux conséquences de mes choix m'accablait. J'inspirai plusieurs fois de suite avant de réussir à lever la tête en direction de Lucas, qui me dévisageait en silence. Cela ne lui ressemblait guère, lui d'ordinaire si loquace. Ses lèvres ne formaient plus qu'une mince ligne, et il quitta lui aussi la cabine sans un mot. La porte se referma avec un cliquetis, et je me retrouvai seule avec mon mal-être.

Qu'avais-je fait? Trois jours plus tôt à peine, j'avais prononcé des mots dictés par mon cœur. À présent, il me fallait m'interroger sur le sens exact qu'ils avaient pour moi.

Je tombais sur le lit et me massai les tempes pour repousser la migraine qui montait derrière mes yeux. *Qu'est-ce que je ressentais, là, en cet instant?* J'aurais voulu ne rien éprouver, en vérité. Mais c'était impossible. Toutes les émotions du monde bouillonnaient en moi comme dans un chaudron sur le feu. Je n'étais pas en état d'analyser la situation, encore moins de prendre des décisions.

J'ignore combien de temps je restai prostrée à ruminer des idées noires avant que Lucas ne revienne. Il avait avec lui un sac marin, et entreprit d'y fourrer les vêtements qu'il retirait des tiroirs de la commode. J'avais la gorge si serrée que je déglutis à plusieurs reprises pour retrouver ma voix.

— Où allez-vous?

— Je dormirai là-haut avec Matthews et Frank. Ainsi, vous aurez cette cabine pour vous seule.

— Pourquoi?

Il continua à s'affairer sans répondre tout de suite.

— Mon égoïsme a déjà détruit la vie d'une jeune fille innocente, grogna-t-il, mais son visage restait neutre. Je ne ferai pas la même erreur.

Je l'observai s'agiter dans la pièce. J'étais préoccupée et je me sentais coupable. Au moment où Lucas mit son sac sur l'épaule, je fus incapable de garder mes pensées pour moi.

— Jeremiah est-il au courant de…

Lucas m'interrompit, comme s'il s'était attendu à ma question.

— Il pense que vous êtes ma prisonnière. C'est le cas. C'est à vous de lui confier le reste si ça vous chante.

Son ton était dénué d'émotion, mais au moins, il ne me condamnait pas.

— Vous êtes libre de quitter cette cabine, ajouta-t-il avec un rictus désabusé. Mes hommes ont reçu des instructions leur interdisant de vous importuner.

Les mots qu'il avait employés – *vous êtes libre* – me firent sursauter. Jeremiah avait utilisé les mêmes lorsque je lui avais avoué mon amour. Cette coïncidence ne fit qu'augmenter ma confusion.

— Ne partez pas! soufflai-je quand Lucas ouvrit la porte.

Bien que je me sois exprimée tout bas, il marqua une pause et se retourna vers moi. Les larmes qui brouillèrent soudain ma vue m'empêchèrent de croiser son regard, mais il posa son sac et s'agenouilla à mes pieds. Il écarta avec délicatesse l'une de mes mèches, et j'inclinai la tête contre sa main.

— Lucy…

Je relevai la tête.

— Pourquoi ne voulez-vous pas que je m'en aille?

— Parce que…

Je me tus, incapable de formuler une réponse. Je me creusai la cervelle pour trouver une raison sensée à ma demande. Rien ne me vint à l'esprit, mais ce n'était pas étonnant: tous les événements de ces derniers jours étaient complètement dingues.

— C'est bien ce que je me disais, soupira-t-il en hochant la tête au bout d'un moment.

Il se releva, ramassa son sac et se glissa sur la coursive tandis que la porte se refermait derrière lui.

J'eus l'impression que mon cœur allait se briser, même si je ne comprenais pas pourquoi. Nerveuse, je me redressai vivement et me mis à arpenter la pièce. Je devenais folle, j'étais enfermée ici depuis trop longtemps. Je n'avais même plus conscience de l'heure qu'il était. Bien que j'aie le vague sentiment que, à l'extérieur de cette prison de métal, la nuit était tombée, j'étais tout à fait éveillée et j'avais besoin de réponses.

Mon pied heurta un objet. Je baissai les yeux et découvris la photo encadrée. Je la ramassai, constatai avec consternation que j'avais cassé le bord du cadre, même si, miraculeusement, le verre était intact malgré les coups qu'il avait reçus. Les deux garçons me fixaient, si jeunes, si pleins de vie et d'amour. Leurs yeux n'étaient pas emplis de colère et de défi comme ceux des deux hommes, aujourd'hui adultes, qui s'étaient affrontés ici même une heure plus tôt. Je ne pus m'empêcher de me demander si ces jours d'insouciance et de complicité étaient une page définitivement tournée de leur existence.

Reposant avec soin le cadre sur la commode, j'enfilai mes chaussures et ouvris la porte. Tôt ou tard, les Hamilton devraient régler leurs différends. À eux de choisir à quel moment. De mon côté, j'étais en proie aux doutes et une seule personne était en mesure de les apaiser.

La prison de Jeremiah était moins une cellule qu'une pièce humide au fond de la cale. Ici, le grondement des moteurs était assourdissant, au point que les parois et le sol vibraient. Deux des hommes de Lucas montaient la garde devant la porte. Mais quand ils me virent, l'un d'eux tourna la clé de la geôle avec désinvolture.

— Je vous conseille de frapper avant, grommela l'autre.

Malgré la faible lumière, je remarquai que le gardien avait un œil au beurre noir. Inspirant un bon coup, je cognai doucement avant de pousser la porte. Glissant ma tête par l'interstice, je distinguai la silhouette imposante de Jeremiah courbée sur une couchette. Il se leva lorsque je refermai derrière moi afin de préserver un peu d'intimité.

— Salut, murmurai-je.

Je pris le temps de rassembler mes idées et d'examiner les lieux. Ils étaient exigus, meublés de deux couchettes encastrées d'un côté et de toilettes sans paroi de l'autre. Une seule ampoule nue, au plafond, diffusait une lumière pâle. Je vis que Jeremiah ne portait plus sa tenue de commando mais un pantalon et une chemise noirs. Les traces de ses peintures de guerre étaient encore visibles sur son visage et ses bras. Je sentis le poids de son regard sur ma peau. Il me fallut une minute supplémentaire pour trouver le courage de tourner les yeux vers lui.

— Que s'est-il passé? me demanda-t-il.

Je devinai aussitôt ce qu'il avait à l'esprit. Autant commencer tout de suite.

— Lorsque vous m'avez laissée, je suis montée dans une limousine. Je croyais que vous l'aviez laissée à mon intention. J'ignorais que Lucas était au volant. Il m'a conduite jusqu'à une deuxième voiture et m'a proposé de partir avec lui.

— Qu'avez-vous répondu?

— Rien. J'étais... anéantie. Il a profité de mon état second. Et quand je me suis ressaisie, je lui ai demandé de me laisser partir. Il a refusé.

Jeremiah poussa un grognement. C'est seulement lorsqu'il bougea que je remarquai combien nous étions proches physiquement. Mais, malgré l'envie désespérée que j'avais de le toucher, c'était comme si un mur nous séparait. Nous avions beau être à moins d'un mètre l'un de l'autre, aucun de nous deux ne fit le premier pas.

— On m'a d'abord annoncé que mon chauffeur avait été drogué et ligoté, dit-il enfin. Puis on m'a dit que vous n'étiez plus à la maison. Je... j'ai...

Il se tut et je vis à son visage qu'il était en proie à une multitude de sentiments. Son masque stoïque était tombé. Il parut chercher ses mots, mais finit par poursuivre :

— Le temps que nous localisions la voiture grâce au mouchard, elle ne roulait déjà plus. Une fois que nous l'avons trouvée, il n'y avait plus personne à l'intérieur. Vous aviez disparu.

Ma poitrine se serra quand je perçus dans sa voix une émotion à laquelle je ne m'étais pas attendue.

— Qu'avez-vous fait ensuite? chuchotai-je, osant à peine respirer.

Il me contempla de ses yeux verts étincelant dans la lumière faiblarde.

— J'ai remué ciel et terre.

Je retins un cri étranglé, me couvris la bouche pour étouffer un sanglot. Immédiatement, toute gêne entre nous se volatilisa. Jeremiah franchit l'espace qui nous séparait et me prit dans ses bras. Je fondis en larmes. Ses doigts s'enfoncèrent dans ma peau, je sentis qu'il tremblait de tous ses membres. Je laissai enfin libre court à toutes mes angoisses et pleurai longuement, le visage enfoui dans son torse.

— Je suis désolé de ne pas avoir su vous protéger, murmura-t-il en m'étreignant plus fort.

Nous restâmes ainsi un long moment, heureux de nous être retrouvés, de pouvoir recommencer à nous toucher. Lorsque mes larmes cessèrent, je me sentais si faible que je dus m'accrocher à son corps robuste. Il déposa un baiser sur le sommet de mon crâne, posa ses mains sur mon dos en un geste possessif.

— Lucas n'est qu'un salaud, gronda-t-il. Vous êtes *à moi*!

— Pardon?

Les mots étaient sortis tout seuls. J'ignore ce que j'attendais de ma réaction, elle exprimait surtout mes doutes et mes hésitations. Jeremiah marqua une pause. Me dégageant de son étreinte, je le regardai.

— Je suis quoi? insistai-je, avec un détachement plus prononcé.

Jeremiah, troublé, fronçait les sourcils.

Je reculai, furieuse.

— La dernière fois que nous nous sommes parlé, je vous ai avoué que je vous aimais et vous m'avez rejeté. Alors, dites-moi, qui suis-je pour vous?

— Lucy...

— Non!

La colère était plus facile à gérer que la douleur. Elle me permettait d'exprimer ce que j'avais sur le cœur.

— Vous osez prétendre que je vous appartiens, mais vous m'interdisez de vous aimer. Alors, qui suis-je? Une obligation contractuelle? Un devoir?

— J'ai juré de vous protéger, protesta-t-il avec orgueil.

Je le regardai bouche bée. Ne comprenait-il donc pas ce que je lui demandais?

— Je me fiche complètement de ma sécurité, ripostai-je. Ce n'est pas important!

— À mes yeux, si.

— Pourquoi?

J'avais hurlé. Jeremiah se redressa. Incapable de contenir ma rage, j'agitais les bras dans tous les sens. Exaspérée, je lui tournai le dos, passai la main sur mon visage. Lorsque je me retournai vers lui, je constatai qu'il s'était de nouveau muré derrière un masque froid et inexpressif et, tout à coup, l'envie de pleurer me reprit.

— Au nom de quoi estimez-vous pouvoir clamer vos droits sur moi et pourtant rejeter mon amour? lâchai-je d'une voix brisée. Qui vous donne ce droit?

Longtemps, il garda le silence. J'allais m'en aller quand il se décida enfin à parler.

— L'amour n'est pas franchement un gage de bonheur, dans la famille d'où je viens...

L'espace d'une seconde, son visage impassible laissa filtrer un éclair de souffrance avant de se rembrunir.

— Je crains... les complications éventuellement liées à l'amour, poursuivit-il.

Cette tentative de se justifier me désarçonna, mais je me ressaisis vite.

— Soit, admis-je du bout des lèvres, mais laissez-moi vous dire que mes parents ont été mariés et heureux pendant vingt-quatre ans. Mes grands-parents, cinquante-deux ans. Aussi, ces mots, je vous aime, ont une réelle signification pour moi. Je n'exigeais pas la réciproque, ajoutai-je en soupirant. Je tenais juste à ce que vous sachiez.

Il secoua la tête.

— Ces mots, objecta-t-il, ne sont que des platitudes. Quand bien même l'affection est là, je ne crois pas utile de la nommer.

Des platitudes. Encore une fois. Comme je haïssais ce terme ! Submergée par la fureur, je serrai les poings.

— Vous n'essayez même pas de vous mettre à ma place, n'est-ce pas ? lançai-je.

Dès lors que les choses n'allaient pas dans son sens, il les rejetait. Était-ce lui, le vrai Jeremiah ? M'étais-je trompée à ce point depuis le début de notre relation ?

— Très bien, enchaînai-je sans lui laisser le temps de répondre. Pas d'amour, donc. Voyons un peu ce que ça donne.

Sur ce, et sans réfléchir plus avant, j'attrapai sa tête et l'attirai à moi. Le baiser fut catastrophique. Ça m'était égal. Il était évident que j'avais surpris Jeremiah, qui voulut s'écarter, mais j'étais bien décidée à ce que ça lui serve de leçon.

— Lucy, gronda-t-il.

Il agrippa mes bras. Abandonnant sa bouche, je passai à son cou. Il se figea mais ne me repoussa pas pour autant. Le goût âcre de la sueur et de l'eau salée envahit ma bouche et, un instant, je m'oubliai. Je promenai ma langue sur sa peau. Il frémit. Mes mains glissèrent sous sa chemise, suivant la courbe familière de ses muscles. J'entendis qu'il inspirait brusquement quand je pinçai légèrement l'un de ses tétons.

Pas d'amour.

Retirant mes mains, je me libérai de son emprise et tombai à genoux. Je constatai aussitôt que ce petit jeu l'excitait. Son membre raidi gonflait son pantalon. J'en défis les boutons en dépit de ses tentatives pour m'en empêcher.

Je poussai sur ses hanches tandis qu'il s'appuyait à la couchette, et je glissai la main sous son pantalon.

— Arrêtez, Lucy.

— Pas d'amour, avez-vous dit. Notre relation n'a été que du sexe saupoudré d'un peu de danger. Pourquoi s'arrêter maintenant?

— Ça suffit!

D'une poigne ferme, il me remit debout.

— Ce n'était pas que du sexe! se récria-t-il en me secouant comme un prunier. J'étais…

Clac!

Je venais de l'interrompre d'une gifle en pleine figure. Le coup le désarçonna. Il cligna des paupières à plusieurs reprises avant de me lâcher.

— Vous vous sentez mieux? me demanda-t-il, les lèvres serrées.

La claque avait été assenée sans beaucoup de force. Son ton méprisant raviva ma colère.

— Non.

Et je lui flanquai mon poing en pleine mâchoire.

La douleur, fulgurante, fut telle que je poussai un cri. Jeremiah tituba sur le côté, mais mon triomphe n'était rien au regard de la souffrance irradiant mes phalanges qui gonflaient à vue d'œil. Je les massai tout en gémissant.

— Faites voir, ordonna Jeremiah.

Mais je m'esquivai. Au même moment, la porte s'ouvrit et les deux gardes surgirent, sans doute alertés par mes cris de rage. Jeremiah se figea, avec l'air de vraiment regretter ce qui venait de se passer.

— Lucy…

— La ferme! le coupai-je.

La main blottie contre mon ventre, des larmes de douleur dans les yeux, je le toisai sans aménité et continuai:

— Je ne veux plus vous aimer, Jeremiah Hamilton.

Ma voix se brisa lorsque je prononçai son nom.

— Ça fait trop mal.

Comme je ne voulais pas pleurer de nouveau devant lui, je tournai les talons. Les sbires de Lucas s'écartèrent et je m'enfuis. Je grimpai l'escalier quatre à quatre, priant pour que personne ne me voie, et me réfugiai dans ma cabine.

6

J'aurais volontiers cédé à la tentation de rester calfeutrée jusqu'à la fin du voyage si le capitaine Matthews n'avait pas frappé à ma porte le lendemain matin.

— Nous venons d'entrer dans les eaux caribéennes, m'annonça-t-il à travers le battant. Je me suis dit que vous seriez peut-être tentée par un petit déjeuner avec une vue splendide.

J'avais très envie de ne pas répondre et de rester à bouder dans ma cellule sans parler à quiconque. Mais je n'avais encore jamais été dans cette partie du monde – ma famille n'était jamais allée plus au sud que la Caroline durant les vacances. Je m'habillai sans un mot, consciente que je me montrais fort impolie à l'égard du capitaine. Pourtant, lorsque j'ouvris la porte, il était toujours planté sur la coursive.

Un sifflement lui échappa lorsqu'il découvrit mes phalanges bandées.

— J'y jetterai un coup d'œil quand nous serons là-haut, commenta-t-il. La rumeur prétend que vous avez essayé de démolir le frère le plus costaud. Apparemment, vous y êtes pas allée de main morte.

Je ne relevai pas, mais un petit sourire traître souleva la commissure de mes lèvres.

— Il le méritait.

— J'en suis certain. Venez, Frank a préparé un ananas. C'est une tradition que nous respectons toujours sur ce trajet.

Je gagnai la salle de commandement sur ses talons. Le soleil qui chauffait ma peau me détendit, et je me rendis compte que me calfeutrer dans ma chambre avait entretenu ma mauvaise humeur. Mais je me sentis mieux dès que je fus sous le ciel radieux des tropiques. Si le bateau continuait de tanguer, la houle était moins forte que plus au nord. Rassérénée, j'escaladai les échelons et rejoignis Frank et Lucas qui étaient déjà attablés.

— Laissez-moi vous mettre un peu de glace, petite, décréta Matthews.

Il entreprit d'en remplir un sac en plastique. Lucas serra les mâchoires en découvrant ma main boursouflée. Il fut aussitôt à mon côté et s'empara délicatement de mon bras. Je m'écartai de lui, car je nourrissais des sentiments plutôt hostiles à l'encontre des Hamilton en ce moment. Il insista et, fort heureusement, se contenta d'examiner de près sans toucher mes doigts encore douloureux. La douleur s'était accrue au cours de la nuit, mais j'avais décidé de faire contre mauvaise fortune bon cœur. Un antalgique et une serviette humide autour de la main m'avaient permis de dormir.

J'ignorai à quelle réaction je m'étais attendue de la part de Lucas, mais certainement pas au sourire qu'il afficha.

— Sacrée nana !

Un rire surpris m'échappa. Je m'assis sur l'une des chaises. Bien que, ce matin-là, Frank soit à la barre, cela ne l'empêcha pas d'engloutir la majeure partie de l'ananas. Tandis qu'il se disputait avec le capitaine pour décider comment répartir le fruit entre nous quatre, j'admirai le paysage. Les fenêtres étaient ouvertes, laissant passer un courant d'air tiède. L'océan s'étendait à perte de vue, mais il était teinté d'un vert pâle nouveau. Lucas se pencha vers moi.

— Si vous trouvez ça joli, murmura-t-il, attendez un peu de voir quand nous approcherons des îles.

Je le repoussai de ma main valide, et il se rassit avec un immense sourire. J'avais beau lui en vouloir de m'avoir entraînée dans ce voyage, l'ambiance était trop joyeuse pour la gâcher. Matthews finit par me tendre le sac de glace.

Une fois le petit déjeuner terminé, Frank brandit un jeu de cartes.

— Bon, qui est tenté par une petite partie?

Nous accostâmes tard dans l'après-midi, bien que la terre ait été en vue depuis déjà longtemps.

— De quelle île s'agit-il? demandai-je au capitaine.

— La Jamaïque. L'hiver est la meilleure période de l'année dans ces parages. Il fait un temps superbe.

Néanmoins, mon premier aperçu des lieux fut plutôt décevant. Si des palmiers et des arbres tropicaux ombrageaient la côte, le port minable dans lequel nous accostâmes ne devait pas figurer dans les guides touristiques. Lucas me laissa en haut pour aller régler ses affaires sur les quais. Je me rappelai alors amèrement le type de marchandise que le navire transportait.

— Comment supportez-vous de savoir ce que vous transportez? lançai-je aux deux marins tout en observant les hommes qui déchargeaient des caisses.

— On évite de regarder, répondit Matthews d'un air sombre. C'est pas le boulot de mes rêves, mais il paie bien. Ni Frank ni moi n'avons mis de côté pour la retraite.

Il soupira.

— J'aime pas mentir à mes anciens gars, quand ils m'appellent pour prendre des nouvelles. C'est ça le plus dur, pour moi. Même si je veux pas les mêler à tout ça.

Il m'était impossible d'imaginer gagner ma vie ainsi. Rencontrer des gens aussi bienveillants que le capitaine et son second dans ce genre de situation me désarçonnait. Si je ne les avais pas connus, j'aurais sûrement méprisé l'équipage de Lucas. Grâce à eux, j'éprouvais désormais de la compassion. Et puis, j'étais dans le coup, moi aussi. Même si je n'étais qu'une simple traductrice, mes paroles et mes actes étaient susceptibles d'entraîner la mort du médecin français. Je m'efforçai d'oublier ces idées lugubres et me bornai à rester à l'écart de l'agitation. Je restai dans le poste de pilotage jusqu'à ce qu'ils en aient terminé… et que je découvre Jeremiah sur la passerelle de débarquement.

Mon cœur battit soudain plus vite. Les sbires de Lucas escortaient son frère menotté sur le quai. Tout à coup, je ne fus plus en mesure de rester en place. Je pris une décision.

— Excusez-moi, messieurs, annonçai-je, mais il est temps que je m'en aille.

— On a été ravis de vous rencontrer, me dit le capitaine en me serrant la main. J'espère vous revoir un de ces jours. Dans des circonstances plus agréables.

J'avais des scrupules à les abandonner, je me demandais même si mon choix était judicieux, mais je m'empressai quand même de dévaler l'escalier et de faire le tour du navire.

Bien que les eaux soient plus calmes ici qu'à New York, je descendis prudemment de l'embarcation. L'activité sur le quai était bien différente vue de près, paraissant bien plus intense que ce qu'on voyait depuis les quartiers du capitaine. Ma poitrine ne cessa d'être oppressée qu'une fois que j'eus rejoint Jeremiah. Je m'efforçai de ne pas prêter attention à son regard qui pesait sur moi.

— Je pensais que vous ne voudriez plus jamais avoir affaire à moi, murmura-t-il.

— Moi aussi, rétorquai-je.

Je me retenais de le regarder, même si je mourais d'envie de savoir ce qu'il ressentait. Un chariot élévateur se rapprocha dangereusement de nous. Je me collai à Jeremiah, toujours escorté de près par les hommes de main de Lucas. En dépit de l'agitation environnante, je me sentais en sécurité à côté de lui.

Une bordée de jurons précéda l'arrivée de Niall sur le quai. Il était soutenu par deux de ses hommes, mais semblait se ficher complètement de leur aide.

— Où est ce fils de pute! brailla-t-il. Que je lui fasse payer!

— Quelqu'un me demande?

Lucas émergea d'entre deux caisses, tous sourires. L'Australien tendit un doigt rageur dans sa direction.

— Quand M. Smith apprendra ce que vous m'avez fait, il...

— M. Smith vous entend déjà.

Niall écarquilla les yeux lorsqu'un autre homme sortit de l'ombre et se posta près du trafiquant d'armes.

— B-bonjour, balbutia l'Australien. Je... je ne m'attendais pas à ce que vous soyez ici.

— Je ne m'attendais pas à devoir faire le trajet, répliqua l'autre.

Il était plus vieux que le reste de la bande – la cinquantaine peut-être –, mais il était beau. Ses tempes argentées et les fines rides qui entouraient ses yeux lui donnaient du caractère. À l'instar de Jeremiah, il dégageait une incroyable aura d'autorité et, en cet instant, il paraissait ne guère apprécier son larbin australien.

— Dites-moi, monsieur Jackson, reprit-il, où est donc le docteur Marchand?

Niall passa nerveusement sa langue sur ses lèvres.

— Mes hommes n'ont pas réussi à mettre la main sur lui avant notre départ, fut-il contraint d'avouer. Je suis désolé, monsieur, s'empressa-t-il d'ajouter.

— Je vois. Vous n'aviez pas l'intention de transporter cette marchandise et de la vendre sans me tenir au courant, par hasard?

Blême, l'Australien ouvrit la bouche mais resta muet comme une carpe.

— Non, monsieur, finit-il par chuchoter.

— Je vous rappelle que les rumeurs vont bon train, et que ce genre de trahison est rarement apprécié. La rancune nuit aux affaires, et cela me déplaît. Heureusement pour vous, je suis de bonne humeur ce matin.

Smith regarda les deux types qui entouraient l'Australien terrifié.

— Occupez-vous de lui, leur ordonna-t-il.

Les hommes, qui avaient jusqu'alors soutenu le prisonnier, l'entraînèrent rapidement hors de notre portée. Serrant les poings, j'appuyai mon front contre l'épaule de Jeremiah, tandis que Lucas demandait:

— Qu'allez-vous faire de lui?

— Niall est hélas le neveu de ma femme. J'ai les mains liées. Je pense cependant qu'il ne commettra pas l'erreur une seconde fois. Merci de m'avoir appelé. Les autorités finiront bien par retrouver le pauvre docteur Marchand.

— Quelle honte, répondit Lucas. Les occasions de faire le bien sont tellement rares, dans notre métier. Néanmoins, je veillerai à ce que les médicaments atteignent leur destination finale.

— Entendu, acquiesça Smith avant de serrer la main au trafiquant d'armes. C'est toujours un plaisir de traiter avec vous.

Il s'éloigna, et Lucas s'approcha de nous. Il me jeta un coup d'œil avant de libérer Jeremiah de ses menottes. Quoi qu'il pense de nous voir tous deux réunis, il n'en montra rien.

— Désolé pour les menottes, dit-il, mais je devais m'assurer que tu ne te conduirais pas comme un imbécile.

Jeremiah se frotta les poignets.

— Que tu puisses faire ce genre de chose m'échappe toujours.

— C'est une simple question d'entraînement.

Lucas arborait un petit sourire. Pour autant que je puisse en juger, il paraissait sincère, même s'il ne livrait pas grand-chose de lui-même. J'étais d'ailleurs assez surprise qu'ils se parlent.

— Vous ne vous détestiez pas, il y a seulement quelques heures? m'enquis-je d'une voix hésitante.

— Si, répondirent-ils en chœur.

Ils échangèrent un regard, ce qui me rendit encore plus perplexe.

— Nous avons discuté, hier soir, révéla Jeremiah avec prudence. Et nous sommes parvenus à certains accords.

J'attendis des explications – en vain. Coincée entre les deux hommes, je constatai que leur ressemblance était frappante. Malgré leurs différences physiques, ils partageaient des traits communs, exceptée la cicatrice de l'aîné. Stigmates de son ancienne vie de soldat, Jeremiah en avait aussi mais sur le corps.

— Bon, allons à l'hôtel, décréta Lucas. Les affaires, ça m'affame.

— Comment ça? lançai-je à Jeremiah. On ne rentre pas à la maison?

— Pas encore, me souffla-t-il tandis que nous nous dirigions vers un gros SUV. Je vous raconterai plus tard. Pour l'instant, nous sommes plus en sécurité ici avec mon frère qu'à New York.

Ces derniers mots furent ponctués d'un soupir. La situation ne l'enchantait pas plus que moi, visiblement, ce qui ne me consolait pas pour autant.

Le trajet fut court et se déroula dans un silence tendu. Assise entre les frères, je ressentais la gêne qui pesait entre eux. Je ne regrettais pas d'avoir été fille unique. L'arrivée à l'hôtel fut un réel soulagement.

Je ne m'attendais à rien de particulier, mais je fus surprise par l'atmosphère très insulaire qui émanait des lieux. Des flambeaux s'alignaient le long de l'allée et de l'entrée et leurs flammes vacillantes dansaient dans le crépuscule. Il ne s'agissait certainement pas d'un cinq-étoiles… Plutôt d'un endroit de prédilection pour les habitants de l'île qu'un établissement touristique.

Comme nos chambres avaient été réservées, l'employé se contenta de remettre les clés à Lucas. Je fus heureuse de voir que je dormirai seule – inconsciemment, j'avais redouté que ce ne soit pas le cas – même si, bien sûr, je constatai que ma chambre se situait entre celles des deux frères.

Je soupirai. *Ces Hamilton !*

— Serait-il possible qu'on me mette au courant de ce qui se passe ?

Il était tard lorsque nous dînâmes en terrasse, mais l'hôtel grouillait d'activité. De la musique nous parvenait depuis le bar, à l'intérieur. Quelques clients sortaient de temps en temps sur la terrasse, mais en cet instant, nous étions seuls. De hauts arbres sombres cachaient la vue sur les jardins, les alentours étaient calmes. On entendait le ressac de la mer toute proche.

— Quelqu'un est en train de se démener comme un fou pour nous ruiner ou nous tuer, annonça Lucas.

Il s'était exprimé d'une voix relativement calme. En même temps, il restait serein même lorsqu'il avait le canon d'un pistolet pointé sur son crâne...

— Il y a d'abord eu le tueur à gages engagé pour tuer Jeremiah, maintenant un saboteur poseur d'une bombe à laquelle je suis prêt à jurer qu'il ne connaissait rien.

— Je croyais que c'était Anya qui avait recruté le tueur à gages, dis-je.

Tous deux secouèrent la tête.

— Anya avait bien des défauts, objecta Lucas, mais elle n'était pas assez malfaisante pour penser à ça toute seule. On l'a forcément manipulée.

— Mes hommes sont en train d'enquêter là-dessus, intervint Jeremiah.

Il paraissait manquer d'appétit, son assiette était quasiment intacte. Absorbé dans ses réflexions, il me jetait des coups d'œil de temps à autre. Je l'ignorai.

— Si seulement tu acceptais de me rendre mon équipement de transmission, je pourrais te révéler ce qu'ils ont pu trouver, reprit-il à l'intention de son frère.

— Je te répète ce que je t'ai dit hier soir, répondit Lucas en se renfonçant dans son siège. Quel que soit ton réseau d'information, il est au bas de l'échelle question performance… Je pourrais te hisser au sommet.

— Je n'aime pas tes méthodes.

— Sauf qu'elles sont bien plus efficaces que celles auxquelles tu as accès, riposta Lucas avec un grand sourire.

Je vis Jeremiah serrer les poings sous la table.

— J'ai consacré des années à lutter contre les gens comme toi, lorsque j'étais dans l'armée.

— La carrière que tu as abandonnée pour me voler ma vie, commenta son aîné, dont le sourire perdit toute trace d'humour même s'il ne s'effaça pas. J'ai été viré de la seule existence que je connaissais par mon propre frère. Il s'est emparé du trône doré et m'a jeté aux chiens.

— Personne ne t'a jeté nulle part, se défendit Jeremiah d'un ton glacial. Tu as sauté tout seul au milieu de la meute. À plusieurs reprises. Et voilà que tu cherches à m'entraîner avec toi. Notre père…

— *Ton* père t'a tout donné et ne m'a rien laissé, siffla Lucas, venimeux.

— Je ne l'avais pas demandé !

— Ce qui ne t'a pas empêché de le prendre, non?

— Du calme ! intervins-je d'un ton sec.

Les deux hommes étaient prêts à se sauter à la gorge. Nous n'avions pas encore attiré l'attention sur nous, mais si la conversation continuait sur ce chemin dangereux, ça ne tarderait pas.

— Et si on restait concentrés sur le sujet de départ? ajoutai-je d'une voix plus mesurée.

L'un et l'autre me fixèrent avec colère et, pendant un instant, je crus que les deux frères allaient s'allier contre moi. Ce fut le moment que choisit une farandole endiablée se déplaçant au rythme des congas pour surgir du bar, ce qui eut pour effet d'atténuer la tension qui régnait à notre table. Les Hamilton se détendirent un peu, sans pour autant cesser de se foudroyer du regard. Je soufflai un coup.

— Et maintenant? demandai-je.

Lucas me dévisagea la première, puis son frère.

— Vous avez vos passeports sur vous? s'enquit-il.

Je fis non de la tête et, après une hésitation, Jeremiah m'imita.

— Je devrais pouvoir arranger ça assez facilement, marmonna Lucas, à condition que tu ne sois pas déjà fiché comme hors-la-loi.

Cette dernière remarque visait Jeremiah. Devant mon air surpris, Lucas, tout à coup réjoui, se fit un plaisir de me renseigner.

— Les médias racontent à l'envi que notre héritier a filé en douce du pays sans que personne ne sache vraiment pourquoi. Les autorités sont loin d'être ravies, même si aucun mandat d'arrêt n'a encore été lancé. Je me trompe?

La question s'adressait une fois de plus à son frère qui, agacé, détourna la tête. Je m'apprêtai à me pencher pour poser une main sur son genou, mais m'arrêtai juste à temps. Malgré moi, j'avais de la peine pour lui. Lui qui voulait toujours tout contrôler avait été privé de ses moyens de communication par son frère et, par la même occasion, de sa position dominante.

— Ce soir, c'est repos, déclara Lucas en écartant les bras. Demain, nous partons pour Dubaï.

Depuis le temps que je fréquentais les frères Hamilton, j'aurais sans doute dû m'être habituée à ce genre de rebondissement, mais je sursautai quand même.

— Dubaï? Dubaï aux Émirats?

— L'un des pays les plus riches du monde, acquiesça Lucas avec un clin d'œil. Vous allez adorer.

— Mais enfin! gémis-je. Pourquoi je ne peux pas rentrer chez moi? Je ne suis pas de la famille. Si c'est vraiment elle qui est la cible, je ne suis pas concernée.

— Et que feriez-vous, une fois rentrée à la maison? demanda Jeremiah.

— Contrairement à ce que vous avez l'air de penser, rétorquai-je, je suis capable de me débrouiller seule.

— Ce n'est pas ce que je voulais dire…

— Si! m'emportai-je. Depuis que j'ai eu le malheur de vous croiser, l'un comme l'autre, on m'a tiré dessus, empoisonnée, enlevée - deux fois - et agressée. Je me fiche de votre fortune, je n'ai aucune envie que vous me traîniez dans des tas de pays étrangers. Tout cela est absurde!

— Je parie que votre vie n'a jamais été aussi intéressante, contra Lucas en souriant.

Que répondre? Je m'adossai à mon siège, à court d'arguments, et contemplai, ahurie, la farandole qui retournait à l'intérieur de l'hôtel. Deux beaux visages très ressemblants me dévisageaient. Le regard de Jeremiah était aussi impénétrable que d'ordinaire; le sourire de Lucas digne de celui du Joker. Malgré mon envie de hurler et de protester, j'étais incapable d'exprimer ma fureur.

— Il existe bien des façons d'atteindre un homme, me lança Jeremiah en se penchant en avant. La plus simple est de s'en prendre à ceux qu'il aime.

— Genre la fille que vous mettez dans votre lit? répliquai-je avec des accents à la fois revêches et accusateurs. Vous avez été très clair sur ce que je représente pour vous.

— D'autres pourraient s'y tromper, murmura Lucas.

Accaparée par ma colère, je ne relevai pas. Il y eut un silence, puis la farandole réapparut de l'autre côté de la terrasse.

— C'est idiot, repris-je. Et votre mère, alors? Pourquoi n'est-ce pas elle que vous tentez d'emmener à l'étranger?

— Ah! ricana Lucas. Ceux qui nous en veulent savent très bien qu'elle n'est sûrement pas notre point faible.

— Mes hommes la surveillent de près, précisa Jeremiah en regardant son frère. Même si je suis d'accord qu'elle ne risque sans doute rien.

— Ça alors! rigola Lucas. Mon petit frère ne me contredit pas! Ma foi, ça n'a pas dû être facile à sortir. Nous sommes aux Caraïbes, enchaîna-t-il du coq à l'âne. Amusons-nous!

Il me tendit la main.

— Dansez avec moi, s'il vous plaît. Faites-moi le plaisir de rendre mon frère jaloux.

— Je n'y tiens peut-être pas, répondis-je sans même le regarder.

Mais lorsqu'il saisit ma main et me força à me lever, je ne résistai pas. Comme la farandole passait en dansant juste devant nous, il me poussa à la fin de la file.

— Je serai sage, me lança-t-il en plaquant ses mains autour de ma taille, ce qui ne l'empêcha pas de me pincer les fesses quand nous entrâmes dans le bar.

— Presque sage! souffla-t-il à mon oreille alors que je lui filai un coup de coude dans les côtes.

Le bruit sec des percussions et l'atmosphère joyeuse m'arrachèrent un sourire réticent – il s'agissait d'un mariage. Impossible de rester de mauvaise humeur. Entre la musique et les danses, je me sentis dans de meilleures dispositions. Le fait que Lucas ne laisse pas traîner ses mains là où il ne fallait pas contribua à la chose et, durant un bon moment, je me laissai aller.

Lorsque la farandole retourna pour la troisième fois sur la terrasse, je m'aperçus que la chaise de Jeremiah était vide. Balayant du regard les alentours, je repérai une silhouette solitaire qui se détachait dans la lueur des torches et s'éloignait. Abandonnant les autres, je la suivis.

Jeremiah s'arrêta près d'une cabane à outils quand je l'appelai. Mais après l'avoir rejoint, je ne savais plus quoi lui dire. Je le distinguais mal dans la pénombre. Les épaules voûtées, il détourna son visage. J'avais le cœur serré, mais je m'efforçai de prendre sur moi. Quand je posai la main sur son bras, je fus soulagée qu'il ne s'écarte pas.

— Je n'aime pas avoir le sentiment d'être inutile.

Je tressaillis. Il ne bougea pas, continuant de scruter l'obscurité.

— Eh bien, murmurai-je, bienvenu au club.

Le muscle se tendit sous ma paume.

— Contrôler les choses me permet de ne pas devenir fou. Mon père…

Il s'interrompit. Je pressai légèrement son bras.

— À la mort de mon père, reprit-il, j'ai perdu le contrôle de ma vie. Mon frère a raison. Je lui ai volé la sienne comme Rufus Hamilton m'avait volé la mienne.

Je serrai plus fort son bras et l'attirai à moi.

— Vous avez fait votre devoir, à l'époque, soufflai-je.

Ethan, l'ancien chef de la sécurité de Jeremiah, m'avait livré quelques éléments sur cette affaire sordide. Le patriarche, Rufus, avait mené ses affaires et sa famille d'une poigne de fer. Quand Jeremiah s'était engagé dans l'armée, contrecarrant ainsi les plans de son père, ce dernier s'était débrouillé pour que l'empire lui revienne – lui tombe dessus – à son décès. S'il n'avait pas repris les rênes, les biens familiaux de l'empire Hamilton auraient été perdus, et des milliers de salariés auraient perdu leur emploi. Confronté à ces difficultés, Jeremiah avait démissionné et quitté l'existence qu'il aimait. Il avait également été obligé d'affronter les accusations selon lesquelles son propre frère avait détourné des millions de dollars. La rumeur s'était par la suite révélée fausse, mais elle avait suffi à expédier Lucas sur des chemins plus que ténébreux.

Jeremiah passa une main dans ses cheveux.

— Me voici maintenant sous la férule d'un frère qui me déteste, contraint de participer à des activités contre lesquelles j'ai lutté autrefois et d'affronter un ennemi que je ne connais pas.

Il poussa un profond soupir.

— Et pendant ce temps-là, enchaîna-t-il, mon nom est traîné dans la boue, les affaires pour lesquelles j'ai tout sacrifié sont en train de s'effondrer et je suis incapable de protéger ceux que j'aime.

J'agis alors sans réfléchir. Glissant un bras autour de sa taille, je l'enlaçai et posai ma joue sur son torse. Il se raidit un bref instant, puis noua ses bras dans mon dos et me prit contre lui. Fermant les paupières, je sentis le parfum familier de sa peau et resserrai mon étreinte.

Dois-tu vraiment te comporter comme une idiote? J'étais malheureuse du tour qu'avaient pris nos relations. Il y a encore quelques jours, j'aurais fait n'importe quoi pour cet homme. Désormais, je ne savais même pas pourquoi j'étais là, avec lui. Je soupirai en mon for intérieur. La raison était évidente. *Parce qu'il a besoin de réconfort et parce que, en dépit de tout, j'aime encore ce salopard.*

Pouvoir mettre en veille cette partie de mon cerveau serait un tel soulagement. J'avais les idées tellement plus claires quand je me trouvais seule avec ma colère. Mais dès que je m'étais retrouvée en présence de Jeremiah, tout s'était brouillé. Même alors que je me débattais dans la pire des situations, je ne l'avais jamais détesté. Malgré sa position privilégiée, la vie ne l'avait pas épargné, et je comprenais en partie ce qui avait fait de lui l'homme qu'il était. Cela ne me rendait cependant pas les choses plus faciles.

Quand il remonta ses mains vers mes épaules, la chaleur envahit mon ventre. Il enroula mes mains autour de sa nuque, me poussa vers la cabane et me plaqua contre les planches. Mon corps tout entier tremblait à son contact, et lorsqu'il me fit baisser le menton et m'embrassa, je ne résistai pas.

Jeremiah avait toujours eu le dessus. Pourtant, cette fois, c'était différent. Il ne tenta pas de s'imposer. Son baiser ne fut ni un assaut ni une lutte. Ses lèvres caressèrent les miennes comme celles d'un amant, n'exigeant rien d'autre que l'autorisation de continuer. Lorsque je desserrai les lèvres, sa langue dansa et joua avec la mienne sans pour autant la dévorer. Je l'attirai plus près, avide de lui, mais il m'embrassait volontairement avec lenteur, m'infligeant de doux tourments qui ne ressemblaient en rien à ce que j'avais connu jusqu'alors avec lui.

Interrompant notre baiser, il appuya son front contre le mien. Des lucioles illuminaient ses prunelles. Le souffle court, je promenai le bout de mes doigts sur ses traits que j'aimais tant. Il plongea son regard dans le mien, sans rien dissimuler de ce qu'il ressentait. Je pus enfin lire en lui comme dans un livre, et ce que j'y découvris me bouleversa.

— Lucy, souffla-t-il.

Mon nom sonna comme une bénédiction sur ses lèvres. Un désir ardent brilla dans ses yeux alors qu'il m'embrassait de nouveau avant de murmurer une prière :

— Restez avec moi cette nuit.

Je fermai les yeux, passai la langue sur mes lèvres et, au bout d'une seconde, je le dévisageai. Un désir presque douloureux montait en moi, en même temps qu'une sensation de solitude atroce. La moindre fibre de mon corps réclamait ses caresses. Sa main glissa le long de mon cou puis de mon bras. Une légère brise marine rafraîchissait ma peau brûlante, et je frissonnai lorsqu'il répéta mon prénom, ses lèvres collées à mon front.

— Je suis désolée, Jeremiah.

Pendant un instant, je crus qu'il ne m'avait pas entendu chuchoter, mais il finit par s'écarter sans un mot. L'air frais s'engouffra entre nous. Je m'appuyai au mur tandis que Jeremiah, gardant le silence, s'éloignait dans la nuit. Le cœur en miettes, je me mordis les lèvres et me cachai le visage dans les mains, tentant de retenir mes larmes.

— Mon frère supporte mal qu'on lui dise non.

Découvrant mes yeux, je vis Lucas adossé à un palmier voisin. Il avait le regard tourné vers la silhouette sombre de son frère cadet. Je me tus, n'étant pas sûre de pouvoir garder mon calme si je parlais. Lucas sembla le deviner.

— Laissez-moi vous raccompagner à votre chambre, offrit-il.

Nous regagnâmes l'hôtel en silence. Tirant la carte magnétique de mon sac, je la glissai dans la serrure et poussai ma porte.

— Voulez-vous que je vous tienne compagnie cette nuit?

Je me retournai d'un bloc. Lucas m'étudiait. Il attendait patiemment que je lui réponde, mais j'étais incapable de prononcer un mot. Je le fixai et me rendis compte que j'avais envie de lui répondre oui. Ce soir, j'avais envie qu'on m'enlace, qu'on me dise que tout allait bien se passer. Mais plus important encore, je désirais que ce soit Jeremiah qui le fasse, ce que mon orgueil avait refusé d'admettre.

Lucas parut lire dans mes pensées car il hocha la tête.

— Bonne nuit, murmura-t-il.

Il prit ma main et y déposa un baiser avant de tourner les talons. Je le suivis des yeux jusqu'à ce qu'il ait disparu à l'angle du couloir, puis je m'enfermai dans ma chambre. Trop lasse pour me doucher, je me mis au lit en laissant les lumières allumées. Blottie dans mes propres bras, je tentai de conserver les ultimes effluves de l'odeur de Jeremiah sur ma peau.

7

Rien n'aurait pu me préparer à la ville que nous survolions.

Dubaï n'était pas totalement un mystère pour moi. J'avais lu des choses sur le Net et écouté les infos, et j'avais une vague idée de ce à quoi elle ressemblait. La réalité dépassait cependant de loin l'idée que je m'en faisais. Même la fatigue d'un vol de dix-sept heures ne réussit pas à calmer mon excitation lorsque je découvris la ville portuaire depuis le ciel. Les îles artificielles, la tour semblable à celle de Babel dont la flèche s'élançait de façon vertigineuse, tout était démesuré, époustouflant.

En quittant la Jamaïque, j'avais regretté d'avoir disposé d'aussi peu de temps pour visiter ou profiter du soleil. C'était la première fois que j'allais dans les Caraïbes. Malheureusement, les Hamilton étaient entièrement dédiés à leurs affaires. Au petit déjeuner, Lucas nous avait remis des passeports identiques à ceux que nous possédions. Assez bizarrement, il avait choisi de reproduire mes papiers canadiens. D'après lui, ils seraient plus avantageux dans les pays musulmans. J'eus beau convenir qu'il avait raison, je n'en étais pas moins inquiète du rôle qu'il comptait me faire jouer grâce à cela.

Cette fois, nous ne voyageâmes pas en jet privé – du moins pas durant la première partie du trajet –, mais nous eûmes droit à des sièges en première classe jusqu'à Londres, puis de Londres à Dubaï. En revanche, une fois les formalités accomplies, un hélicoptère nous attendait pour nous conduire à notre hôtel.

— Est-ce qu'il est à vous? demandai-je aux Hamilton dans le casque qu'on m'avait fourni.

Lucas secoua la tête.

— Non, à notre hôte. Un cadeau de bienvenue, en quelque sorte.

Jeremiah ne dit rien, se bornant à admirer le paysage par la vitre. Je n'osais pas trop le regarder. Il ne m'avait pas adressé la parole depuis que j'avais repoussé ses avances la veille au soir. Je n'aurais su dire s'il était en colère contre moi ou contrarié par la situation, et je redoutais suffisamment la réponse pour ne pas poser la question. Quand bien même, son silence me dérangeait, et avoir conscience que je l'avais blessé me serrait le cœur.

Il faut qu'il comprenne ce qu'il a fait. Malheureusement, les principes ne pesaient pas lourd face au désir qu'il me prenne dans ses bras, qu'il me laisse enfouir mon visage dans son cou et sentir son odeur. Il était si proche de moi que j'aurais pu le toucher. Mais comme il m'ignorait, je prétendais lui rendre la pareille.

De son côté, Lucas était dans une forme éblouissante pour quelqu'un qui était resté éveillé durant tout le trajet. J'aurais pu m'irriter de ses bavardages incessants si la description qu'il me fit de la ville n'avait pas été aussi fascinante et surprenante. Il semblait en savoir beaucoup sur Dubaï et sur le pays tout entier, et je me demandai combien de fois il s'était rendu ici.

Nous étions suffisamment haut pour distinguer les îles artificielles en forme de palmier. J'en avais déjà entendu parler, mais lorsque je vis un archipel qui, à seulement quelques milles de la côte, prenait la forme d'une fleur reliée au continent par une tige, j'en eus le souffle coupé. Plus petits que les îles en forme de palmier, les petits îlots qui le composait étaient aussi plus délicats. Je comptai au moins une douzaine de «pétales» encerclant un «cœur» central plus important sur lequel s'élevait une grande structure.

— Est-ce là que nous allons? demandai-je quand l'appareil vira dans cette direction.

— Oui, acquiesça Lucas. L'hôtel Almasi. Le dernier ajout de prestige à une ville déjà flamboyante.

Le bâtiment n'était pas aussi haut qu'il m'avait semblé au premier abord – une vingtaine d'étages en tout peut-être. Bien que résolument moderne, il présentait des aspects inspirés de l'architecture traditionnelle arabe. Un immense dôme en verre surplombait l'édifice, ses vitres étincelant comme des diamants sous le soleil. Un héliport avait été aménagé au sommet de la tour principale. Notre engin s'y posa et coupa ses moteurs.

Lucas fut le premier à en descendre, aussitôt suivi par Jeremiah. Tandis que je cherchais à détacher ma ceinture, deux mains se tendirent pour m'aider à descendre. J'hésitai, d'autant que Lucas et Jeremiah me couvaient d'un regard plein d'espoir. *C'est une blague ou quoi?* Je saisis la rampe, bien décidée à me débrouiller seule. Refusant délibérément de croiser le regard d'aucun des Hamilton, je lissai mes vêtements de la main.

Les pales cessaient de tourner lorsqu'un comité d'accueil apparut devant l'escalier menant à l'héliport. Un homme marchait en tête du petit cortège. Lucas se dirigea vers lui, je le suivis de près tandis que Jeremiah fermait la marche. L'inconnu écarta les bras dans un geste de bienvenue.

— Loki, mon ami ! s'exclama-t-il. Voilà bien longtemps !

— Rachid, dit le marchand d'armes avec un sourire professionnel.

Ils n'échangèrent pas de poignée de main, ce que je trouvai bizarre. Lucas se retourna vers nous.

— Mon frère, Jeremiah, et Mlle Lucy Delacourt, dit-il avec théâtralité.

— Voici donc le cadet dont j'ai tant entendu parler ! dit Rachid en avançant, la main tendue. Je souhaitais vous rencontrer depuis longtemps. Vos affaires ne vous conduisent pas assez souvent sur nos côtes.

Jeremiah inclina la tête sans rien montrer de ses sentiments. Il ne répondit pas. Rachid s'adressa ensuite à moi avec un grand sourire.

— Mademoiselle Delacourt ! s'extasia-t-il. Mes ancêtres auraient donné bien des chameaux pour une femme comme vous !

J'eus l'impression qu'il débitait ce genre de compliments à toutes les femmes qu'il rencontrait, mais je n'en fus pas certaine parce qu'il parut m'oublier aussitôt. Il ne m'offrit pas sa main, et son regard me sembla vaguement hostile. J'eus du mal à ne pas m'en offenser.

— Bienvenue à l'hôtel Almasi, messieurs. Rentrons discuter. Ma sœur Amira conduira votre femme à ses appartements.

Cette phrase eut le don de m'exaspérer. Aucun des Hamilton ne jugea bon d'intervenir. Une femme tout de noir vêtue, la tête couverte d'un foulard blanc, avança timidement d'un pas. Je fus déroutée par son visage franc, sa façon de m'examiner, comme si j'avais été une pierre précieuse rare et magnifique.

— Bonjour, lançai-je avec hésitation.

La jeune fille sembla se ressaisir et me sourit.

— Je m'appelle Amira, dit-elle d'une voix douce en me tendant la main.

La poignée de main fut plutôt molle, mais comme elle semblait s'en satisfaire, je pris mentalement note de me renseigner sur les coutumes arabes.

— Puis-je vous montrer votre chambre?

Si elle s'exprimait de façon très formelle, je devinai qu'elle brûlait de me bombarder de questions. Son anglais était excellent, même si sa tenue me déstabilisait. Son voile dissimulait entièrement ses cheveux et sa large robe cachait tout ce qu'elle avait de féminin. Les hommes ayant disparu de leur côté, nous nous dirigeâmes en silence vers un ascenseur. Je ne savais trop quoi dire, mais ma curiosité finit par l'emporter.

— Comment appelez-vous votre foulard?

Amira sembla un instant déconcertée, porta une main à son crâne, puis sourit.

— Vous êtes américaine, commenta-t-elle en hochant la tête, comme si ma nationalité expliquait tout. C'est un *hijab*.

— Et vos vêtements? insistai-je en désignant l'ample robe.

— Ce sont juste mes vêtements, répondit-elle, presque hilare.

Il n'y avait aucune rancune ni aucune moquerie dans sa réponse. Ma propre ignorance déclencha mes rires. Mes questions avaient visiblement rompu la glace.

— Il faut que je vous demande, reprit-elle quand nous entrâmes dans l'ascenseur, êtes-vous allée à Hollywood?

Amira était clairement fascinée par la culture américaine, et je me rendis vite compte qu'elle n'avait guère vu le monde au cours de sa jeune existence. Je lui dis que je vivais et travaillais à New York, ce qui parut l'enthousiasmer, et elle m'interrogea sur tout et n'importe quoi, de la statue de la Liberté au métro. Il m'était impossible de lui donner un âge. Tantôt, elle m'apparaissait comme une étudiante, tantôt elle était aussi naïve qu'une enfant. Une chose était claire cependant : bien qu'elle aspirât à découvrir le monde, elle menait une vie très recluse.

— Cet hôtel appartient-il à votre frère?

— Non, il est l'un des investisseurs principaux et a participé à sa construction, mais il n'en est pas le propriétaire. Voici vos chambres.

Elle poussa une porte. *Chambres au pluriel?* Je franchis le seuil et m'arrêtai net en voyant ce qui m'attendait.

— Oh! m'exclamai-je, faute de mieux pour exprimer ce que je ressentis. Est-ce que c'est pour moi toute seule? demandai-je ensuite à Amira qui acquiesça.

J'entrepris d'inspecter les lieux avec émerveillement. Moins d'un mois auparavant, j'avais eu la chance de loger au Ritz à Paris, l'un des plus beaux hôtels du monde. Là-bas, le moindre aspect de la décoration, le moindre centimètre carré de parquet participait à une atmosphère fastueuse, au style européen classique. Des sols aux plafonds, dans les chambres comme ailleurs, l'ostentation et l'opulence dépassaient l'imagination. J'avais adoré cette aura de richesse et de prestige.

L'impression était similaire ici, mais sous un abord bien plus contemporain. Les plafonds très hauts ajoutaient à l'immensité de la pièce. Au premier coup d'œil, rien d'ostentatoire. Au contraire, l'endroit avait un côté presque spartiate, comparé au Ritz en tout cas. Pourtant, les carrelages et les parquets, les murs aux couleurs chaudes et les meubles en bois sombre étaient aussi somptueux que ce que j'avais vu en France. Plus j'avançais dans l'appartement, plus il me paraissait vaste.

— C'est vraiment pour *moi*? répétai-je, incrédule.

— Oui, opina-t-elle avant d'ajouter en s'empourprant: vos deux hommes seront logés dans les suites contiguës à celle-ci. Mon frère estime malvenu qu'une femme non mariée partage la chambre d'un homme.

Mes deux hommes?

— Non, non, me récriai-je en secouant la tête avec vigueur. Ils ne sont pas à moi tous les deux, je vous assure.

— Je ne vous juge pas, repartit Amira qui m'avait visiblement mal comprise. Les Occidentaux ont leurs propres croyances et pratiques. Toutefois, mon frère est très strict en ce qui concerne la séparation des sexes, du moins quand il s'agit de ses invités.

J'en étais abasourdie. Je ne m'étais pas attendu à ce genre de réaction, et les paroles candides de ma compagne me firent rougir à mon tour.

— Je n'appartiens à aucun des deux hommes avec lesquels je voyage, réaffirmai-je avec conviction.

Techniquement, ce n'était pas tout à fait un mensonge, me dis-je.

— Qu'y a-t-il au rez-de-chaussée, m'enquis-je très vite, histoire de changer de sujet.

— Des boutiques, destinées à satisfaire les désirs de la clientèle.

J'eus l'impression qu'elle récitait un prospectus publicitaire.

— La conciergerie vous aidera si vous souhaitez organiser une visite de la ville, et une voiture avec chauffeur est attachée aux suites que vous occupez.

Amira me gratifia d'un sourire éblouissant.

— Et, précisa-t-elle, vous pouvez me poser toutes les questions que vous voudrez. Je tâcherai d'y répondre de mon mieux.

Je la dévisageai. Sa façon de parler m'incitait à penser qu'elle devait régulièrement s'occuper des hôtes de Rachid.

— Vous vivez ici, n'est-ce pas? À l'hôtel?

Elle rosit, baissa les yeux avec timidité.

— Nous avons une maison familiale, concéda-t-elle. Mais quand mes parents sont morts, mon frère m'a priée d'emménager ici définitivement.

La simplicité avec laquelle elle avait évoqué la disparition des siens me brisa le cœur.

— J'ai moi aussi perdu mes parents il y a quelques années, lui avouai-je en retenant mes larmes.

— Oh! s'écria-t-elle en effleurant mon bras. Je suis vraiment désolée!

Autant de compassion me toucha. Mais je parvins à retenir mon émotion. Le temps avait œuvré. La souffrance était là, avec le souvenir, mais de moins en moins violente. Soudain, une idée me traversa l'esprit, et je me jetai dessus comme un chien sur un os.

— Et si nous allions faire du shopping!

— Pardon? sursauta la jeune femme, surprise par ma proposition.

Je souris de la voir aussi troublée. Je la pris par le bras et l'entraînai vers le couloir.

— Venez donc avec moi! lui dis-je. Il n'est pas nécessaire que nous achetions quoi que ce soit, mais on s'amusera.

De toute manière, les hommes sont sûrement occupés à leurs affaires, alors faisons des « trucs de filles », une fois n'est pas coutume.

Un sourire perplexe étira les lèvres d'Amira.

— Je vous jure qu'on ne s'ennuiera pas, lui promis-je avec un clin d'œil complice.

Il s'avéra qu'Amira était très agréable quand il s'agissait de faire des « trucs de filles ». Je devinai tout de suite que ces occasions-là ne se présentaient pas souvent à elle quand je la vis admirer les vitrines et la décoration des magasins de l'hôtel. Si elle savait parfaitement où chacun se trouvait, il était clair, à ses yeux écarquillés, qu'elle y était rarement entrée, voire jamais.

Aussi, me fis-je un plaisir de l'emmener dans les boutiques sophistiquées, choisissant pour elle des tenues sur leur cintre. Comme elle paraissait juger scandaleux de montrer ses jambes ou ses bras en public, je changeai de tactique et entrepris de chercher des robes à manches longues qui tombaient jusqu'aux pieds. Sans surprise, elles étaient légion, de même que les voiles de différents styles. Pour moi, ce fut une sorte de choc culturel. De l'extérieur, les boutiques ressemblaient toutes à celles des quartiers chics des États-Unis. Mais, dès qu'on commençait à y regarder de plus près, la sélection d'articles proposés ciblait la population locale.

Amira essaya plusieurs foulards colorés, ce qui me permit enfin de découvrir sa longue chevelure dénouée, aussi brune que celle de son frère. Elle était belle. Je réussis, après bien des efforts et en lui jurant que personne d'autre que moi ne la verrait, à la convaincre d'essayer une robe. Il me fallut plusieurs tentatives avant qu'elle m'autorise à l'admirer dans une tenue rouge qui, même si elle la couvrait de pied en cap, laissait deviner ses courbes. Elle tira sur le tissu en se dandinant devant moi.

— Elle est très serrée, fit-elle remarquer.

Je trouvai qu'elle était plutôt trop grande d'une taille, ce qui ne m'empêcha pas de la féliciter chaudement.

— Vous êtes sublime !

Un sourire gêné se dessina sur ses lèvres.

— C'est vrai, je trouve aussi, avoua-t-elle en se contemplant dans un miroir. Mais mon frère n'acceptera jamais que je la porte, ajouta-t-elle.

Son visage se referma.

— Vous n'êtes pas obligée de le lui dire…

— Il sait tout, me coupa-t-elle en pinçant les lèvres. J'ai commis une erreur. Je n'aurais même pas dû enfiler cette robe.

Je m'efforçai de dissimuler ma déception quand elle ressortit de la cabine d'essayage après avoir remis ses vêtements.

— Même pas un foulard ? tentai-je une dernière fois.

Elle secoua la tête avec réticence.

— Merci de m'avoir accompagnée, dit-elle.

Elle afficha un petit sourire que son regard triste démentait. *Ma foi, ça n'a pas fonctionné comme je le souhaitais.* Non que j'aie eu un plan clairement établi en tête, mais je n'avais pas imaginé que notre escapade se terminerait sur cette note d'amertume. Certes, bien des aspects de la culture du pays m'échappaient, mais je voyais qu'Amira n'était pas heureuse, et j'avais l'impression d'en être en partie responsable.

Nous quittâmes la boutique et regagnâmes le hall principal. Je jetai un coup d'œil à la dérobée à ma voisine. Ces derniers temps, j'avais eu ma dose de testostérone. D'abord en étant retenue contre mon gré dans une demeure somptueuse, puis coincée à bord d'un navire plein d'hommes. J'avais tellement eu envie de me comporter en fille, ne serait-ce qu'un petit moment! Malheureusement, j'avais aussi raté ça.

— Écoutez, lançai-je dans l'espoir de sauver notre sortie. Moi, je me suis amusée. Je suis désolée si je vous ai poussée à faire quelque chose que vous ne vouliez pas et je vous promets de ne pas recommencer.

Je m'interrompis, tirai sur mes vêtements et repris:

— Là, j'ai vraiment besoin de me changer et de faire un brin de toilette. Et si nous nous retrouvions après ici?

Ce ne fut que lorsque je la vis sourire avec franchise que je compris que j'avais redouté un refus. Je me détendis.

— Ça me ferait très plaisir, répondit-elle.

Alors que nous atteignions le hall de l'hôtel, je vis qu'un homme à la peau mate nous observait. Mon sourire vacilla et je regardai derrière moi. Passer du temps en compagnie des Hamilton m'avait apparemment rendue paranoïaque. Lorsque, un peu plus loin, je constatai qu'un autre individu semblait nous surveiller, je donnai un coup de coude à Amira.

— Avez-vous des gardes du corps? m'enquis-je.

Elle sembla surprise.

— Une escorte veille sur ma sécurité quand je quitte l'hôtel, oui.

C'était peut-être ça. Un frère surprotecteur se cachait derrière ces silhouettes furtives.

— Les hommes! grognai-je.

— Oui, s'esclaffa la jeune femme.

Nous nous quittâmes sur cet échange complice en nous donnant rendez-vous une heure plus tard. Cela me laissait amplement le temps de me rafraîchir.

Mais, à peine approchai-je de la porte de ma chambre que je compris que mes plans risquaient d'être contrariés : les échos d'une discussion animée entre deux hommes me parvenaient avec clarté. Je poussai la porte en soupirant. Lucas était affalé dans un fauteuil, un verre à la main. Près de lui, Jeremiah arpentait la pièce avec agitation.

— Que faites-vous chez moi ? lançai-je, peu amène.

Lucas me salua en levant son verre.

— C'est vous qui avez la plus grande suite, répliqua-t-il d'un ton enjoué.

Je levai les yeux au ciel, peu disposée à affronter les Hamilton.

— Eh bien, retournez dans les vôtres ! Je vais prendre une douche.

— Génial ! s'exclama Lucas qui posa son verre sur la table. Je vous accompagne !

Je le dévisageai avec ahurissement tandis que son frère cessa brusquement de tourner comme un lion en cage.

— Loki ! grogna-t-il, les poings serrés.

— Je sais toujours quand tu es en colère, remarqua l'intéressé. Quand tu m'appelles Loki, ça veut dire que tu meurs d'envie de m'arracher la tête. Ose dire que ce n'est pas vrai !

Pendant qu'ils se disputaient, ils m'oubliaient et ça m'arrangeait. Je supportais mal le souvenir de ce que j'avais fait sur le bateau, d'autant plus en présence de Jeremiah. J'évitais d'y penser par crainte d'être submergée par la culpabilité.

— Pardonnez mon frère, enchaîna Lucas. Il vient d'apprendre qu'il a été déclaré *persona non grata* aux États-Unis.

— Comment ça ? Il lui est interdit de regagner le pays ?

— Oh non, rien d'aussi passionnant. Jeremiah tenait les médias sous sa coupe. Depuis qu'il a disparu de la circulation, ils s'en donnent à cœur joie et publient toutes sortes de choses fort amusantes.

— Je te répète que cette coïncidence est suspecte, commenta Jeremiah.

— Et moi, je crois que tu ne supportes pas de ne plus contrôler les journalistes.

— La meilleure façon de gérer ça, c'est d'être sur place ! s'énerva son cadet de plus belle. Au lieu de quoi, je suis coincé à des milliers de kilomètres et ils en profitent pour publier des inepties.

— Pauvre chéri ! Voilà qu'il craint pour sa *réputation*, maintenant, s'exclama-t-il en roulant des yeux. Excuse-moi de ne pas compatir.

L'amertume de Lucas était perceptible, et son attitude alimentait la colère de Jeremiah. J'avais débarqué au milieu d'un conflit qui couvait depuis longtemps. Le sourire cynique de Lucas et la tension que son frère manifestait m'indiquaient qu'il valait mieux m'éclipser.

— Bien, reprit Lucas alors que je m'apprêtai à sortir, si tu veux partir, pars ! Rentre au pays et retourne dans ta tour d'ivoire. Mais Mlle Delacourt reste ici avec moi. Tu as suffisamment fait la démonstration que tu étais incapable de la protéger. Combien de fois a-t-elle été enlevée sous ton nez ?

Je fis volte-face et fixai Lucas avec incrédulité. L'indignation me laissa sans voix. Jeremiah se raidit sous l'insulte, mais son frère semblait parfaitement indifférent au danger auquel il venait de s'exposer. Alors que Jeremiah amorçait un mouvement vers lui, il sirotait son verre tout en contemplant le désert par la fenêtre.

Des bouteilles s'alignaient sur le bar devant moi, mais je ne pouvais quand même pas les leur jeter dessus. D'ici peu, une bagarre allait éclater, et je ne pourrai rien faire pour l'empêcher. Apercevant un siphon à soda relié au robinet, je m'en emparai et visai les deux hommes. Lucas bondit sur ses pieds en lançant une bordée de jurons et Jeremiah recula, mais je continuai à les arroser aussi loin que le tuyau me le permit.

— Si vous voulez vous taper dessus, m'emportai-je, allez le faire dans vos chambres ! Et maintenant, sortez !

Le sol était maintenant mouillé et glissant. Je toisai les deux frères, aussi ahuris l'un que l'autre, puis lâchai mon arme, levai le menton et décrétai avec autant de dignité que possible vu la situation :

— Je vais prendre ma douche. Quand je reviendrai, j'exige que vous ayez quitté les lieux.

Sans attendre de réponse, je filai et claquai la porte de la salle de bains en verrouillant derrière moi. La pièce était aussi somptueuse que le reste de la suite, mais j'étais trop énervée pour y prêter beaucoup d'attention. Je me déshabillai, fis couler l'eau et me mis sous le jet chaud.

De la cabine de douche, je ne pouvais rien entendre de ce qui se passait à l'extérieur de la salle de bain, mais je croisai les doigts pour que les Hamilton m'aient obéi. Après un long moment, je me résolus à sortir. Une fois séchée, je glissai la tête dans le couloir. Silence.

— Il y a quelqu'un ?

Pas de réponse. J'avançai et jetai un coup d'œil au salon. On avait épongé l'eau et des torchons humides pendaient devant l'évier du bar, mais j'étais seule. Toujours furieuse, je gagnai la chambre et me préparai pour retrouver Amira.

La cabine de l'ascenseur s'ouvrit sur un hall bondé. Les clients qui se dirigeaient vers le bar voisin étaient pour la plupart occidentaux et parlaient anglais avec des accents variés. Il devait s'agir des membres d'une conférence ou d'un colloque qui retournaient à l'hôtel. Je m'empressai de fendre la foule afin de gagner le restaurant. J'avais promis à Amira de l'y retrouver mais j'avais quelques minutes de retard.

Comme le restaurant aussi était plein, je me hissai sur la pointe des pieds en quête de ma nouvelle amie. C'est dans ce genre de situation que je regrettais de ne pas être plus grande ou de ne pas porter de talons. Je me faufilai dans la foule pour rejoindre le bar, espérant avoir une meilleure vue sur la salle. J'aperçus une femme en foulard blanc. Elle agita la main à mon adresse, mais elle fut vite avalée par la cohue.

Les clients se pressaient surtout autour du bar, et je parvins finalement sans trop de mal à me glisser au milieu des gens. Je fus soulagée d'apercevoir de nouveau le grand sourire d'Amira. Alors que je m'approchai d'elle, Amira fit un pas de côté et disparu de ma vue. Je m'arrêtai net, surprise. Je me tordis le cou pour tenter de l'apercevoir car un homme s'était interposé entre nous, mais elle s'était volatilisée. J'écartai brusquement l'importun et, sans prendre garde à ses protestations, je me précipitai là où Amira s'était trouvée une seconde plus tôt. J'avais la chair de poule. Près des portes des cuisines, je ne repérai aucun voile blanc, juste les cheveux lâchés des clientes occidentales.

Un bruit retentit soudain dans les cuisines et je tournai la tête dans leur direction. Je me mordis les lèvres, songeant que je risquais de gros ennuis si je me trompais, mais après avoir hésité un instant, je poussai la porte. Par-dessus le fracas ambiant des couverts, assiettes et casseroles, il me sembla entendre une femme qui criait. Les employés étaient nerveux, plusieurs d'entre eux agitaient les bras et criaient en arabe. Je les ignorai et filai vers la gauche. Quelques-uns tentèrent de me retenir, visiblement mécontents de mon intrusion, mais je les esquivai sans difficulté.

De nouveau, une voix de femme retentit et, au détour d'un passage, je vis un homme qui entraînait de force une silhouette voilée. Sous le foulard qui avait glissé, je reconnus la chevelure sombre de la prisonnière qui se débattait.

Je saisis une bouteille de champagne vide sur un chariot roulant. Sans cesser de lutter, Amira écarquilla soudain les yeux quand elle m'aperçut. Mes ultimes réticences s'évanouirent et j'abattis la bouteille sur le crâne de son ravisseur, qui lâcha la jeune fille. Lorsqu'il se retourna, je me tenais prête à le frapper une seconde fois. J'atteignis l'homme à la tempe. Il s'écroula au sol et resta immobile, inanimé. Je lâchai mon arme improvisée qui roula sur le carrelage tandis que je fixai avec horreur ma victime, dont le front était ensanglanté.

Je l'enjambai et aidai Amira à se relever. Elle fixait son agresseur tout en débitant un flot de paroles en arabe, en proie à une terreur évidente. Je prononçai son prénom, mais elle ne semblait pas m'entendre.

— Amira ! répétai-je plus fort.

Elle me regarda enfin.

— Il faut que nous partions.

Elle ne réagit pas immédiatement, mais finit par hocher la tête. Je la tirai par la main et l'entraînai dans un labyrinthe de couloirs où je ne tardai pas à me perdre. Nous étions dans les coulisses de l'hôtel, réservées au personnel et interdites aux clients. Les murs étaient enduits d'une peinture crème simple, bien éloignée des ornements luxueux de la partie publique des lieux. Après des tours et des détours, je m'arrêtai et fis face à Amira.

— Un endroit avec plein de monde serait idéal, lâchai-je. Est-ce que vous sauriez nous sortir d'ici ?

La jeune fille fut tirée de son état de choc. La perspective de se rendre utile reprenait le dessus.

— Les boutiques sont par ici, répondit-elle.

Elle s'engouffra dans plusieurs corridors, et je lui emboîtai le pas, regrettant à présent d'avoir lâché ma bouteille. Les lieux étaient quasiment déserts, mais le brouhaha des voix se fit soudain plus fort et moins lointain, indiquant que nous touchions au but.

Amira poussa une porte qui débouchait dans un couloir très différent de ceux que nous venions de parcourir, aux murs décorés de mosaïques et au sol carrelé. Nous étions enfin dans la section commerciale de l'hôtel, où nous nous fondîmes dans la foule des clients. Je poussai un soupir de soulagement.

Même si personne autour de nous ne nous prêtait attention, nous n'étions plus seules.

— Où est le hall ? soufflai-je.

Il fallait que nous retrouvions Jeremiah ou Lucas. Ils sauraient que faire.

— Par ici.

Nous marchions vite tout en nous efforçant de ne pas avoir l'air de fuir. Je ne cessais de surveiller les parages. Nous étions presque arrivées dans le hall, en sécurité, lorsque je vis un homme adossé au mur en train de nous observer. *Merde !*

— Nous allons peut-être devoir courir, Amira, chuchotai-je.

Il n'en fallut pas plus pour que mon amie décampe aussitôt. Je l'imitai. L'homme se lança à notre poursuite en portant sa main à sa bouche, comme s'il transmettait un message par talkie-walkie. *Omondieu ! Combien sont-ils ?*

À l'entrée du hall principal, deux ombres surgirent devant nous. Dérapant sur le sol lisse, nous nous arrêtâmes et cherchâmes des yeux une issue. Malheureusement, il n'y avait que des murs. Amira se blottit contre moi tandis que les trois hommes fondaient sur nous.

À cet instant, j'aperçus une silhouette familière de l'autre côté des portes vitrées de l'hôtel.

— À l'aide ! criai-je.

Les trois sbires s'immobilisèrent tandis que la silhouette se retournait vers moi. Je faillis défaillir de soulagement. En moins de temps qu'il n'en faut pour le dire, Jeremiah se retrouva à nos côtés.

Si le premier homme à nous avoir repérées put s'enfuir, les autres eurent moins de chance. Jeremiah en attrapa un par le col et le poussa contre le mur avant de se retourner vers le troisième. Je plaquai la main sur ma bouche en le voyant sortir un couteau, mais Jeremiah le désarma immédiatement avant de le frapper aux genoux. Il s'écroula dans un cri de douleur. Comme l'autre filait à son tour, Jeremiah l'agrippa et le projeta brutalement sur une table du hall.

Une foule de curieux avait commencé à se rassembler.

Des types baraqués en costume noir surgirent. L'homme à terre tenta de se relever. Jeremiah lui assena un coup dans les jambes qui le renvoya au sol, mais il ne put retenir son complice qui décampa vers les boutiques. Les hommes de la sécurité nous avaient désormais rejoints. Jeremiah leva les mains en l'air, mais, avec son pied, cloua tout de même au sol le type à terre qui s'était mis à ramper.

Rachid apparut au milieu des badauds et lança des ordres aux hommes qui s'apprêtaient à se saisir de Jeremiah. Ils attrapèrent finalement l'homme à terre. Lorsqu'ils l'emmenèrent, je fus rassurée, même si je jetai un œil en direction des magasins où les autres avaient disparu.

Amira se précipita dans les bras de son frère qui la serra contre lui. Elle fondit en larmes, le visage contre son épaule réconfortante. Lui-même parut lutter pour contenir son émotion. Il se tourna vers Jeremiah qui le fixa sans broncher.

— Je vous remercie, lui dit-il en posant sa main sur la tête de sa jeune sœur.

— Ce n'est pas moi qui l'ai sauvée, répondit le cadet des Hamilton en venant de placer derrière moi.

Rachid me regarda alors, *enfin*, et m'adressa un bref hochement de tête.

— Tout ce que vous voudrez, commença-t-il.

Amira se serrait encore plus fort contre lui. L'éclat des prunelles de l'homme prouvait à quel point il aimait sa sœur.

— Tout ce que je suis en mesure de vous offrir, vous l'aurez. Comptez sur moi.

J'acquiesçai, trop émue pour parler. Jeremiah posa ses mains sur mes épaules et, sans réfléchir, je me laissai aller contre lui. L'adrénaline courait encore dans mes veines, mon cœur battait à toute vitesse, et il accéléra encore lorsque le millionnaire m'enveloppa de ses bras protecteurs. Comme cela m'avait manqué ! Je faillis éclater en sanglots à mon tour.

La foule se dissipait, et j'aperçus Lucas qui se frayait un chemin vers nous. Il me regarda, jeta un coup d'œil à son frère puis sourit d'un air contrarié.

— J'ai comme l'impression d'avoir raté une bonne partie de plaisir.

Je ne fus pas autorisée à partir tout de suite. Je dus même subir deux heures d'interrogatoire avant de pouvoir regagner ma chambre. Amira, elle, s'était volatilisée, probablement sous la garde de son frère après la tentative d'enlèvement dont elle venait d'être victime. Les employés de la sécurité, ainsi que des hommes dont j'imaginais qu'ils travaillaient directement pour Rachid me harcelèrent de questions. Je répétai toujours les mêmes réponses, de plus en plus agacée, jusqu'à ce que Jeremiah mette un terme à la séance, à laquelle il avait en partie assisté. Il me prit dans ses bras et quitta la pièce d'un pas vif. Personne ne nous retint. Soit ils en avaient terminé avec moi, soit ils ne tenaient pas à affronter la rage de Jeremiah.

J'avais réussi à apprendre que, à l'instant où je descendais rejoindre Amira, Rachid avait été averti d'une menace imminente de kidnapping. Il avait aussitôt envoyé ses équipes mais il était déjà trop tard. Une caméra de vidéosurveillance installée à l'une des entrées de service avait repéré une camionnette quittant les lieux avec à son bord les deux autres malfrats. Sans mon intervention, Amira aurait été à cette heure enfermée dans cette voiture, en route pour je ne sais où.

Ma présence sur les lieux au moment même du kidnapping paraissait étrange, ce qui expliquait sans doute la durée de mon interrogatoire. Néanmoins, on n'essaya pas de m'arrêter. Épuisée, je posai la tête sur l'épaule de Jeremiah qui ne me lâcha qu'une fois devant ma suite, et seulement pour en ouvrir la porte.

Je n'avais qu'une envie : m'écrouler sur mon lit afin de ne plus penser à cette journée.

Hélas, le cadet des Hamilton avait d'autres projets en tête.

— Vous vous y connaissez en matière d'autodéfense ?

Je gémis, me contentant de secouer la tête en guise de réponse. Il attrapa ma main, en déplia les doigts puis l'attira vers sa gorge.

— En cas de corps à corps, reprit-il, sachez que votre adversaire a des points faibles. Le côté du cou en est un.

Il déplaça ensuite ma paume vers le bout de son nez.

— Si vous frappez votre ennemi à cet endroit, il sera suffisamment sonné pour que vous puissiez vous sauver.

— Jeremiah…

Ignorant ma lassitude, il me fit pivoter et plaqua son pied sur mon genou.

— Si vous en avez la possibilité, tapez n'importe où du côté des genoux. Cela empêchera votre agresseur de vous courir après.

— Pourquoi me dites-vous tout ça maintenant? me lamentai-je en regardant vers ma chambre à coucher.

— Parce que je n'aime pas l'idée que vous soyez sans défense.

Cette phrase ranima mon attention.

Jeremiah me regardait avec son impassibilité coutumière. Pourtant, sous ce calme apparent, je vis que le prédateur en lui essayait de se libérer. Je pris aussi conscience de notre proximité physique. Je contemplai ses yeux verts, et mon cœur cessa de battre en y découvrant l'intensité des émotions qui les habitaient.

Il se rapprocha encore, nos corps se frôlant presque. Sans rien dire, je humai le parfum unique qui émanait de lui. D'une main, il repoussa une mèche de mes cheveux derrière l'oreille, le bout de ses doigts glissant le long de mon cou. Mes yeux étaient aimantés par son regard, j'étais comme hypnotisée. À mon tour, je caressai les contours de son visage. Lorsqu'il appuya sa joue contre mes doigts, mon cœur s'emballa.

— Laissez-moi rester avec vous cette nuit, murmura-t-il.

Sa voix était chargée d'un désir brut, même s'il continuait de me caresser avec une grande délicatesse. J'inspirai profondément, fermai les paupières, tous mes sens en alerte. Je le sentais si proche, son odeur et sa présence suffisaient à affoler mon pouls. Mais le fait de ne pas voir son visage me permit de prononcer les trois mots les plus difficiles de mon existence.

— Bonne nuit, Jeremiah.

Sa main retomba. Tout mon être voulait renouer le contact. Quand je rouvris les yeux, il me dévisageait d'un air pensif. Puis, à ma grande stupeur, un sourire étira ses lèvres. Cette réaction lui était si étrangère que j'en restai bouche bée.

— Je n'ai pris conscience de ce que j'avais qu'une fois qu'il était trop tard, souffla-t-il avant de faire un pas en arrière. Bonne nuit, Lucy Delacourt. Mais nous n'en avons pas encore fini avec cette conversation.

Il sortit de la pièce. Je retrouvai mon souffle. Haletante, je restai immobile plusieurs minutes, effrayée de me lancer à sa poursuite si jamais je faisais un geste.

Serait-ce si mal que ça ?

Je n'en savais plus rien.

Ma méfiance était-elle une volonté de me préserver ou un moyen de le punir ? Je n'aurai su répondre à cette question avec certitude. Je doutais de punir Jeremiah autant que… moi-même. Je mourais d'envie qu'il me touche, j'avais besoin de lui à chaque instant. Sa présence à mes côtés éveillait à la fois le meilleur et le pire de moi-même. Mais, tout autant que j'aspirais à lui appartenir, je redoutais ce qui se passerait si je lui cédais. Je n'étais certaine que d'une chose : je ne survivrais pas à un second rejet.

La dernière fois que je lui avais déclaré mes sentiments, il s'était éloigné, et m'avait brisé le cœur. Était-il seulement concevable de ma part d'envisager de lui faire confiance, alors qu'il détenait pareil pouvoir sur moi?

Et puis, voudrait-il encore de moi lorsqu'il découvrirait mon secret?

Tel un zombie, je titubai jusqu'au lit et m'enfouis sous les draps sans même prendre la peine de me déshabiller. Roulée en boule, je fixai l'obscurité, l'esprit envahi d'émotions contradictoires jusqu'à ce que je finisse par sombrer dans un sommeil agité.

4

Je ne me rappelai plus vraiment comment j'en étais arrivée à me balader en 4 x 4 dans le désert, mais je m'amusais trop pour m'en soucier.

La ville était loin derrière nous, invisible au-delà des vagues de sable. Même du haut de la dune, je n'apercevais pas les gratte-ciel à l'horizon. Plus bas, des gens se déplaçaient, minuscules, comme des fourmis. Ils venaient dans notre direction, vers le campement bédouin installé au milieu du désert. Lasse d'être toujours dépendante de quelqu'un, je m'étais échappée un moment pour escalader une dune. Si elle m'avait paru raide à première vue, j'avais grimpé sans trop de difficultés.

Le soleil brûlant m'aveuglait. Une fois parvenue au sommet, j'observai les environs. En bas, les quads grondaient. Je n'avais jamais vu pareil spectacle, ces collines de sable à l'infini sous un ciel bleu étaient à couper le souffle.

Ce matin-là, j'avais été réveillée par une surprise. Étant donné ce qui s'était produit la veille, je m'étais attendue à rester claquemurée à l'intérieur de l'hôtel. Au lieu de quoi, Lucas avait frappé à la porte pour m'inviter, un grand sourire aux lèvres, à une sortie dans le désert.

Bien sûr, il était hors de question de décliner pareille opportunité qui risquait de ne pas se renouveler !

Nous étions partis relativement tard, surtout à cause des mesures de sécurité qu'il fallait mettre en place. Rachid semblait ravi de nous offrir ce cadeau, mais de toute évidence ses hommes étaient sur le pied de guerre. Je n'avais plus entendu parler d'Amira, et, d'après moi, son surprotecteur de frère la tenait enfermée dans une tour d'ivoire.

J'aurais pourtant apprécié qu'elle soit avec moi en cet instant.

Se lassait-on jamais de ce genre de vue ?

Les bruits de deux moteurs différents retentirent dans mon dos. Les Hamilton arrêtèrent leurs quads. Je levai les yeux au ciel en me rappelant que je disposais d'une propre garde personnelle.

— Vous ne devriez pas quitter le groupe, me morigéna Jeremiah. Nous ne sommes pas forcément en sécurité, ici.

— Oh, détends-toi, petit frère ! s'esclaffa Lucas, qui était coiffé d'une casquette de base-ball miteuse. Reconnais juste que tu n'aimes pas t'amuser.

J'avais l'impression de me retrouver entre deux gosses qui se disputent. Lucas paraissait bien décidé à agacer Jeremiah et ne se gênait pas pour m'utiliser comme prétexte pour arriver à ses fins. À l'hôtel, il m'avait escortée à la voiture avant son cadet, j'avais du coup assisté à leur chamaillerie tandis que je m'asseyais sur la banquette. J'ignore qui avait gagné. Ils m'avaient ensuite rejointe, s'installant à mes côtés. Toute tentative de ma part pour alléger l'atmosphère s'étant soldée par un échec, je m'étais renfoncée dans un silence maussade pendant tout le trajet nous conduisant hors de la ville.

Comme personne ne m'avait expliqué ce qui nous attendait, je fus étonnée quand la voiture quitta la route principale et bifurqua sur une piste entre des rangées de dunes. Nous n'avions pas tardé à être secoués comme des pruniers. Projetée d'un Hamilton contre l'autre, j'avais fini par céder à la mauvaise humeur, et c'est avec soulagement que j'avais accueilli notre arrêt près d'un groupe de chameaux et de quads.

Là, on m'avait proposé de choisir comment je voulais me rendre jusqu'à notre destination ultime. Les chameaux n'ayant rien de très attirant, j'avais opté pour l'un des engins à moteur.

En haut de la dune où je m'étais réfugiée, Lucas m'apostropha :

— Vous aviez déjà conduit un quad, n'est-ce pas?

Je lui souris, pas mécontente de moi.

— Quoi? Vous avez peur qu'une fille soit meilleure que vous dans l'une de vos activités de mâle?

— Je vous défie à la course, rigola-t-il. Le premier à rejoindre le groupe a gagné.

Sur ce, il mit les gaz et démarra dans une gerbe de sable. Sur le point de le suivre, je marquai cependant une pause en découvrant la mine de Jeremiah. Le front plissé, il fixait l'horizon. Au bout d'un moment, il se tourna vers moi et son regard s'adoucit, même si ses lèvres restaient pincées.

— Vous n'aviez pas envie de venir, hein? lui lançai-je, un peu au hasard.

— Non, acquiesça-t-il. Nous ne sommes pas tranquilles, ici. Je ne comprends pas que Lucas et Rachid aient décidé de se lancer dans pareille aventure.

Je m'étais posé la même question plus tôt le matin. Totalement isolés, nous étions des proies faciles.

— D'après Lucas, répondis-je, il s'agit d'un cadeau qu'il aurait été impoli de refuser.

— Il m'a dit la même chose.

De nouveau, Jeremiah contempla le sable, le regard sombre. Il avait l'air mal à l'aise, ce qui m'étonnait de sa part. Ce n'était certainement pas à cause de notre mode de transport inhabituel, il semblait savoir parfaitement conduire un quad.

Jeremiah gardait toujours le contrôle de sa vie – il la dirigeait d'une poigne de fer –, mais, ces derniers jours, il avait été contraint de renoncer à cette manière d'être tellement ancrée en lui.

— Pourquoi êtes-vous venus, alors? m'enquis-je avec une curiosité sincère.

Un instant, je crus qu'il allait refuser de s'expliquer. Il continuait de regarder le soleil qui commençait à descendre sur l'horizon, annonçant le crépuscule.

— Pour l'instant, réagit-il enfin, Rachid domine la situation. Lucas m'ayant privé de mes équipements, je n'ai pas accès à mes propres réseaux. Je suis donc incapable de mener mes recherches sur notre hôte, «l'ami» de mon frère. Je ne sais pas trop quoi penser de son aide, alors que j'ignore tout de lui.

— Lucas semble lui faire confiance.

— C'est un argument de plus pour se méfier de cet homme.

Je poussai un soupir silencieux et quelque peu compassionnel. Pour quelqu'un qui, comme lui, avait l'habitude de tout diriger, ce devait être un coup dur.

— Que s'est-il passé lorsqu'il vous a enlevée? me demanda abruptement Jeremiah.

Je me figeai et déglutis en contemplant à mon tour le lointain.

— J'ai servi de traductrice dans une négociation. Puis j'ai été embarquée de force sur ce bateau et j'ai failli être tuée par un saboteur cinglé. Rien que de très ordinaire, comme vous pouvez le constater.

J'eus un haussement d'épaules faussement désinvolte.

— Quel salaud! jura Jeremiah. Je n'aurais jamais dû vous laisser seule dans cette maison. C'est de ma faute.

Ma poitrine se serra, j'étais au bord des larmes. J'avais envie de tout lui avouer.

Omondieu! Qu'avais-je fait?

— Alors, vous venez ou quoi?

Lucas était en bas de la dune. Sa voix nous tira de nos pensées. Jeremiah observa le pied de la colline, tandis que je me détournais et ravalai mes larmes. Sans plus oser regarder mon voisin, je fis le tour du sommet de la dune avant de la descendre lentement.

— Qu'est-ce que vous fichiez? me demanda Lucas quand je l'eus rejoint.

Comme je gardais le silence, son sourire se crispa et il ajouta:

— Mon frère vous a-t-il dit quelque chose?

Je secouai la tête. Dieu soit loué, il n'insista pas.

— Où avez-vous appris à conduire un quad aussi bien? s'enquit-il à la place.

— Ma grand-tante possédait des terres au Québec, répondis-je avec empressement, heureuse de la diversion, tandis que Jeremiah se rangeait près de moi. Quand j'étais enfant, nous faisions des courses de scooters des neiges, l'hiver.

Je ne précisai pas que cela remontait à plus de dix ans, ni que je n'avais jamais piloté par moi-même. Après tout, j'adorais le quad et je me débrouillais plutôt pas mal.

— Vous deviez bien vous amuser! s'esclaffa Lucas.

— Je croyais que vous n'aviez plus de famille, lâcha Jeremiah de son côté.

— Nous les avons perdus de vue lorsque nous avons déménagé dans l'État de New York, éludai-je. Il ne me reste que ces vieux souvenirs. Me tourner vers eux à la mort de mes parents aurait été comme demander la charité.

— L'arrogance précède la ruine, commenta malicieusement Lucas.

Sa citation biblique me fit tressaillir. Il recouvra aussitôt son sérieux.

— Pardonnez-moi, ajouta-t-il, c'était maladroit de ma part.

Je redémarrai et m'éloignai des Hamilton. En cet instant, je ne tenais nullement à parler de ma famille et des choix que j'avais faits à aucun de ces deux hommes. Mon secret me rongeait l'âme, et la présence des deux frères ne faisait qu'ajouter à ma culpabilité. Je rejoignis le groupe qui nous attendait. Nous étions les seuls à rouler sur des quads, Rachid et ses hommes ayant opté pour le confort et la sécurité relative de SUV.

Les ombres des dunes s'allongeaient à vue d'œil au fur et à mesure que le soleil s'enfonçait derrière la ligne d'horizon. Le vent qui soufflait séchait les larmes qui roulaient sur mes joues. Le temps que les Hamilton me rattrapent, l'air sec du désert en avait déjà effacé les traces.

Nous atteignîmes le campement alors qu'il faisait presque nuit. De rares rayons de lumière pâle nous permettaient de nous guider. Étincelant comme un tison dans la nuit, il aurait été difficile de ne pas remarquer notre bivouac, oasis de lumière vive dans l'obscurité grandissante.

Des remparts constitués à partir d'une sorte de roseau entouraient le camp. Lorsque nous y pénétrâmes, je constatai que l'éclairage venait tout autant de brasiers que d'ampoules électriques. Comme je ne voyais pas de générateur et ne percevais aucun bruit, j'en déduisis que l'énergie qui alimentait l'endroit provenait de panneaux solaires. En tout cas, c'était une méthode idéale – et sophistiquée – pour ces Bédouins du désert.

Nous garâmes les véhicules près de l'entrée. Lorsque je descendis du mien, il me fallut un moment pour cesser de marcher comme un cow-boy et recouvrer la souplesse de mes muscles étirés par ce long après-midi. De vastes tapis avaient été étendus sur le sol. Le vent était plus fort, et de petits tourbillons de sable voletaient autour des voitures.

— Lucy!

Je me retournai. Amira venait à moi. Nous nous enlaçâmes avec joie.

— Je pensais que votre frère ne vous autoriserait pas à quitter l'hôtel, dis-je, incrédule.

— Oh, ça a été presque le cas. J'ai dû le supplier pour qu'il m'autorise à vous revoir.

Elle tira sur ma manche.

— Allons-y, un dîner et des divertissements nous attendent.

— Des divertissements? m'exclamai-je, interloquée.

Je ne me doutais pas du genre de divertissement qu'on pouvait organiser au milieu du désert.

Pendant que nous nous restaurions, Amira me présenta à plusieurs femmes. Certaines étaient des danseuses. Les voiles dont elles s'étaient couvertes dissimulaient à peine leurs courbes voluptueuses et leurs tenues dorées. Elles étaient toutes d'une grande beauté, et Amira semblait être liée d'amitié avec la plupart d'entre elles. J'eus le sentiment que la jeune fille aurait adoré faire partie de la troupe et avoir la permission de revêtir ces vêtements légers et brillants pour danser sur scène.

Mais les regards furtifs qu'elle lançait en direction de son frère et le garde du corps qui la suivait constamment me laissaient présager combien sa lutte pour ce qu'elle convoitait risquait d'être fort longue.

Le spectacle commença avant la fin du repas. Ce furent les danseuses qui ouvrirent le bal. Je fus fascinée par la manière dont leur corps bougeait au rythme des tambours. Les mouvements des filles s'accordaient à merveille à leurs voiles qui s'agitaient dans le vent. La fluidité de leurs gestes me coupa le souffle. Jamais je n'aurais osé imaginer qu'on expose autant de sensualité dans un pays arabe.

Beaucoup plus tard, alors qu'une bourrasque faisait glisser mon assiette en bois sur la table et que, derrière moi, les gens commençaient à s'agiter, je me rendis compte que quelque chose clochait. La dernière danseuse termina sa prestation dans une envolée de foulards et quitta la scène. Rachid s'approcha alors de nous.

— Nous dormirons ici cette nuit, annonça-t-il à Jeremiah et Lucas qui étaient assis de chaque côté de moi.

D'un geste, il ordonna à Amira de le rejoindre, puis appela l'un des danseurs masculins.

— Hassan va vous montrer vos quartiers.

Le vent sifflait à présent et criblait ma peau exposée de grains de sable. Jeremiah m'attira contre lui et me protégea de sa veste tandis que nous suivions notre guide en direction d'une rangée de tentes installées au fond du campement. Autour de nous, les lumières s'éteignaient les unes après les autres, si bien que notre sentier était quasiment plongé dans le noir. Heureusement, Hassan avait une torche électrique qui, à condition de rester près de lui, nous guidait dans les tourbillons de sable.

Nous nous faufilâmes à l'intérieur d'un étroit couloir recouvert de tapis et de couvertures, abri bienvenu après cette soudaine tempête. Hassan ne parlait pas un mot d'anglais, et il nous désigna les tentes du doigt. Chacun de nous trois avait sa tente. Sans un mot, nous partîmes chacun de notre côté, même si, je l'avoue, j'eus des réticences à quitter Jeremiah qui m'avait soutenu jusqu'ici. Retrouver la sensation de ses bras avait été le paradis. Certes, la culpabilité me pesait encore, mais je désirais faire durer ce moment le plus longtemps possible.

L'intérieur de ma tente ressemblait beaucoup à son extérieur. Des tissus épais qui claquaient au vent me protégeaient des éléments. Une lampe solaire, posée à même le sol, diffusait une lumière douce sur les tapis. Un lit avait été dressé à quelques centimètres au-dessus du sol, le long d'une paroi. Des coussins s'empilaient tout autour de la pièce et, à l'autre bout, un narguilé trônait sur une table basse.

Je ne pus m'empêcher d'admirer les lieux avec émerveillement. J'étais dans un camp de Bédouins, à l'intérieur d'une tente, au beau milieu du désert. Je ne m'étais pas imaginé vivre cela un jour, et malgré tout ce qui me tourmentait, j'étais heureuse.

Soudain, les hurlements du vent se firent plus forts et Jeremiah entra et rabattit le pan de toile derrière lui. Nous nous dévisageâmes, non loin l'un de l'autre dans l'espace étroit. J'avais le cœur serré. Ses traits exprimaient des émotions contradictoires, mais il n'avança pas. J'étais pétrifiée.

— J'avoue vous avoir soumise à rude épreuve, finit-il par dire d'une voix rauque ; son regard ne cillait pas. Un seul mot de votre part et je m'en vais.

Cette fois, ce fut mon ventre qui se serra. Mais il n'en avait pas terminé.

— J'ai besoin de vous, souffla-t-il comme un homme sur le point de mourir. Je n'aurais pas dû fuir de cette maison comme je l'ai fait, mais… mais l'amour…

Il s'interrompit, comme tourmenté par ce terme si difficile à prononcer.

— Toute ma vie, enchaîna-t-il, ce mot, ce *sentiment* a représenté un obstacle qu'il m'a fallu franchir. Vous connaissez ma mère. Dieu merci, vous n'avez pas eu à rencontrer mon père, car il était dix fois pire qu'elle.

— Jeremiah, murmurai-je en tremblant.

— Il n'empêche, vous m'êtes *indispensable*, dit-il en avançant d'un pas mal assuré. La moindre parcelle de mon corps me dicte de fuir, de vous abandonner, mais j'en suis incapable.

Ce fut moi qui franchis le mètre qui nous séparait encore. Je plongeai mon regard dans le sien. Le désespoir que j'y lus me submergea. Ravalant un sanglot, je pris son visage entre mes mains et caressai sa joue. Il était raide comme un piquet, les poings fermés contre ses jambes. Il se tendit plus encore, comme si son corps résistait, et je sentis une larme rouler sur mon propre visage.

Soudain, mon avenir se dessinait devant moi avec une précision très nette. Quelle que soit ma décision, elle n'aurait qu'une seule conséquence : nous briser le cœur avec une violence telle que ni lui ni moi ne nous en remettrions. J'avais trahi l'homme que j'aimais parce que j'avais cru qu'il me repoussait. Pourtant, en cet instant, j'étais témoin de son affection pour moi. Qu'il ne parvienne pas à prononcer la phrase fatidique n'avait aucune importance. Je voyais tout ce que j'avais espéré voir dans l'éclat de ses prunelles.

Mais je ne pouvais pas supporter de le laisser partir. Pas tout de suite. C'était peut-être de l'égoïsme pur de ma part, mais je savais que renoncer à lui me détruirait définitivement. Je savais aussi les dégâts qui surviendraient si mon secret était révélé. Notre destin était scellé, ne seraitce qu'à cause de l'instant que nous étions en train de vivre.

— *Je vous en prie*, souffla-t-il.

Il tremblait sous mes mains. Mes dernières réticences s'envolèrent. Me hissant sur la pointe des pieds, j'attirai sa tête vers moi et l'embrassai.

Ce baiser léger, à peine un effleurement de nos lèvres, le sortit de sa paralysie. Tendrement, il enveloppa mon visage de ses mains. Son geste délicat soulignait d'autant plus la fragilité de la domination qu'il exerçait sur luimême. Je me fondis en lui, avide de tous les contacts que deux corps pouvaient se donner.

À l'extérieur de la tente, le vent hurlait et sifflait, couvrant nos souffles. Jeremiah me souleva et me déposa avec douceur sur le matelas étroit. Il s'agenouilla entre mes jambes, essuya une larme sur ma joue puis m'embrassa de nouveau.

Dans l'obscurité de notre petit cocon, il n'existait que Jeremiah et moi. Nous étions insatiables. Ni lui ni moi ne parvenions à nous détacher l'un de l'autre. Nous ne dormîmes que par intermittence, entre deux accès de désir. Bien que courbatue et épuisée par nos ébats, je m'accrochai encore à ses lèvres quand je sentis qu'il durcissait de nouveau et je le chevauchai jusqu'à ce que nous jouissions tous les deux.

Nous étions aussi avides l'un que l'autre. Pendant ces heures que nous partageâmes, j'aurai pu prétendre que notre relation ne se terminerait jamais. Que je n'aurais pas à le rejeter. Que je n'avais pas commis une erreur qui nous briserait tous les deux en mille morceaux.

Malgré la pénombre qui m'empêchait de le distinguer précisément, je caressais tous les renflements de ses muscles, la plus petite courbe de son corps adoré. J'observais chaque centimètre carré de sa peau, comme pour m'en souvenir pour toujours. Si des larmes mouillèrent mes joues, il ne les vit pas. J'enfouis mon chagrin afin de lui offrir tout ce qu'il voulait, cette nuit-là au moins.

La tempête de sable s'était calmée lorsque je me réveillai et sentis Jeremiah qui me pénétrait. Rassasiée, délicieusement épuisée, je nouai mes doigts autour de sa nuque et hissai mon bassin afin de mieux accueillir ses allées et venues. Les lambeaux d'un rêve où j'avais été l'une des danseuses orientales s'attardaient dans mon esprit. Je roulai des hanches au rythme de nos battements de cœur.

Il poussa un râle avant de déplacer pour inverser nos positions et se retrouver sous moi. Le regardant derrière le voile de mes cheveux, je me serrai fort contre lui. Je fermai les paupières, rejetai la tête en arrière et entamai une danse lente et sensuelle autour de sa hampe fermement enfouie en moi. Ses doigts s'enfoncèrent dans la peau de mes fesses, accompagnant mes mouvements. Le féroce besoin d'assouvissement s'était apaisé. À présent, je lui faisais offrande de mon corps, bougeant au rythme d'une musique qui ne résonnait que dans ma tête. Ses mains quittèrent mes fesses pour envelopper mes seins, et ses pouces jouèrent avec mes tétons.

Sans cesser de rouler des hanches, je plaquai mes paumes sur son large torse tout en glissant sur lui. Alors seulement, je rouvris les yeux et vis qu'il me fixait avec une fascination teintée d'une sorte de crainte.

— Vous êtes si belle, souffla-t-il avant d'attirer ma bouche sur la sienne.

Nous restâmes ainsi un long moment, sans autre but que de nous donner mutuellement du plaisir. Puis je m'endormis profondément.

Quand je me réveillai, j'étais seule. Le soleil filtrait à travers la toile de la tente, éclairant celle-ci suffisamment pour que je voie mes vêtements éparpillés sur le sol. Si Jeremiah s'était éclipsé, je sentais encore son odeur sur moi, je devinais sa présence s'attarder sur ma peau. La douleur qui irradiait mon entrejambe était réelle, mais je l'ignorai dans la mesure du possible, m'habillai rapidement avant et sortis de la tente.

La lumière du jour me fit cligner des paupières. L'éclat était tel que j'eus du mal à regarder dehors mais je distinguai des silhouettes qui s'activaient au milieu du campement.

— Ne vous inquiétez pas, personne ne l'a vu sortir de chez vous.

Surprise, je sursautai et tournai la tête. Lucas était assis par terre, près de ma tente. Il contemplait ses mains qu'il débarrassait machinalement du sable qui s'y était incrusté. Je me figeai et le fixai en me demandant depuis combien de temps il était là. Comme le silence finissait par devenir pesant, je me sentis obligée de dire quelque chose.

— Vous si, visiblement.

— Oui, sauf qu'il semble que je ne sois personne.

Il se leva, hésita un moment, puis me regarda. Son masque souriant avait disparu et il arborait une sorte d'impassibilité dont son frère aurait été fier.

— Ainsi, reprit-il, vous avez enfin choisi.

Ça n'a jamais été une question de choix. Je ne pus cependant me résoudre à formuler cette objection.

— Lucas… commençai-je.

Je me tus, à court de mots. Il attendit quelques secondes avant de soupirer.

— Lui avez-vous dit? murmura-t-il ensuite.

J'avais la gorge nouée. Je déglutis et me contentai de secouer la tête.

— Vous n'allez pas...

Je ne poursuivis pas, incapable de formuler la question. Un éclat agacé traversa les traits de Lucas.

— Ce secret n'est pas le mien, riposta-t-il d'une voix ferme.

Un instant, il sembla lui aussi avoir du mal à s'exprimer, puis il lâcha :

— Ai-je jamais eu la moindre chance avec vous?

Je fermai les yeux, ne sachant quoi lui dire. Quel que soit mon désir d'oublier, ou plutôt de revenir en arrière, je m'étais adressée à lui dans l'espoir qu'il me réconforte et me protège. Et que je le regrette ou pas, Lucas m'avait effectivement apporté le réconfort et la protection dont j'avais eu besoin. Il méritait une réponse. Malheureusement, je n'étais pas en état de la donner. Pas en cet instant. Pas ici.

Je rouvris les paupières en soupirant. Son regard s'attarda par-dessus mon épaule et, en une fraction de seconde, un sourire s'afficha de nouveau sur son visage.

— Non, dit-il, les tempêtes de sable ne sont pas courantes, en cette saison, mais c'est une drôle de coïncidence que l'une d'elles se produise juste au moment où... Ah! Quand on parle du loup!

Troublée, je pivotai sur mes talons et vis Jeremiah et Rachid. Le cadet des Hamilton gratifia son frère d'un regard glacial avant de tourner la tête vers moi. Son expression s'adoucit, mais il ne fit pas mine de me toucher. Seul son bras frôla le mien.

— Rachid, mon ami ! s'exclama Lucas, son sourire toujours aussi forcé. Aussi charmante que soit cette expédition dans le désert, je suis venu à Dubaï dans l'espoir que vous répondiez à mes questions. Avez-vous du neuf ?

Rachid tira une enveloppe brune qu'il avait coincée sous son bras et la lui tendit. Lucas s'en empara avec empressement.

— Votre demande n'a été ni facile ni bon marché, mon ami, dit Rachid. D'où le temps qu'il m'a fallu pour rassembler les éléments.

Lucas lui adressa un coup d'œil interrogateur, tout en ouvrant l'enveloppe. Il en sortit un document, qu'il examina les sourcils froncés avant de le passer à Jeremiah.

— Tu le connais ?

Par-dessus le bras de Jeremiah, je découvris une photo pas très nette, comme si elle avait été prise de très loin. L'homme qu'on y voyait portait des lunettes de soleil et avait les cheveux bruns, comme des millions d'autres hommes sur cette planète.

— Vous n'avez rien trouvé de mieux ? grogna Jeremiah.

— Si, répliqua Rachid en souriant. J'ai aussi eu un nom. Alexander Rush.

— Ça ne me dit rien, commenta le milliardaire.

— Ça devrait, pourtant. Il s'agit de votre frère, apparemment.

9

Pendant un long moment, ni Jeremiah ni Lucas ne réagirent. Quant à moi, je finis par ne plus y tenir.

— *Encore un!* m'exclamai-je.

Les deux hommes se retournèrent vers moi. Je redressai mes épaules et soutins leurs regards. J'estimais en effet que deux Hamilton étaient amplement suffisants. Jeremiah observa de nouveau le cliché, dévisagea Rachid puis Lucas.

— Au fil des années, dit-il en lui rendant la photo, plusieurs personnes ont prétendu avoir Rufus pour père. Comment être certains que c'est vrai pour celui-ci? ajouta-t-il à l'intention de son interlocuteur. Est-ce que vous êtes sûr de ne pas vous tromper?

Rachid haussa les épaules.

— Qu'il soit ou non de votre famille n'est pas mon problème. Lui, il le pense, c'est amplement suffisant.

— Mais comment avez-vous découvert ça? insista Jeremiah.

— C'est le genre de question à ne pas poser, intervint Lucas qui, à son tour, scrutait avec attention la photo.

Rachid a tendance à faire le mystérieux et ne pas révéler ses sources.

Notre hôte lança un coup d'œil agacé au trafiquant d'armes.

— Mes méthodes mystérieuses ont peut-être permis de découvrir l'identité de celui qui essaye de vous assassiner, riposta-t-il.

— Eh ! rigola Lucas. Je n'ai pas dit que vous n'obteniez pas de résultats !

À quel point ces deux-là étaient-ils « amis » ? Je me souvins que, à notre descente de l'hélicoptère, à l'hôtel, ils ne s'étaient pas serré la main. Rachid était peut-être redevable d'un service à Lucas, mais leur relation s'arrêtait là. Il était maintenant évident qu'ils ne s'appréciaient guère.

— Je n'aime pas qu'on se moque de moi, décréta Rachid d'un ton plus calme, avant de s'adresser à Jeremiah. Je dispose d'un vaste réseau d'informateurs, mais je tiens à vous préciser que ceci a été particulièrement difficile à trouver. M. Rush, ou qui qu'il soit, est un homme très dur à suivre et très secret.

— C'est un bon début, concéda le milliardaire. Plus que ce que nous avions jusqu'ici. Je mettrai mes équipes là-dessus dès notre retour à Dubaï.

— Parce que vous êtes en contact avec elles ? m'étonnai-je.

Il acquiesça, tira un téléphone portable de sa poche.

— J'ai acheté ce téléphone à un serveur de l'hôtel hier matin. Je n'ai pas encore eu le temps de m'en servir. Il n'y a pas beaucoup de réseau, dans le désert.

Un sentiment de malaise commença à me gagner. J'eus le pressentiment que la vie que je menais depuis quelque temps était sur le point de s'achever, sans que je puisse faire quoi que ce soit pour l'en empêcher. Le mieux était encore de tout avouer et d'en finir, mais… Je contemplai le beau visage de Jeremiah et sentis mon cœur saigner.

— Lucy?

Amira s'approchait derrière moi. Elle regarda les trois hommes avant de me fixer.

— Accepteriez-vous de rentrer à la maison dans ma voiture?

Je ne méritais pas son offre. Essayant de contenir mon anxiété, je lui adressai un sourire sincère.

— Avec plaisir, merci.

Sans un regard pour le petit groupe, je suivis la jeune femme.

— Est-ce qu'il y a un problème? me demanda-t-elle une fois hors de portée des autres.

— Non, rien de spécial, éludai-je. Un échange d'informations, un combat de coqs, appelez ça comme vous voulez.

— Ah! s'exclama-t-elle. Les hommes seront toujours des hommes, non?

J'émis un rire bref, aussitôt étranglé par un soupir.

— Je suis prête à rentrer à la maison, dis-je ensuite, alors que nous étions à côté de sa voiture.

— Nous y serons dans deux heures.

Mais ce n'était pas à l'hôtel que je faisais allusion. Pardessus tout, j'aspirais à redevenir celle que j'avais été, à retrouver l'existence que je menais avant d'avoir jamais entendu parler de Jeremiah Hamilton. Si ma vie n'était pas très facile alors, sa simplicité et son honnêteté avaient été très supportables. À présent, j'avais l'impression d'être aussi prisonnière que quand le milliardaire m'avait proposé son contrat de travail.

— Êtes-vous sûre que ça va? insista Amira.

— Je suis fatiguée, rien de plus, répondis-je avec un sourire las.

Je montai à l'intérieur de la voiture en m'interrogeant sur ce que le futur me réservait.

Je m'aperçus très vite que ça m'était complètement égal.

— J'ai quelque chose à vous montrer.

Je m'assis sur le lit pendant qu'Amira s'affairait dans son immense salle de bains. Sa suite était presque aussi vaste que la mienne et, pour autant que je puisse en juger, elle ressemblait plus à un véritable appartement qu'à une chambre d'hôtel. Des portraits de son frère et, j'imagine, des autres membres de sa famille, s'alignaient sur les murs. Le placard dont j'avais entraperçu l'intérieur était rempli de vêtements. Tout ceci était logique : son frère possédant des parts dans l'établissement, ils y vivaient peut-être à plein-temps.

— Prête ?

J'opinai puis, me rendant compte qu'elle ne pouvait me voir, lançai à haute voix :

— Prête !

Un petit moment s'écoula encore avant que la porte s'ouvre et qu'Amira fasse son apparition.

— Alors ? Qu'en pensez-vous ?

Ma mâchoire se décrocha un instant. Ensuite, un sourire ravi étira mes lèvres.

— Vous l'avez achetée ! m'écriai-je.

La robe rouge était aussi élégante que dans la boutique. De toute évidence, ma joie la remplissait de bonheur. Rouge de confusion, se mordant la lèvre d'un air indécis, elle déambula pourtant dans la pièce jusqu'à une grande psyché installée dans un coin. Elle se tortilla devant, se tournant et se retournant afin de s'admirer sous tous les angles.

— C'est la première fois que j'ai une tenue comme celle-ci, admit-elle. Je ne sais pas si j'aurai le courage de la porter en dehors de cette chambre.

— Bien sûr que si ! l'encourageai-je.

— Mon frère risque de me prendre pour une folle, murmura-t-elle en levant les yeux au ciel.

— On s'en fiche, de votre frère.

J'avais parlé sans réfléchir, et je regrettai aussitôt ma remarque inconsidérée. Se moquer de sa propre famille est une chose, c'en est une autre qu'un étranger le fasse. Heureusement, mon commentaire lui arracha un rire gai.

— On s'en fiche, de mon frère ! répéta-t-elle avant de se remettre à rire. Il n'apprécierait pas que je lui dise un truc pareil.

Elle étudia son reflet encore une minute, puis leva les bras à hauteur des épaules et commença à bouger comme les danseuses de la veille au soir. J'applaudis en rythme tandis qu'elle se déhanchait en tournant sur elle-même.

— Je suis sûre qu'il n'aimerait pas ça non plus, commentai-je.

— C'est mon frère, répondit Amira, comme si cela expliquait tout - ce qui était peut-être le cas, en effet. Je ne doute pas qu'il continuera de m'aimer, même si je décide de devenir danseuse.

Imaginer cette fille réservée s'enfuyant d'un camp de Bédouins pour se lancer sur scène aurait dû me faire rire. Au lieu de quoi, ce furent des larmes qui emplirent mes yeux. Le souffle court, je fus obligée de lutter contre le besoin aussi soudain que brutal de me laisser aller. Mais d'incontrôlables frissons s'emparèrent de moi. Naissant dans mon ventre, ils traversèrent tout mon corps.

Lorsqu'Amira s'en aperçut dans le miroir, elle virevolta dans ma direction.

— Vous êtes sûre que ça va, Lucy? s'écria-t-elle en venant s'agenouiller près du lit.

Pendant un moment, je secouai la tête comme un automate, incapable de dire quoi que ce soit.

— Non, finis-je par dire.

— Que s'est-il passé?

L'inquiétude qui transparaissait dans sa voix me força à reprendre contenance. En partie du moins.

— J'ai commis une erreur, avouai-je. Une énorme erreur. J'ai...

Peur.

Mon Dieu, comme j'avais peur! Non pas de ce qui risquait de m'arriver, mais de la réaction de Jeremiah lorsqu'il découvrirait que j'avais couché avec Lucas.

Je savais qu'il m'aimait, j'en avais la certitude jusqu'au plus profond de mon être. Mais ma trahison avait détruit notre relation pour toujours.

Attrapant ma main, Amira m'attira contre elle, et j'éclatai en sanglot sur son épaule menue. Je respirais à peine. Je savais que je devais le faire. L'angoisse me prenait à la gorge et me submergeait. Ma compagne me serrait doucement dans ses bras, en une étreinte affectueuse et tendre que je n'avais plus connue depuis la mort de mes parents. La culpabilité et la douleur se déversaient de moi comme un torrent. Je m'accrochai à cette quasi inconnue.

Je finis cependant par prendre conscience que je pleurai sur une robe magnifique, devant une jeune femme que je connaissais depuis seulement deux jours. Je me redressai, mais Amira me retint d'une poigne ferme.

— Que s'est-il passé? répéta-t-elle.

— Avez-vous déjà commis une faute dont vous aviez le sentiment qu'elle vous poursuivrait toute votre vie?

Quelque chose dans son regard inquiet me dit que ça ne lui était jamais arrivé. Elle n'avait pas ce fardeau qui lui pesait sur le cœur. Elle n'en continua pas moins à presser ma main entre les siennes et se déplaça pour me faire face.

— Souhaitez-vous que j'avertisse vos hommes?

J'émis un rire, ou plutôt une sorte de jappement.

— Non, m'empressai-je de dire, frappée par la coïncidence de ses paroles. Non, ça va aller. Ils n'ont rien à voir là-dedans.

C'était un mensonge éhonté, mais il parut être efficace.

— Vous n'avez tué personne, n'est-ce pas?

Je fixai Amira avec des yeux éberlués.

— Bien sûr que non!

Elle se détendit.

— Alors, reprit-elle, cette erreur est sûrement réparable, non?

Ce fut alors que je compris que je me leurrais. J'avais tué l'amour, pour ce qui concernait Jeremiah Hamilton en tout cas. Ce que je savais de son passé, la façon dont il m'avait regardée ces derniers jours me disait clairement que lui avouer ma trahison était susceptible de le détruire définitivement.

Je fermai les paupières, plaquai une paume sur ma bouche et me concentrai pour respirer normalement. Il me fallut un moment pour recouvrer un souffle à peu près régulier. Je me reprochai intérieurement de faire du cinéma, et la honte me tomba dessus comme une chape de plomb. Il fallait que j'aie une très haute opinion de moi-même pour croire que j'étais en mesure d'influencer le bien-être émotionnel d'un homme. Je tirai mes cheveux en arrière, m'essuyai vivement les yeux du revers de la main et me levai.

— Pardonnez-moi, m'excusai-je en tanguant sur mes pieds, je ne sais pas ce qui m'a prise.

Je m'étais déjà éloignée de quelques pas lorsqu'Amira m'interpella. Me mordant les lèvres, je me retournai pour la regarder. Ses traits étaient empreints d'une préoccupation réelle.

— Si vous avez besoin d'aide, souffla-t-elle en se tordant les doigts, n'hésitez pas à m'en parler.

J'acquiesçai brusquement, refoulant une nouvelle vague de larmes.

— Vous êtes splendide, chuchotai-je avec un pauvre sourire.

Il faut croire que je ne fus pas très bonne comédienne, car l'inquiétude sembla augmenter sur le visage de la jeune femme. C'en était trop, je devais m'éclipser.

— Je vous appelle très vite, marmonnai-je.

Sur ce, je pivotai sur mes talons et m'enfuis de la suite.

Je restai plantée plusieurs minutes devant la porte de la suite de Jeremiah avant de trouver le courage de frapper. Je donnai un petit coup, avec une telle mollesse qu'il s'entendit à peine. Je me forçai à recommencer, avec plus d'énergie cette fois. Je me trouvai là bien malgré moi, et je n'avais pas la moindre idée de ce que j'allais dire. Je n'eus pas l'occasion de le découvrir, car la porte resta close, malgré de nouveaux coups. Je me dirigeai donc vers ma chambre, vaguement soulagée.

Dans mes appartements, la lumière inondait la chambre par les fenêtres, aussi violente que celle du désert au cours de l'après-midi de la veille. Un climatiseur bourdonnait très légèrement quelque part, soulevant les fins voilages des croisées. Je m'adossai à la porte d'entrée, le temps d'apaiser les tremblements nerveux de mes jambes, puis j'avançai de quelques pas dans la pièce.

Je détachai mes cheveux qui tombèrent en cascade sur mes épaules. Une douche et une sieste me feraient un bien fou pour apaiser la tension qui m'accablait. J'avais déjà entrepris de déboutonner mon corsage tout en me dirigeant vers la salle de bains lorsqu'une ombre se déplaça dans le coin de mon champ de vision.

Je poussai un petit cri effrayé et trébuchai sur un fauteuil en reculant de quelques pas, tandis que Jeremiah se levait du canapé. Il était là depuis le début, mais j'étais si préoccupée que je ne l'avais pas remarqué. Le cœur battant, je m'appuyai au fauteuil et portai une main à ma poitrine. Il traversa la pièce et se posta face aux fenêtres.

— Jeremiah? haletai-je. J'étais sur le point de…

Il me coupa d'une voix plus glaciale que jamais.

— Quand aviez-vous l'intention de me dire que vous aviez *baisé* avec mon frère?

10

— Mes équipes ont réussi à localiser le bateau de Loki. J'imagine que, une fois le boulot accompli et la cargaison livrée, il n'était plus nécessaire de le cacher.

Les jambes en coton, j'avançai vers le fauteuil le plus proche tandis que Jeremiah poursuivait :

— Comme il n'y avait personne à bord, mes gars ont pu fouiller le navire. *De fond en comble.* Et devinez un peu ce qu'ils y ont découvert.

Je n'avais plus qu'une envie, me sauver pour fuir sa colère et sa haine. Malheureusement mes muscles endoloris avaient déjà du mal à me soutenir, alors pour ce qui était de courir... J'étais incapable de parler, je respirais à peine. À court d'oxygène, mes poumons étaient oppressés par le poids qui écrasait ma poitrine.

— S'il vous plaît, Lucy, auriez-vous l'obligeance de m'expliquer pourquoi il y avait des emballages de préservatif dans la salle de bain de la cabine principale ?

Même s'il avait parlé poliment, le ton de Jeremiah – le même qui m'avait poussée à lui obéir au doigt et à l'œil dès le début de nos relations – était autoritaire. De toute évidence, il s'attendait à ce que je ne déroge pas à la règle. Le cœur au bord des lèvres et le ventre noué, je fermai les yeux.

— Vous m'aviez délaissée.

Il observa un bref silence, comme s'il s'efforçait de saisir en quoi mes paroles répondaient à sa question.

— Ce n'est pas ce que je voulais…

— Vous m'aviez *rejetée*! repris-je avec une conviction que j'étais loin d'éprouver. D'ailleurs je n'arrivais même pas à le regarder en face.

— Je vous ai dit que je vous aimais, mais vous m'avez renvoyé mes sentiments à la figure et répondu que je pouvais partir. Qu'est-ce que j'étais censée croire?

— Et c'est en vous précipitant dans le lit de mon frère que vous avez exprimé ce prétendu sentiment à mon égard?

Sa réaction me fit brusquement relever la tête. Jeremiah me toisait de haut, le torse bombé, incarnation de l'orgueil blessé. Bien décidée à l'affronter les yeux dans les yeux, je bondis sur mes pieds.

— Qu'étais-je, pour vous? lançai-je, peu amène, en soutenant la froideur de son regard. Rien qu'une putain? Un joujou avec lequel vous amuser en attendant qu'une meilleure occasion se présente?

Une lueur étrange traversa ses yeux, puis il plissa le front.

— N'essayez pas de me faire porter le chapeau, gronda-t-il d'une voix menaçante.

— Mais c'est *votre* faute! m'exclamai-je en écartant les bras. Surtout, ne jamais pardonner les erreurs d'autrui, hein? En revanche, s'empresser d'oublier les siennes! Vous êtes un vrai gosse! Toujours à vouloir être le meilleur aux dépens des autres!

Une bouffée de rage envahit ses traits avant de très vite s'estomper sous le masque figé. Il se pencha vers moi.

— Vous. Avez. Baisé. Avec. Mon. Frère, répéta-t-il en détachant chaque mot.

La colère me quittait aussi vite qu'elle s'était manifestée. Mes lèvres se mirent à trembler, je serrai les mâchoires tout en m'efforçant de soutenir son regard. Il se redressa, opina sèchement puis lâcha :

— Vous êtes virée.

Mon corps tout entier se raidit d'indignation, mais mon cœur sembla se fendre. Les jambes de nouveau tremblantes, je dus m'appuyer au dossier du fauteuil.

— En accord avec les termes de notre contrat, tous vos revenus vous sont désormais confisqués et les sommes perçues devront m'être remboursées... avec intérêts.

Il avait parlé sur un ton détaché, clinique, à croire qu'il évoquait une basse transaction financière.

— C'est une plaisanterie ?

Malgré ma fureur ravivée, j'avais du mal à exprimer ce que je ressentais. J'aurais voulu insuffler un peu de bon sens dans cet esprit tordu, mais j'avais conscience que Jeremiah déformerait tout ce que je pourrais lui dire.

— Ainsi, tout se résume à ce fichu contrat ? Ce torchon ne tiendrait pas devant un tribunal si je décidais de vous poursuivre pour harcèlement sexuel, et vous le savez !

Une condescendance méprisante remplaça un instant l'indifférence affichée sur sa figure.

— Essayez un peu ! me défia-t-il. Vous risquez de découvrir à quel point il est difficile de vivre quand on m'a pour ennemi.

L'implacable froideur de sa voix et de son regard ne me laissa aucun doute : pour l'instant, il m'était impossible de faire ou dire quoi que ce soit susceptible de me racheter à ses yeux. Pourquoi seulement essayer? C'est du moins ce que me soufflait la partie encore raisonnable de mon cerveau.

J'enfonçai mes ongles dans le tissu molletonneux du fauteuil. J'étais surtout dominée par une immense irritation.

— C'est donc ce que je suis maintenant? ripostai-je. Une ennemie?

Si j'y réfléchissais rationnellement, perdre l'argent me contrariait. Même si, à présent, je n'en voulais plus un centime. Retour à la case départ. Ou plutôt à la case fauchée.

— Vous voulez me ruiner, hein? ajoutai-je avec hargne, les yeux fixés sur la cheminée derrière lui.

Il ricana, moqueur.

— Ça ne sera pas très difficile. Ruinée, vous l'êtes déjà.

Un trou noir s'ouvrit dans mon cœur, aspirant mes ultimes émotions.

L'énormité de ma situation me frappa avec la force d'un train roulant à pleine vitesse. J'étais coincée au milieu de nulle part, sans moyen de rentrer chez moi ni un sou en poche. J'étais convaincue que Jeremiah n'hésiterait pas à vider mon compte en banque. Je le lisais dans son regard. Il voulait m'atteindre, il voulait que je souffre – et il en avait le pouvoir.

— Voilà un vrai coup bas, murmurai-je. Même de votre part.

Il se figea un instant, puis tendit violemment le bras.

— Lucy…

J'esquivai sa main, détournai la tête.

— Je n'ai jamais été pour vous qu'une putain dont vous achetiez les services, soufflai-je.

Désormais privée de mon salaire, qu'étais-je? La juste colère qui m'avait jusqu'alors permis de tenir commençait à me déserter, laissant derrière elle un abîme de douleur là où, auparavant, battait mon cœur.

— Vous n'êtes qu'un enfoiré, Jeremiah Hamilton, chuchotai-je.

Sur ce, je tournai les talons et quittai le salon, chancelante. Je gagnai l'entrée d'un pas mal assuré, sans aucune dignité. Qu'importe, je souhaitais juste m'éloigner de cette ordure.

Je parvins à atteindre le petit hall avant de m'affaisser contre le mur. Mes membres tremblaient. Le néant qui habitait ma poitrine s'agrandissait jusqu'à m'engloutir. Je voulais disparaître sous terre et m'y cacher le plus longtemps possible. Malheureusement, ce n'était pas possible dans l'immédiat. Il fallait d'abord que je prenne mes distances avec Jeremiah. La fureur et la haine que j'avais lues dans ses yeux m'étaient intolérables.

Rassemblant tout mon courage, je me redressai et me dirigeai vers la porte de mes appartements. Je m'apprêtais à sortir dans le couloir quand une silhouette sur le seuil m'en empêcha. Je clignai des paupières.

— Salut, beauté ! me lança Lucas avec entrain. Je venais juste voir si...

Un sanglot surpris m'échappa. Je ne pouvais pas d'affronter cette autre épreuve. Pas maintenant. Je tentai de forcer le passage, mais l'aîné des Hamilton me retint.

— Que se passe-t-il ?

Tout enjouement dans sa voix s'était volatilisé, cédant la place à un ton de commandement. Il exigeait une réponse. Mais j'en avais assez qu'on me donne des ordres.

— Laissez-moi, je dois...

Je m'interrompis, luttai pour me libérer, mais il me tenait fermement. Il m'attrapa par les épaules et me tourna de force vers lui.

— Qu'est-il arrivé, Lucy? insista-t-il. Que vous a-t-il fait?

La gravité et l'inquiétude dans son regard brisèrent mes dernières résistances.

— Il sait, soufflai-je avec difficulté, étouffée par l'émotion. Et il m'a virée.

Je regrettai aussitôt mes paroles mais il était trop tard. Les mots sont puissants. J'eus même l'impression que les prononcer leur avait donné plus de vérité. Je ne pus me résoudre à fixer Lucas. Ce que je verrais sur ses traits ne ferait que m'accabler encore plus.

J'entendis derrière moi la voix de Jeremiah qui m'appelait. Je me raidis. J'aurais voulu lui échapper à tout prix. Lucas me tira sur le côté et s'interposa entre nous.

— Sale fils de pute!

Simultanément un bruit sec et sonore, celui de la chair et de l'os entrant en contact, claqua. En face de Lucas, je vis Jeremiah tituber. Choquée, je couvris ma bouche, tandis que le trafiquant d'armes avançait, menaçant, vers son cadet.

— Anya ne t'a donc pas suffi? grogna-t-il en abattant de nouveau son poing sur la tempe de son frère. Il te fallait détruire une autre vie?

Jeremiah reprit l'équilibre et riposta, expédiant violemment Lucas sur le sol dallé de l'entrée. Il se dressait en face de moi avec un air de taureau prêt à charger, mais toute son attention était dirigée sur son aîné.

— Tu m'auras décidément tout pris, dit-il d'une voix sourde tout en décochant un coup de pied à Lucas, qui était maintenant à genoux.

— *Je* t'ai tout pris? Moi?

Il encaissa l'attaque, saisit la jambe de Jeremiah et esquiva une nouvelle attaque.

— Tu as bousillé ma vie ! s'exclama-t-il. Tu détruis tout ce que tu touches ! Tu ne vaux pas mieux que Rufus !

Il avait ponctué chacune de ses phrases de coups de poing furieux dans les jambes de son frère qui le repoussa vigoureusement. Figée, j'assistais, horrifiée, à un combat sans merci. Jeremiah parvint à enserrer le cou de son frère dans une prise d'étranglement, mais Lucas, toujours à genoux, le fit basculer par-dessus son épaule. Jeremiah alla s'écraser sur la console de l'entrée dont le plateau en verre explosa en morceaux.

Les deux hommes se relevèrent rapidement et Lucas repartit à l'assaut. Étouffant un cri, je reculai. Agrippés l'un à l'autre, ils furent propulsés par leur élan dans le couloir de l'hôtel et s'écrasèrent contre la cloison opposée avant de s'effondrer sur le tapis. J'entendis une femme hurler, mais je ne pouvais détourner mon regard des frères Hamilton qui poussaient des grognements de fauve et s'insultaient.

J'aurais cru que Jeremiah viendrait à bout de Lucas avec facilité, mais il n'en fut rien. L'aîné de la fratrie ne cédait rien et se battait avec acharnement. Toutes leurs souffrances et leurs colères rentrées semblaient concentrées en cet instant. Ils roulaient à terre, frappant des poings et des genoux. En fait, ils se battaient comme des gosses, pas comme des adultes. Leurs années d'entraînement étaient oubliées, il ne leur restait que la rage pure.

— Tu as dressé Anya contre moi, gronda Jeremiah, et voilà que tu t'en prends à Lucy…

— Anya ne t'a jamais trahi, pauvre con !

Le cadet marqua une pause, et Lucas en profita pour le frapper à plusieurs reprises au torse, jusqu'à ce qu'une riposte l'envoie valser. Jeremiah tomba à genoux.

— Menteur ! lança-t-il.

Lucas essuya sa bouche ensanglantée.

— J'avoue que je lui ai demandé de t'espionner pour mon compte, mais elle a refusé. Alors, j'ai trouvé mes sources ailleurs et j'ai contrarié tes projets.

Il expédia un coup de pied dans les côtes de son frère avant de poursuivre, venimeux :

— Et toi, qu'est-ce que tu as fait? Tu l'as chassée et tu t'es démené pour nuire à sa réputation et briser sa vie. Si j'ai ramassé les morceaux, c'est parce que j'estimais que j'étais en partie responsable. Mais que je sois maudit si je te laisse recommencer! Père serait sûrement très fier de toi.

Il ponctua sa dernière phrase en crachant du sang par terre. Au même moment, les portes de l'ascenseur s'ouvrirent et plusieurs hommes en costume noir déboulèrent sur le palier et foncèrent sur les Hamilton, qui paraissaient avoir épuisé leurs réserves de colère. Pour l'instant du moins. Les hommes de la sécurité les remirent sur leurs pieds. D'un même mouvement, les deux frères me regardèrent. Je reculai d'un pas, les yeux fixés sur le vide qui les séparait, comme si j'hésitais à choisir entre les deux.

Qu'ils aillent se faire voir! L'injonction surgit spontanément dans mon esprit. Je ne pouvais plus, je ne *voulais* plus en supporter davantage. *Qu'ils aillent se faire voir! Tous les deux!*

Maintenant qu'ils étaient maîtrisés, j'avais le champ libre. Je m'empressai de pénétrer dans l'ascenseur et appuyai sur le bouton de l'étage d'Amira. Quelqu'un cria mon nom, mais je me reculai dans l'angle de la cabine et ne repris mon souffle que quand les portes se fermèrent. Bien que le pire soit passé, j'étais sur le point de craquer. Mon cœur n'était qu'une blessure béante, emplie d'un sentiment de désespoir dont le poison se répandait lentement dans tout mon corps. Je dus m'agripper à la rambarde de l'ascenseur, j'avais envie de vomir.

Lorsque les portes de l'ascenseur s'ouvrirent, je n'eus aucune difficulté à repérer les appartements d'Amira : deux armoires à glace en gardaient l'entrée. L'un des deux hommes porta la main à ses lèvres et se mit à parler à voix basse. Je m'arrêtai net sur le seuil de la cabine, soudain incertaine de l'accueil qui allait m'être réservé. Cramponnée au montant de la porte de l'ascenseur, je contemplais le couloir sombre quand la porte s'ouvrit à la volée sur Amira :

— Lucy ? Tout va bien ?

Dans la pièce voisine, mon amie et son frère se disputaient en arabe. Je ne comprenais pas ce qu'ils disaient, mais il était évident que le ton montait.

Rachid avait débarqué chez sa sœur moins de dix minutes après mon arrivée. J'avais eu juste le temps de m'asseoir et de me ressaisir un peu. Après avoir posé une couverture sur mes épaules, Amira avait promis de revenir très vite puis avait entraîné son frère dans la chambre contiguë au salon. Même s'il était pénible d'être la cause de cette altercation, de savoir que je compliquais leurs relations déjà tendues, je ne pouvais rien faire à part attendre.

Lorsque vous êtes vidé de toute émotion, une sorte de lucidité s'empare de vous. J'avais connu une expérience semblable après le décès de mes parents, tandis que j'écoutais un avocat m'exposer, dans le bureau de la banque, les décisions prises par mon père et ma mère – décisions qui me réservaient un sombre avenir. Je m'étais néanmoins battue. J'avais tenté de conserver la propriété familiale de l'État de New York. Ma vie entière tournait autour de ce projet. Deux années durant, j'avais mis tout le reste entre parenthèses dans l'espoir d'y arriver.

Cependant j'avais tout perdu.

Pour autant, la culpabilité que j'avais éprouvée alors n'avait aucune commune mesure avec celle qui me torturait en cet instant. Cette fois, l'adversaire n'était pas une banque ou une quelconque institution malfaisante. J'étais celle qui avait mené la danse, ici ; celle qui avait fait les mauvais choix. J'allais devoir les assumer et je n'avais à ne m'en prendre qu'à moi-même.

En revanche, il était hors de question que j'aie honte de ce que m'avait infligé Jeremiah. Il était clair qu'il n'avait pas la moindre idée de l'arrogance de ses actes. Je n'avais pas eu véritablement de choix, à New York, sinon celui d'accepter les termes du contrat proposé. J'avais cru signer en toute connaissance de cause, mais je m'étais entichée de ce salaud, et je me détestais d'avoir été aussi stupide.

Dans la pièce d'à côté, la dispute semblait se calmer. En tout cas, les voix étaient moins fortes. Rachid sortit de la chambre, suivi par sa sœur qui se dirigea vers moi, posa une main sur mon épaule et, la tête haute, défia son frère du regard. Même si j'ignorais tout de ce qui les opposait, ce soutien affiché me toucha. Rachid n'avait pas l'air d'approuver, mais lorsque ses yeux nous dévisagèrent tour à tour, j'y décelai une lueur de défaite.

— Vous avez sauvé la vie de ma sœur, déclara-t-il. Pour cela, je serai toujours votre débiteur. Demandez-moi ce que vous voulez, je vous l'accorderai.

— J'aimerais rentrer chez moi, murmurai-je d'une voix qui avait tout d'un croassement.

Je m'éclaircis la gorge avant de préciser :

— À New York.

Retourner aux États-Unis serait un bon début. L'orgueil m'interdisait de demander autre chose. Une fois là-bas, je me débrouillerai. Rachid haussa un sourcil surpris en constatant que je n'exigeais rien de plus.

— Accordé, acquiesça-t-il.

Au même moment, la porte s'ouvrit sur un énième garde du corps en costume noir. Il s'approcha de son patron et lui souffla quelques mots à l'oreille. Rachid se raidit immédiatement, mais son visage resta impassible.

— Excusez-moi, marmonna-t-il. Une urgence.

Ce ne fut que quand il fut parti que je vis Amira se détendre et reprendre enfin sa respiration. Je ne m'étais pas rendu compte qu'elle retenait son souffle. Elle laissa échapper quelques mots en arabe avant de me sourire.

— J'ai étonné mon frère en osant lui tenir tête, me confia-t-elle.

— Merci ! m'exclamai-je.

Je pris sa main et, peu soucieuse des traditions que mon geste pouvait enfreindre, j'y déposai un baiser. Amira s'agenouilla près de moi, son expression trahissait son inquiétude.

— Racontez-moi ce qui s'est passé, m'enjoignit-elle d'une voix pressante. Je ne suis pas aussi fragile que vous avez l'air de le croire.

Comme j'aurais aimé tout lui raconter ! Confesser ma souffrance et permettre à quelqu'un de m'aider ! Mais ce que je vivais n'était pas le problème d'Amira et je redoutais d'être jugée. Je me condamnais déjà assez toute seule sans avoir besoin qu'on en rajoute.

Mon silence arracha un soupir à mon amie qui me tendit son autre main pour m'inviter à me lever.

— Venez, allons chercher vos affaires.

À ces mots, l'un des gardes se glissa dehors, sûrement pour vérifier que la voie était libre. J'étais stupéfaite qu'Amira trouve tout cela normal. Elle paraissait ne pas remarquer les hommes qui s'agitaient autour d'elle ni la manière dont ils manœuvraient pour la protéger. À croire qu'elle avait connu cela toute sa vie. Personnellement, j'avais eu du mal à supporter deux hommes dans mes parages, alors une petite armée !

Nous traversions un petit salon lorsqu'un cri retentit :

— Où est-elle ?

Je me figeai en reconnaissant la voix de Jeremiah. Amira me lança un coup d'œil affolé puis s'adressa dans sa langue maternelle au garde du corps le plus proche. Ce dernier se précipita en direction des bruits qui nous parvenaient depuis l'entrée des appartements.

— Bordel de Dieu ! Je sais que vous êtes là ! *Lucy !*

Le cœur serré, je restai figée. J'aperçus sa silhouette, très vite cernée par celles de plusieurs des hommes de Rachid. Je n'eus même pas le temps de laisser échapper un cri d'avertissement : Jeremiah s'en était déjà débarrassé. Quand il m'aperçut, il fonça droit sur moi.

D'autres hommes surgirent par les portes donnant sur le couloir. Amira m'entraîna vivement dans sa chambre, mais avant qu'elle ait pu refermer le battant, un bras solide s'interposa brutalement et Jeremiah s'engouffra dans la pièce, entraînant avec lui les deux gardes qui tentaient de l'en empêcher. Il en expédia un à terre d'un violent revers de la main, fit un pas en avant mais il fut soudain plaqué au sol.

Non ! Ce n'était pas ce que j'avais voulu. Que faisait-il ici ?

— Je vous en prie, gémis-je, ne lui faites pas de mal !

Je tentai d'avancer mais Amira attrapa fermement mon bras. Immobilisé par deux hommes, Jeremiah releva la tête. Je vis dans ses yeux le reflet de mon angoisse et ma souffrance.

Soudain, l'un des gardes du corps approcha, un objet à la main. Je compris aussitôt ce qu'il s'apprêtait à faire.

— Lâchez-le ! hurlai-je.

Dégageant mon bras de la prise d'Amira, je me jetai sur l'homme qui brandissait le taser et le repoussai. Soudain, comme si on venait d'actionner un interrupteur, les muscles de mon corps se tétanisèrent. Un cri silencieux se forma sur mes lèvres, mais aucun son, si ce n'est une sorte de râle guttural, ne sortit de ma bouche et les spasmes qui agitaient mon diaphragme expulsèrent mes dernières réserves d'oxygène. Des tressaillements agitèrent mon corps, dont je ne contrôlai plus aucun muscle. Puis l'onde de choc s'évanouit aussitôt qu'elle était apparue, et je tombai comme une masse sur le sol.

Au-dessus de moi, un rugissement s'éleva. Je crus que c'était un effet secondaire de la décharge du taser jusqu'à ce que j'entende des cris de douleur. Paralysée, haletante, je luttai pour reprendre ma respiration. Des mains me saisirent, me redressèrent légèrement et me firent basculer sur le dos. Je me retrouvai face à Jeremiah.

La vue de son visage tourmenté me fit monter les larmes aux yeux, mais j'étais incapable de bouger, de le toucher. Il fixait d'un regard noir l'autre côté de la pièce. Je tournai la tête et vis les gardes du corps qui se tenaient à quelques pas de nous, comme s'ils craignaient d'avancer.

Rassemblant toutes mes forces, je posai une main sur le bras puis sur l'épaule de Jeremiah. Je voulais lui parler, lui demander de me pardonner, mais mes lèvres refusèrent de m'obéir. De toute façon, les mots ne suffisaient pas, ne suffiraient jamais. C'était pourtant tout ce dont je disposai.

— Pourquoi? souffla-t-il alors.

Une supplique réduite à un unique mot. L'émotion déchira les derniers lambeaux de mon cœur. Je lui avais posé la même question, sur le bateau. J'avais estimé mériter une réponse et je n'en avais pas obtenu. À son tour, il avait droit à des réponses, alors que je n'en avais aucune à lui fournir.

— Je pensais que vous ne vouliez plus de moi, murmurai-je.

J'aurais tellement aimé en dire plus! Hélas, c'était tout ce que je pouvais lui donner. Il déglutit.

— Quel couple nous formons, n'est-ce pas? chuchota-t-il en repoussant mes cheveux plaqués sur mon visage.

Relevant légèrement une épaule, j'arrivai enfin à effleurer sa joue de la main.

— Vous ne me pardonnerez jamais, dis-je avant de fermer les paupières et d'interrompre mon geste. *Je* ne me pardonnerai jamais.

— Non! protesta-t-il.

Mais je lus la vérité dans ses yeux. Mes actes avaient creusé un abîme entre nous et, je le sentais, rien de ce que nous pourrions ou accepterions de faire ne le comblerait jamais.

Des voix s'élevaient autour de nous. Jeremiah me tenait fermement dans ses bras. Son regard naviguait d'un point à l'autre de la pièce, mais je ne pouvais détacher mes yeux de son visage.

— Vous méritez mieux, murmurai-je.

Il tourna vivement la tête vers moi, comme frappé de stupeur. Même si j'avais repris suffisamment de forces pour m'écarter de lui, il m'était impossible de m'y résoudre. Dans ses bras, j'avais le sentiment d'être en sécurité, ce qui ne m'était pas arrivé depuis des siècles. Si mon cerveau me dictait de renoncer à lui, de partir et de reprendre le cours de mon existence, mon cœur, lui, n'y était pas prêt.

Je doutais qu'il le fut un jour.

Les gardes du corps nous cernèrent de nouveau et tirèrent Jeremiah en arrière. Il me lâcha, je roulai sur le flanc et vis sur son visage qu'il baissait la garde. Il ne se débattit pas quand les hommes le maintinrent fermement et le remirent debout. Il ne me quitta pas des yeux un seul instant. Je sentais que je devais dire quelque chose, un dernier mot avant une séparation probablement définitive, mais ma poitrine était trop douloureuse pour cela.

— Lucy…

Je ne parvins pas à soutenir son regard.

— Partez, je vous en prie.

J'étais épuisée, tellement fatiguée. Amira s'approcha, m'aida à m'asseoir dans un fauteuil tandis qu'on emmenait Jeremiah. Le claquement de la porte d'entrée résonna comme l'ultime clou qu'on enfonçait dans mon cercueil.

— Je veux rentrer chez moi, marmonnai-je en fixant le sol.

Ma déclaration fut accueillie par un bref silence, puis Amira enroula un bras autour de mes épaules.

— Voilà au moins un service que je suis en mesure de vous rendre, souffla-t-elle.

11

L'aéroport de Dubaï présentait un mélange éclectique de styles orientaux et occidentaux. J'avais cependant trop hâte de partir pour y prêter grande attention.

Amira, entourée de sa petite armée, m'y avait déposée, plus tôt, même si elle avait semblé réticente à me laisser partir.

— Donnez de vos nouvelles, d'accord? Un jour, j'aurai peut-être l'occasion de vous rendre visite.

Je lui avais répondu avec un sourire et une étreinte, mais je n'avais rien promis. En dépit de la reconnaissance que j'éprouvais à son égard pour son aide et son soutien, je ne pensais pas la revoir un jour. Nous étions issues de milieux différents. Sans Jeremiah, il ne me serait jamais venu à l'esprit de me rendre à Dubaï et, surtout, je n'aurais pas été présentée à quelqu'un comme Rachid.

Il y avait pourtant eu des moments presque magiques, mais il était peu probable que je revive une expérience semblable à l'avenir.

L'aéroport était loin d'être aussi vaste que ceux que j'avais pu fréquenter auparavant. Je trouvai sans difficulté la porte d'embarquement et m'installai en attendant l'heure du départ. Amira m'avait proposé d'utiliser le jet familial, mais j'avais préféré prendre un vol commercial. J'avais eu ma dose d'un luxe qui ne me ressemblait pas.

Assise dans mon fauteuil, j'observai les voyageurs qui déambulaient dans le terminal. En d'autres circonstances, cela m'aurait sûrement amusée. Une famille passa devant moi ; la mère, drapée dans son *abaya,* était suivie de ses enfants, des adolescents vêtus à l'occidentale. Un homme d'un certain âge vint s'asseoir à côté de moi. N'ayant aucune envie de discuter, je l'ignorai. De sombres pensées occupaient encore mon esprit, mais je me sentais de plus en plus engourdie. L'expérience m'avait appris que cela ne durerait pas, mais j'appréciais cet état second qui mettait une distance avec l'extérieur.

— Excusez-moi, mademoiselle, est-ce que vous avez l'heure ?

L'homme s'exprimait avec un accent anglais des plus aristocratiques. Je me contentai de secouer la tête sans le regarder. C'était grossier, j'en avais conscience mais je n'étais pas d'humeur à bavarder avec un inconnu.

— Moi qui pensais que les jeunes possédaient toujours les derniers gadgets !

Je ne pus retenir un léger sourire.

— Pas tous, non, répondis-je en tripotant mon passeport.

C'était tout ce qu'Amira avait réussi à récupérer. D'ailleurs, ce passeport était le faux, celui qu'avait fait faire Lucas. Tant que je pouvais rentrer chez moi avec, je n'avais pas à me plaindre.

— Flûte ! Où ai-je donc mis ma montre ?

Quelque chose dans ses intonations me fit sursauter. Pivotant légèrement la tête, je l'examinai du coin de l'œil, le front plissé. Tout en lui était broussailleux – barbe, moustache, sourcils. Je ne pouvais distinguer que son profil. Ma raison avait beau protester avec vigueur, j'eus l'impression que ses traits m'étaient familiers.

— Ah ! La voici ! s'exclama-t-il en extirpant de sa poche une montre antique. Quinze heures trente. Il est plus tard que ce que je croyais.

Tant pis pour ma tranquillité et pour la courtoisie : je me mis à le dévisager ouvertement. Sa moustache épaisse paraissait étirée par ce que je supposai être un sourire, mais je n'en étais pas sûre car je ne distinguai pas ses lèvres. Il semblait être âgé, mais ses prunelles bleu vert posées sur moi étaient brillantes.

Clignant des paupières, je regardai de nouveau autour de moi. L'absurdité de la situation aurait dû me faire rire, au lieu de quoi je ne parvins qu'à émettre qu'un soupir las.

— Qu'est-ce que vous fichez ici, Lucas ?

Dépliant un journal avec décontraction, il se mit à le feuilleter.

— Ma foi, c'est évident. Je vous escorte chez vous.

— Je suis capable de me débrouiller seule, vous savez ? m'indignai-je, agacée.

— Je n'en doute pas un instant. J'ai vu ce que vous aviez fait à Alexeï sur le bateau. Je me disais juste que vous apprécieriez un peu de compagnie.

L'évocation de ce mauvais souvenir m'arracha une grimace. N'ayant aucune intention de polémiquer, je me détournai. Les événements des derniers jours étaient encore douloureux. Je ne tenais pas à raviver les blessures en y repensant.

— Alors, reprit Lucas au bout de quelques minutes de silence. Où allons-nous ?

Je poussai un nouveau soupir.

— En ce qui me concerne, je rentre à la maison.

— Et où se trouve-t-elle exactement?

— Aucune idée.

Je savais qu'il me faudrait très bientôt répondre à cette question. Après avoir signé le contrat de Jeremiah et m'être laissée enlever, j'avais coupé tout contact avec ma vie d'avant. J'avais perdu mon téléphone portable et je ne connaissais même pas le numéro de ma colocataire. Lui rendre visite n'aurait rien d'une partie de plaisir mais avec un peu de chance, elle m'autoriserait à récupérer mes affaires, et – qui sait? – elle me permettrait peut-être de réintégrer l'appartement.

— Très bien, je vous interdis de partir.

L'arrogance avec laquelle il s'était exprimé m'irrita – j'avais eu ma dose de ce genre d'attitude avec son frère, il n'allait pas s'y mettre à son tour! Je lui lançai un regard noir. Il fronça ses horribles sourcils broussailleux.

— Je suis un costaud taciturne qui aime donner des ordres, lâcha-t-il, délaissant son accent affecté. Je vous dirai quoi faire, et vous manifesterez votre reconnaissance en me léchant les bottes. Regardez-moi! Mon front digne de celui d'un homme de Néandertal mériterait un brevet à lui seul.

Éberluée, je dissimulai un sourire derrière ma main. Je n'avais pourtant aucune envie de rire! Je souhaitais même m'accrocher à ma tristesse et me vautrer dans mon malheur. Mais l'imitation de Jeremiah était parfaite. La situation frisait le ridicule, et les postiches et la voix théâtrale de Lucas participaient à son absurdité.

Je secouai la tête et regardai de nouveau les voyageurs qui se dépêchaient d'embarquer. Décalée et déstabilisée, j'avais le sentiment d'être perdue dans un pays étranger. Je n'aspirais qu'à une chose: rentrer chez moi. Je regretterais peut-être plus tard de ne pas avoir profité à fond de l'expérience mais pour l'instant, je ne rêvais que de ça.

— Vous êtes trop bien pour mon frère.

Je jetai à Lucas un regard à la dérobée. Il avait complètement renoncé à son accent britannique et à sa jovialité de façade. Ses paroles étaient empreintes d'une colère amère mais au fond de moi, je ne croyais pas à ce qu'il disait. Sous la fausse barbe, les traces de sa bagarre avec Jeremiah étaient encore visibles.

J'étais la cause de ces souffrances – pas seulement celles de la bagarre, mais aussi celles des derniers jours.

— Je suis désolé de vous avoir entraînée là-dedans, reprit-il.

Je secouai la tête.

— Vous n'êtes pas responsable. J'ai amplement participé aux décisions qui m'ont mise dans cette situation.

J'eus un haussement d'épaules las. La tristesse me reprenait. J'aurais voulu retrouver la sensation d'anesthésie générale qui m'engourdissait avant l'apparition inopinée de Lucas.

— Non! protesta-t-il en s'agitant sur son siège.

Visiblement bouleversé, il se pencha vers moi, le regard sombre.

— Vous méritez tellement mieux, enchaîna-t-il. Mieux que ceci. Mieux que ce que notre foutue famille vous a apporté.

— Oh, Lucas!

Ses mots me touchèrent profondément. Prenant sa tête entre mes mains, je l'attirai à moi et plongeai mes yeux dans les siens. Du pouce, je caressai l'hématome que la barbe, drue au toucher, laissait entrapercevoir.

— Quelqu'un m'a dit un jour que nous avions tous l'occasion de faire des choix, même si ce ne sont pas toujours les bons. Vous valez beaucoup mieux que la vie que vous menez aujourd'hui.

Les muscles de ses mâchoires se tendirent sous mes doigts, et je fus frappée par l'éclat de désir ardent qui alluma ses prunelles.

— Laissez-moi rester auprès de vous, me supplia-t-il d'une voix rauque en plaquant sa main sur la mienne. Être avec vous me rend meilleur. J'ai besoin de…

Il se tut en constatant que je secouai la tête.

— Vous êtes déjà un autre homme, Lucas.

À cet instant, les haut-parleurs annoncèrent l'embarquement de mon vol. Lucas accentua la pression de ses doigts sur ma main, comme pour me retenir, comme pour me dire de ne pas partir. Il finit cependant par me lâcher. Je me penchai vers lui et embrassai sa joue barbue.

— Je ne peux pas être votre rédemption, soufflai-je contre sa peau, même si j'aurais aimé pouvoir l'aider.

Mais j'avais décidé que j'en avais fini avec la famille Hamilton. Je ne pouvais me résoudre à le lui dire, là, maintenant, mais c'était la vérité. Les choses étaient allées trop loin et la souffrance était trop profonde pour que je puisse mener une vie normale avec aucun des deux frères.

Par ailleurs, je n'avais réellement désiré que l'un des deux.

— Au revoir, Lucas.

Je regardai le barman servir des boissons colorées tout en me demandant si m'enivrer allait me soulager ou, au contraire, empirer la situation.

Une tempête de neige avait retardé mon vol en correspondance à Londres, m'obligeant à me réfugier dans l'un des bars de Heathrow. Si l'aéroport était très différent de celui de Dubaï, les voyageurs étaient tout aussi hétéroclites. Tout me semblait plus normal, plus occidental mais je regrettai un peu d'exotisme. Ce séjour à Dubaï était une expérience à laquelle je n'aurais jamais osé rêver. Tout n'avait pas été parfait, mais c'était un souvenir précieux.

Par-dessus tout, Jeremiah me manquait. Pourtant je voulais l'oublier, tout comme certains événements pénibles. L'alcool ne m'y aiderait probablement pas.

— Je vous offre un verre?

Je me tournai vers l'homme qui venait de s'asseoir à côté de moi au comptoir. Beau sans être extraordinaire, il avait à peu près mon âge et portait un costume clair qui mettait en valeur ses cheveux bruns. Malgré son attitude tranquille et amicale, je le gratifiai d'un faible sourire et secouai la tête.

— Non merci.

— Vrai de vrai? Vous avez pourtant l'air d'en avoir besoin.

Génial! Voilà que des inconnus se mettaient à commenter mon humeur! Je devais avoir une mine vraiment ravagée.

— Je ne saurais même pas quoi commander, répondis-je avec un haussement d'épaules.

Il fit signe au barman.

— Deux Midori Sour! commanda-t-il avant de pivoter vers moi: Où allez-vous?

— New York.

— Une fille de la côte Est! s'exclama-t-il. Mais vous avez une pointe d'accent, ajouta-t-il en inclinant la tête. Canadienne française?

Je levai les sourcils, étonnée. La plupart des gens ne remarquaient pas du tout mon accent. Même Jeremiah, tout observateur qu'il soit, n'y avait jamais fait allusion.

— Je suis née à Québec, admis-je, impressionnée. Et j'ai déménagé aux États-Unis quand j'avais dix ans.

— Ça n'a pas dû être facile.

— Aucun enfant n'aime changer d'endroit, éludai-je.

Ce type semblait plutôt sympa. Ni aussi autoritaire que Jeremiah, ni aussi tortueux que Lucas. Un homme d'affaires banal, bien coiffé et bien vêtu, mais – d'après ce que j'avais pu observer alors que je vivais dans le monde de Jeremiah – pas richissime. Ainsi, ses chaussures ne valaient pas une fortune, et son costume n'était pas taillé sur mesure. Bref, un type normal. Le genre avec lequel je devrais faire ma vie.

À une époque, il aurait pu me plaire. À présent, il me paraissait terne. Je ravalai ma déception en respirant à fond. Serais-je vouée à toujours comparer les hommes à Jeremiah?

— Et vous? m'enquis-je avec un sourire forcé. Où allez-vous?

— Oh, je vais juste rendre visite à ma famille.

On déposa nos boissons devant nous. Je sentis le liquide vert avant d'en avaler une gorgée. Son goût sucré fut une heureuse surprise.

— Alors, reprit mon interlocuteur, est-ce que quelqu'un vous attend à la maison?

Sa question, pourtant anodine, eut pour effet d'assombrir un peu plus mon humeur. Je reposai sèchement mon verre sur le comptoir. La liqueur sirupeuse dont les arômes s'attardaient dans ma bouche prit un goût cendreux. Pas facile de déterminer s'il me draguait ou s'il se contentait de faire la conversation.

— Je sors juste d'une sale rupture, dis-je en espérant qu'il saisirait l'allusion.

— Ah oui ! Et comment va Jeremiah, ces derniers temps?

Je mis un instant à saisir ses paroles. Ensuite, je me tournai vers lui d'un air hagard.

— Pardon?

— Vous avez eu la vie dure, récemment, non? enchaîna-t-il d'un ton allègre, soulignant ses propos en agitant son verre avant d'y boire une gorgée. J'imagine que ça a commencé par la mort de vos parents, tués par un chauffard, plutôt que lorsque vous avez été séduite dans un ascenseur.

J'eus l'impression qu'une main enfoncée dans ma poitrine écrasait mes poumons. J'étais incapable de respirer, encore moins de bouger. Dans ma main crispée, mon verre érafla le bois du bar, mais personne ne parut se rendre compte de la détresse qui venait de m'envahir.

— Je me suis permis de rendre une petite visite à votre maison de famille, poursuivit mon voisin en remuant sa paille dans le liquide vert. Charmante. Encore plus quand on la voit de près. Ses occupants actuels l'entretiennent mal, hélas. Vraiment dommage.

— Qui êtes-vous? chuchotai-je d'une voix étranglée.

— Il faut croire que les péchés des parents se transmettent à leur progéniture, éluda-t-il. Les vôtres vivaient au jour le jour et géraient mal leurs finances. Résultat, après leur mort stupide, votre existence a volé en éclats.

Ce fut l'instinct qui me poussa à lui balancer ma boisson en pleine figure. Si le bruit des glaçons qui rebondissaient sur le sol me fit sursauter, l'homme ne changea pas d'expression. Quelques clients nous lancèrent un coup d'œil, mais personne n'eut l'air de vouloir s'en mêler. Au bout de quelques secondes, il s'empara d'une serviette en papier et s'essuya le visage.

— Je le méritais, sans doute, commenta-t-il.

— Qui êtes-vous? répétai-je plus fort mais sur un ton toujours aussi peu assuré.

En vérité, j'étais bouleversée. Que cet inconnu en sache autant sur moi me mettait dans un état proche de la panique, mais je n'avais nulle part où aller. J'avais mis le plus de distance possible avec les seules personnes susceptibles de me secourir, persuadée que, de cette façon, je ne serais plus impliquée dans leurs problèmes. Sauf que là, à des milliers de kilomètres d'eux, je découvrais que j'avais apparemment autant d'importance dans l'histoire que les Hamilton eux-mêmes.

Un bref instant, mon voisin me fixa sans un mot.

— Voyons, que savons-nous de l'arbre généalogique des Hamilton? dit-il ensuite en inclinant la tête comme s'il réfléchissait. Un bel héritage remontant sur plusieurs générations. Ils se sont enrichis sur le dos des autres, n'ont pas hésité à piétiner plus faibles qu'eux pour arriver à leurs fins. Les représentants actuels de la dynastie s'enorgueillissent de compter dans leurs rangs un trafiquant d'armes responsable d'un certain nombre de décès et un ancien commando qui ne vaut pas mieux que son père et sa propre milice.

Pas mieux que son père... Soudain, les pièces du puzzle s'assemblèrent.

— Vous êtes Alexander Rush!

— Ainsi, vous avez entendu parler de moi. Le bâtard, parmi bien d'autres sûrement, de Rufus Hamilton. Est-ce le terme qu'ils ont employé? Les relations de mes frères sont très efficaces quand il s'agit de rassembler des informations, mais devinez un peu?

Il se pencha vers moi et ajouta:

— Je suis meilleur.

Le ton satisfait avec lequel il s'exprimait, les détails de ma vie qu'il connaissait, tout cela me bouleversait profondément. Les dangers, les intrigues et les drames mortels que j'avais cru fuir m'avaient suivie. J'étais prise au piège, tout comme les frères Hamilton, à la différence que j'ignorais comment en sortir. Je ne disposais ni de contacts dans les milieux militaires, ni d'un réseau d'espionnage, encore moins d'une milice armée jusqu'aux dents.

Bref, je n'avais aucune chance.

— Vous avez été bien inspirée de partir quand vous l'avez fait, me confia Alexander avant de consulter sa montre. Je dois m'en aller, mais j'ai été ravi de discuter avec vous. Je tenais à rencontrer la femme qui a réussi à faire plier les deux Hamilton.

Quelque chose dans sa voix me fit frissonner encore plus fort. Totalement paralysée, je ne trouvais rien à répondre à sa dernière remarque. Je restai plantée sur mon tabouret tandis qu'il se levait, attrapait sa veste sur le dossier de son siège et s'éloignait.

Mon cerveau se mit à échafauder divers scénarios conduisant à ma mort certaine, mais les minutes s'écoulèrent sans qu'il ne se passe rien. J'étais incapable ne serait-ce que de me retourner afin de voir où s'en allait Rush.

J'étouffais, sans parvenir à apaiser les battements fous de mon cœur. J'étais sûre de ne pas avoir inventé cette rencontre : les deux gobelets étaient côte à côte sur le comptoir. Pendant quelques instants, je ne bougeai pas, concentrée sur ma respiration, songeant que je n'avais nulle part où aller, personne à contacter.

J'étais seule.

— Hé, vous pouvez monter le son de la télé ?

La question, lancée d'une voix forte, me tira de ma stupeur. Un rapide tour d'horizon de la salle m'indiqua qu'on ne me prêtait aucune attention. Je me sentais pourtant affreusement exposée, comme violée. Ce type en savait trop sur moi. Que ma vie ait été un livre ouvert pour lui, qu'il ait osé évoquer ainsi mes parents... C'en était trop. J'avais besoin d'air. Je saisis mon fin gilet au moment où l'employé montait le son.

— « ... attentat dans un hôtel de Dubaï... »

Les mots pénétrèrent comme une lame dans mon esprit alors que j'étais sur le point de sortir du bar. Je me croyais déjà au bout du rouleau ; la nouvelle s'empressa d'y ajouter quelques longueurs. Je pivotai vivement sur mes talons afin de regarder le modeste écran accroché au-dessus du comptoir. L'hôtel Almasi disparaissait derrière des volutes de fumée, mais il était parfaitement reconnaissable.

Non ! Par pitié, non !

Je ne réussis pas à comprendre ce que racontait le présentateur tant le tumulte qui agitait mes pensées emplissait mon crâne. Une main plaquée sur les lèvres, je fis demi-tour et sortis en titubant dans le couloir, sous le choc.

Il fallait que je me ressaisisse. J'avais le sentiment que le danger menaçait de partout. Le terminal bondé était peuplé de centaines de paires d'yeux dont mon esprit paniqué me soufflait que chacune d'entre elles pouvait se révéler mortelle. Désemparée, je m'affalai sur le premier fauteuil venu. Le terminal grouillait de monde. J'avais l'impression d'être prisonnière, et m'astreindre à de profondes respirations ne me soulageait en rien.

Soudain, quelque chose vibra dans ma poche.

Je sursautai avant d'y plonger la main, un brin hésitante. J'en ressortis un téléphone portable. Il ne m'appartenait pas et je n'avais même pas la moindre idée de la façon dont il avait atterri dans ma poche. Libéré des tréfonds de mon gilet, il se mit à sonner bruyamment. L'écran affichait un numéro masqué. Retenant mon souffle, je soulevai le clapet de l'appareil et appuyai sur le bouton vert d'un doigt mal assuré.

— Al… allô ?

— Quoi de neuf, beauté ? Je vous manque ?

Les intonations réjouies provoquèrent une vague de soulagement. Je pressai l'appareil contre mon oreille.

— Lucas ? Où êtes-vous ?

— Et bien, figurez-vous que c'est une drôle d'histoire. Techniquement, je suis encore à Dubaï, mais je ne…

— J'ai été approchée par un homme, m'empressai-je de le couper, avide de confier mon histoire, des sanglots trop longtemps ravalés menaçant d'exploser. Dans un bar. Il connaissait mon nom, Lucas, il savait tout de moi, il m'a parlé de mes parents…

— Du calme, Lucy, m'intima mon interlocuteur, dont la jovialité avait cédé la place à une gravité de circonstance. Reprenez depuis le début.

Mais j'avais matière plus urgente à l'esprit. J'avais des questions.

— J'ai entendu à la télé qu'il y avait eu une explosion. À Dubaï ! À l'hôtel ! Le type qui m'a abordée m'a dit que j'avais de la chance d'en être partie. Que s'est-il passé ? Jeremiah va bien ? Et Amira ?

— Une bombe a bien explosé. Mais avant tout, vous devez aller vous réfugier dans un endroit sûr. Où êtes-vous, là ?

Je regardai rapidement autour de moi.

— Près de la porte B13, à Heathrow. Comment va Jeremiah, Lucas ? Il n'a rien ?

Je devais absolument savoir. Lucas marqua une pause qui me fit craindre le pire.

— Écoutez, Lucy, je vais vous envoyer de l'aide. Mais pour l'instant, je suis un peu coincé par…

— *Comment va Jeremiah?*

J'avais hurlé. Mon cœur me donnait l'impression de vouloir s'échapper de ma cage thoracique. Je baissai la tête et mis ma main en visière sur mes yeux afin d'essayer d'oublier le tourbillon de passagers.

— Je vous en prie, Lucas, dites-moi qu'il va bien.

Il ne s'exprima qu'au bout de plusieurs secondes interminables.

— Je suis navré, Lucy, mais je…

Ce fut alors que la communication s'interrompit.

— Lucas? *Lucas?*

J'éloignai le téléphone de mon oreille, le contemplai. La ligne avait été coupée, et je n'avais aucun moyen de rappeler.

Je suis navré, Lucy. Pour moi, cette phase ne pouvait signifier qu'une chose.

J'avais la nausée. Les mains plaquées sur le ventre, je me pliai en deux sur mon siège, jusqu'à avoir la tête entre les genoux. Les paupières serrées, je m'efforçai de respirer malgré l'étau de glace qui étreignait ma poitrine.

Non. Non, non, non, non, non!

J'aurais pu vivre sans Jeremiah. J'aurais souffert qu'il ne soit plus à moi, mais je m'en serais tirée. Qu'il soit mort, en revanche… Des gémissements incontrôlables m'échappèrent et, de nouveau, je plaçai ma main sur ma bouche.

J'ignore combien de temps je restai ainsi à essayer de me ressaisir avant de me rendre compte que j'avais de la compagnie. Je respirai profondément et relevai les yeux. Trois hommes me cernaient.

— Mademoiselle Delacourt?

Deux des types arboraient un uniforme et, la main sur le ceinturon, semblaient prêts à parer à toute éventualité. Si je ne distinguai pas leurs armes, je n'eus aucun doute quant au fait qu'ils en possédaient. Le troisième avança d'un pas et se posta juste devant moi afin de me montrer une plaque.

— Je suis l'agent Atwater, d'Interpol. Auriez-vous l'obligeance de nous accompagner, mademoiselle?

12

Lorsqu'on m'avait fait quitter le terminal sous bonne escorte pour m'emmener dans une salle d'interrogatoire des plus austères, je ne m'étais pas imaginé qu'on m'y laisserait mijoter aussi longtemps.

Au fur et à mesure que les minutes s'écoulaient, ma peur céda la place à la nervosité puis à l'irritation. Incertaine de l'attitude à adopter, je jetai des coups d'œil interrogateurs au vaste miroir qui couvrait le mur du fond de la pièce. On m'avait déjà confisqué le portable que j'avais trouvé dans ma poche. Une horloge égrenait les secondes. Là où j'espérais des réponses, je n'avais droit à… rien. J'étais de plus en plus angoissée.

Ne sachant que faire de moi, je me levai et entrepris d'arpenter la pièce. À force de passer devant la glace, je finis par tapoter dessus.

— Hé ! lançai-je en me sentant un peu bête de m'adresser à mon propre reflet. Vous allez vous décider à m'interroger ou quoi ? Ou alors, je peux partir ?

Aussitôt, la porte cliqueta et s'ouvrit, me faisant sursauter. Une femme d'un certain âge, vêtue d'un tailleur, entra, un calepin à la main et plusieurs dossiers sous le bras.

— Bonjour, Lucy, me salua-t-elle avec un léger accent français. Navrée de vous avoir fait attendre.

Les mondanités, ce serait pour un autre jour.

— Où est Jeremiah? explosai-je, convaincue qu'elle savait très bien de qui je parlais.

La femme plissa les yeux et inclina la tête sur le côté.

— Vous n'êtes pas une collègue de son frère Lucas Hamilton?

Ainsi, c'était ça qui me valait d'être dans cette panade!

— Juste l'une de ses connaissances, éludai-je en me demandant ce que je pouvais dire ou pas.

— Proche? insista-t-elle, un sourcil arqué.

Je ne pus m'empêcher de rougir ce qui, naturellement, me trahit.

— Je veux savoir ce qui est arrivé à *Jeremiah* Hamilton, m'entêtai-je. J'ai vu le JT, mais je ne connais pas les détails. Vos hommes ont débarqué à ce moment-là. Que s'est-il passé à l'hôtel Almasi?

— Mademoiselle Delacourt, je vous en prie, asseyez-vous et...

— Cessez de tourner autour du pot, bordel! explosai-je. Ses esquives me rendaient dingue. Un type m'a payé un verre dans un bar, m'a dressé toute une liste de détails très personnels concernant ma vie privée et m'a dit que j'avais eu de la veine d'avoir quitté Dubaï.

— Savez-vous de qui il s'agissait? s'enquit mon interlocutrice, visiblement peu sensible à mon accès de colère.

J'hésitai à lui en dire plus.

— Qui êtes-vous, d'abord?

— Marie Gautier, agent d'Interpol, se présenta-t-elle en me tendant la main. Je connais bien votre ami Lucas. Loki, si vous préférez.

J'acceptai d'échanger une poignée de main tout en restant sur mes gardes. Lucas m'avait dit au téléphone qu'il m'envoyait de l'aide. Était-ce cette femme?

— J'aimerais qu'on me dise ce qui s'est passé à l'hôtel Almasi, repris-je. S'il vous plaît, ajoutai-je quand Marie pinça les lèvres. Une bombe a explosé, apparemment, j'avais des amis là-bas.

— Il y a bien eu un attentat, acquiesça-t-elle. Je suis en mesure d'obtenir plus de détails sur cette affaire mais, avant, j'ai besoin que vous me donniez votre version des faits.

— Je vous dirai tout ce que vous voulez. Vous pouvez même dresser un portrait-robot, que sais-je encore mais, je vous en prie, renseignez-vous sur le sort de mes amis.

Elle regarda un instant le miroir, comme si elle s'adressait en silence à qui se trouvait derrière, puis elle indiqua la table et les chaises.

— Installez-vous. J'ai hâte de vous entendre, mademoiselle Delacourt.

Malgré ma promesse de tout dire, je gardai pour moi quelques informations – ce qui avait un rapport à mes ébats, le nom du bateau utilisé pour nous rendre dans les Caraïbes, Matthews et Frank. Pour le reste, je dévoilai tout, heureuse de pouvoir enfin me libérer de tout ce que je retenais en moi depuis trop longtemps. Si cette femme ou ceux qui se tenaient de l'autre côté du miroir se révélaient ne pas être dignes de confiance ou décidaient de me faire porter le chapeau, tout ou en partie, je serais bonne pour de sacrés ennuis.

— Donc, résuma Marie au bout d'un moment, vous avez servi de traductrice puis avez été emmenée de force à bord de ce navire ?

Elle semblait très intéressée par cet aspect des choses, ce qui me rendait nerveuse. Si je disais la vérité, je m'impliquais dans une affaire criminelle. En même temps, j'étais lasse de tous ces secrets.

— Lucas m'a enlevée dans la propriété de son frère et m'a traînée à ce rendez-vous. J'y ai participé contre mon gré.

L'agent d'Interpol allait me poser une autre question lorsqu'on frappa sèchement sur le miroir. Marie se leva.

— Veuillez m'excuser un instant.

De nouveau, je fus livrée à moi-même. Maintenant que j'avais la confirmation qu'on m'observait, je me tins tranquille jusqu'à ce que mon interlocutrice réapparaisse. Elle se rassit en face de moi. Ses traits portaient toutes les marques de la contrariété. Extirpant des photos de l'un de ses dossiers, elle les étala sur la table.

— Mademoiselle Delacourt, reconnaissez-vous l'un de ces hommes, que vous auriez pu croiser pendant que vous étiez avec Lucas ?

J'étudiai les clichés, me creusant l'esprit pour lui donner satisfaction.

— Lui, finis-je par dire en désignant la photo d'un élégant quinquagénaire. Lucas l'a appelé M. Smith. Je crois que la cargaison était à lui. Je n'identifie pas les autres.

Si Marie s'apprêtait à me demander des détails, elle n'en eut pas l'occasion, car la porte de la salle s'ouvrit sur un homme à l'air sévère qui me jeta un bref regard avant de s'adresser à l'agent.

— Bonjour, je suis Evan Rothschild, je représente Mlle Delacourt dans cette affaire.

Surprise, j'examinai le petit homme. Il s'exprimait avec un accent américain et était aussi rouge que s'il avait couru pour arriver jusqu'ici.

— J'ignorai que Lucy avait fait appel à un avocat, riposta Marie.

— Je suis ici pour le compte de mon employeur, Jeremiah Hamilton.

Voilà qui retint mon attention.

— Vous lui avez parlé? m'écriai-je.

L'avocat acquiesça sèchement, mais continua son échange avec Marie tandis que je digérais la nouvelle.

— J'aimerais pouvoir m'entretenir en privé avec ma cliente.

— Votre cliente détient des informations sur un terroriste potentiel, répliqua-t-elle d'un air pincé.

— Et elle a jusqu'à présent collaboré avec les représentants d'Interpol, rétorqua Rothschild du tac au tac. Est-elle accusée de quoi que ce soit?

— Faut-il qu'elle le soit pour rester ici?

— Hé! protestai-je, outrée qu'ils évoquent ainsi mon sort comme si je n'étais pas là. La cliente a-t-elle le droit d'intervenir? Je tiens à apporter mon aide.

Marie m'observa un instant avant de se retourner vers l'avocat.

— Nous apprécierions que Lucy puisse nous aider à établir un portrait-robot. Par ailleurs, elle se mettrait en danger si elle partait...

— Mon employeur a déjà réglé ce problème et souhaiterait qu'on lui confie la sécurité de Mlle Delacourt.

— Hors de question!

— Suis-je autorisée à aller aux toilettes? demandai-je. C'est bien par-là?

Je n'en avais pas besoin, mais j'en avais assez d'être traitée comme un vulgaire objet de marchandage. Marie poussa un soupir exaspéré et je me levai aussitôt, pressée de quitter cette pièce oppressante. La poignée de la porte était verrouillée, mais alors que je la secouai, elle céda. Derrière la porte, un costaud en costume sombre s'écarta devant moi avant de m'indiquer une direction dans le couloir exigu. Je m'y dirigeai avant de stopper net.

Jeremiah se tenait là, à quelques mètres de moi. Les pieds comme aimantés au sol, je me délectai de cette vision, le corps secoué par une vague d'adrénaline. Il me fixa, muet comme une tombe, le visage aussi fermé qu'à l'accoutumée. Consciente qu'il ne m'appartenait plus, j'aurais voulu détourner les yeux. Mais mon esprit exigeait des preuves supplémentaires qui me convaincraient définitivement qu'il était bien en vie.

Que faisait-il ici? Un mot de travers de sa part, et je me serais effondrée. Mais il ne fit rien, ne dit rien, se contentant de me rendre mon regard. L'incertitude que j'avais découverte en lui ces derniers jours s'était volatilisée, et il s'était repris, avait retrouvé son ascendant.

Que n'aurais-je pas donné pour être dotée d'une once de cette force!

Je fis un pas en avant, m'arrêtai et serrai les poings.

— J'ai cru que vous étiez mort, soufflai-je.

Un éclair d'émotion traversa ses traits, trop vivement cependant pour que je l'identifie.

— Cela aurait-il facilité votre choix? répondit-il.

Le maigre espoir qui s'était éveillé dans mon cœur disparut aussitôt dans une douloureuse agonie. Je détournai les yeux en ravalant mes larmes. Derrière moi, Marie et Rothschild sortirent à leur tour dans le couloir. Ils se chamaillaient encore. Submergée par la tristesse, je m'efforçai de les oublier. Tout à coup, j'entendis la voix de Jeremiah et des bras m'enlacèrent, m'attirant dans une étreinte ferme. Prise au dépourvu, je plaquai mes mains sur son torse pour le repousser. Cela ne l'incita qu'à me serrer davantage contre lui, et je humai son odeur familière.

Au plus profond de moi, un barrage céda et mes émotions se déversèrent comme un torrent. Un sanglot m'échappa, je m'agrippai à Jeremiah et enfouis mon visage dans son costume.

— J'ai cru que vous étiez mort, répétai-je dans un murmure.

Ses mains se crispèrent sur mes épaules, et je sus qu'il m'avait entendue. J'aurais eu tant de choses à dire; mais je ne pouvais que pleurer et étreindre son corps si solide.

— Bien, lança dans mon dos l'avocat. Si nous en avons terminé...

— Pas si vite, s'interposa aussitôt Marie, dont la voix claqua comme un fouet. J'ai devant moi deux personnes qui ont un rapport avec cet attentat. Dois-je vous signifier clairement ce que cela laisse supposer?

— Nous coopérerons pleinement avec votre département, intervint Jeremiah par-dessus ma tête.

Les menaces le laissaient de marbre, et son regard ne se départit pas de son calme. Par ailleurs, ses mots eurent le don d'apaiser la Française, qui s'adressa à moi.

— Mademoiselle Delacourt? Puis-je compter sur votre aide pour identifier l'homme qui, selon vous, s'est manifesté dans ce bar?

Ses insinuations – laissant entendre que j'étais susceptible de mentir – allumèrent une étincelle de colère. J'étais toutefois trop épuisée pour protester. Lâchant Jeremiah, je reculai et, les poings serrés, me retournai vers elle.

— Je suis prête à collaborer, même si je n'ai pas la moindre idée de ce qui se passe.

— Vous pouvez clamer votre innocence, vous n'en êtes pas moins mouillée jusqu'au cou dans toute cette affaire.

J'encaissai la remarque acide, alors que deux hommes s'approchaient de nous. Marie chuchota quelques mots au premier, qui disparut derrière une porte.

— Nous avons besoin que vous nous disiez tout ce que vous avez vu et entendu, ce qu'il a touché, tout ce dont vous vous souviendrez.

J'avais la bouche sèche et je tremblais sous l'effet du stress. Soudain, deux mains glissèrent le long de mes bras, et Jeremiah se pencha sur moi.

— Je ne vous laisserai pas seule, murmura-t-il.

Comme j'aurais voulu y croire !

Nous restâmes trois heures de plus dans les locaux d'Interpol. Lorsqu'ils décidèrent de nous laisser partir, ce fut de fort mauvaise grâce.

J'avais travaillé avec un dessinateur pour tenter d'élaborer un portrait d'Alexander, tout en m'attendant à ce que, soudain, quelqu'un déboule et annonce qu'ils avaient des enregistrements vidéo provenant des caméras de contrôle de l'aéroport. Mais je finis par comprendre à leur attitude qu'ils n'avaient pas grand-chose de tangible. J'avais du mal à comprendre pourquoi : ma conversation avec Rush s'était déroulée dans un endroit public forcément sous surveillance. Quoi qu'il en soit, les flics voulaient un portrait le plus détaillé possible. Ses traits étaient gravés dans ma mémoire, et je n'étais pas près de les oublier.

Quand nous en eûmes terminé, l'épuisement embrouillait mes idées. Jeremiah ne m'avait pas quittée un instant, ce qui ne laissait pas de me dérouter. Bien qu'il ait conservé le silence et n'ait pas bougé d'un cil, sa présence avait investi les lieux. Je ne cessais de repenser à nos derniers échanges, aux mots qui avaient été prononcés, aux secrets qui avaient été dévoilés. C'était de plus une source de distraction, et songer à ce que tout cela signifiait me rendait nerveuse et agitée.

— Nous allons vous fournir une protection rapprochée, annonça Marie quand le dessinateur, une fois son matériel remballé, s'éclipsa discrètement.

— Ce ne sera pas nécessaire, objecta Jeremiah en se manifestant pour la première fois.

— Je crains que si, répliqua l'agent d'Interpol avant de se tourner vers moi. Pour des raisons encore inconnues, mademoiselle Delacourt, un éventuel terroriste a décidé de se faire connaître, à vous. Vous avez vu son visage. De fait, vous représentez un danger pour lui.

Un frisson me parcourut, ce qui ne m'empêcha pas de protester avec un froncement de sourcils :

— Mais il a paru se fiche comme d'une guigne que je le voie. Je dirais même qu'il a tout fait pour que je ne l'oublie pas. Pour quelle raison ?

— Nous nous posons exactement la même question. C'est pourquoi, dorénavant, vous êtes sous protection. Quant à vous, monsieur Hamilton, je vous demanderai de ne plus jouer les héros. J'ai lu votre dossier, je sais comment vous et vos hommes avez agi à New York. Tout « garde » armé que nous trouverons sur le sol britannique sera immédiatement arrêté, et nous vous tiendrons à l'écart de mademoiselle Delacourt.

Si ces menaces eurent un effet quelconque sur Jeremiah, il ne le montra pas. Il resta silencieux et me tint la porte. De mon côté, j'étais heureuse de pouvoir partir, même si l'idée d'être escortée ne me plaisait pas beaucoup.

— J'ai réservé au Carlton Tower…

— Non, c'est trop exposé. Mes hommes vont vous conduire dans un endroit sûr en dehors de la ville.

Je me demandai si elle pensait à notre seule protection, ou également à celle de passants innocents? Pour autant que nous le sachions, l'attentat de Dubaï avait visé les seuls frères Hamilton; sauf qu'il avait raté sa cible et blessé au passage des clients de l'hôtel. La culpabilité me tenaillait. Mais quand je regardai Jeremiah, je constatai que son visage était aussi indéchiffrable que d'habitude.

Les questions se bousculaient dans ma tête tout en se réduisant à une interrogation essentielle: pourquoi? Pourquoi cherchait-on à atteindre Jeremiah? Pourquoi ce dernier avait-il volé à mon secours? Pourquoi surtout me retrouvais-je mêlée à tout ça?

Si j'avais espéré que nous ferions le trajet chacun de notre côté, j'en fus pour mes frais. Quand nous sortîmes dans l'air frisquet de Londres, une voiture noire nous attendait. Il s'agissait d'une sorte de mini-van carré, un taxi très différent des américains auxquels j'étais habituée.

— Vous n'avez rien de plus sûr? grogna Jeremiah.

— Il se fondra dans la circulation, répondit Marie en haussant les épaules. Avec un peu de chance, si on essaye de vous suivre, on perdra rapidement votre trace. Par ailleurs, des hommes à moi vous suivront à bord de leur propre véhicule.

Le vent froid mordait à travers mes vêtements et je m'engouffrai dans le véhicule, aussi spacieux que le laissait deviner l'extérieur. Je me tassai au fond de la banquette. Jeremiah me rejoignit, faisant osciller la voiture, et examina l'habitacle avant de s'asseoir. Refusant de le regarder, je me tournai vers la fenêtre. Cela ne m'empêcha pas de voir du coin de l'œil qu'il s'installait le plus loin possible de moi.

Je le reconnais, c'était à la fois paradoxal et hypocrite de ma part, mais je ressentis un pincement au cœur en constatant qu'il gardait ses distances.

Le trajet se déroula dans un silence pesant. Je ne profitai même pas du paysage tant sa présence me perturbait. J'aurais pu profiter de l'occasion pour lui poser les questions qui me hantaient ; j'avoue que je redoutais ses réponses. Coincée dans ce taxi, je n'aurais aucun moyen de les fuir, je serais forcée d'affronter ce qu'il risquait de me révéler.

Cédant à ma lâcheté, je me tus.

Ce ne fut qu'une fois en pleine campagne que je commençai à m'intéresser à mon environnement. Je n'avais pas la moindre idée de l'endroit où nous nous rendions mais, au fur et à mesure que la voiture avalait les kilomètres, le paysage devenait de plus en plus champêtre et rustique. Le soleil ne réussit à transpercer les nuages qu'à de rares reprises avant de se coucher définitivement derrière la ligne d'horizon. Malgré la lumière déclinante, je distinguais des collines vertes parsemées de moutons blancs. Peu à peu, je me détendis. Un léger sourire finit même par étirer mes lèvres. Enfant, j'étais venue à Londres. En revanche, je n'avais pas eu l'occasion de voyager dans le pays. Dans les villages, des maisons à l'architecture presque médiévale côtoyaient des édifices plus modernes, créant une étrange dichotomie.

— Amira n'a rien eu. Je me suis dit que vous aimeriez le savoir.

De fait, ces mots eurent le don de soulager l'étau qui me serrait le cœur depuis que j'avais entendu les nouvelles retransmises à la télévision. Soulagée, j'appuyai ma tête contre la vitre. Je ne répondis pas tout de suite, de peur que ma voix trahisse mon émotion.

— Comment cela s'est-il passé, finis-je toutefois par demander.

— Je l'ignore. Mon avion avait déjà décollé quand j'ai été prévenu.

Il se tut un instant avant d'ajouter d'une voix plus douce :

— Je crois que Rachid ne s'en est pas sorti.

Je fermai les yeux, submergée par la tristesse et la compassion pour la jeune fille qui venait de perdre son frère.

— Pourquoi faut-il que ces choses-là arrivent? soufflai-je.

Je crus que ma question s'était perdue dans le grondement sourd du moteur, car Jeremiah ne réagit pas tout de suite.

— Je ne sais pas, répondit-il quelques instants plus tard.

Me détournant de la fenêtre, je le regardai en face.

— Comment peut-il vous haïr au point de tuer des innocents?

— À mon avis, nous ne sommes qu'un prétexte qui lui permet d'assassiner des gens et de rejeter la faute sur nous.

— C'est comme si tout recommençait à zéro avec l'Archange, murmurai-je.

L'Archange, le tueur qui avait traqué Jeremiah. J'avais contrecarré ses plans, ce pour quoi j'avais failli mourir à deux reprises. De nouveau, la peur m'envahit, sournoise.

— Maintenant que je connais son visage, il va…

Je ne pus aller au bout de ma phrase. Un froid intense s'infiltra jusqu'à la moelle de mes os et je fus prise de tremblements incontrôlés. Soudain, Jeremiah fut tout près de moi.

— Je vous protégerai. J'en fais le serment.

Je le fixai droit dans les yeux, trop épuisée pour ressentir de la honte ou du chagrin devant l'abîme qui nous séparait désormais.

— En quel honneur? chuchotai-je. Que suis-je pour vous, maintenant?

Qu'ai-je jamais été pour vous, au demeurant?

— Parce que...

Il tendit la main vers moi avant d'interrompre son geste en serrant le poing.

— Parce que...

Je posai un doigt sur ses lèvres.

— Ça n'a pas d'importance, dis-je en promenant mon pouce sur son menton.

Sa barbe naissante picotait. Je laissai tomber ma main sur mes genoux avant de m'appuyer contre lui.

— Serrez-moi juste dans vos bras, soufflai-je. S'il vous plaît.

Il s'exécuta aussitôt, et je me lovai contre son corps.

13

Il n'était pas loin de minuit quand la voiture s'arrêta devant une maison en pierre. À un moment ou un autre, la bruine s'était mise à tomber, mais j'étais alors endormie, roulée en boule, la tête sur les genoux de Jeremiah. Quand je me réveillai, je constatai qu'il avait étendu sa veste sur moi. Sa chaleur était la bienvenue, et je frottai mon nez sur sa jambe, tandis que le chauffeur sortait pour entrer dans la maison.

Le bas-ventre de Jeremiah était juste au-dessus de ma tête. L'esprit encore engourdi par le sommeil, je caressai du bout des doigts la bosse qui se dessinait sous son pantalon. Les muscles de sa cuisse se raidirent aussitôt, et il poussa un bref soupir. Sinon, il ne broncha pas. Son érection grandit rapidement au contact de ma main et, m'enhardissant, je me mis à le caresser.

Tout à coup, ses doigts se refermèrent comme un étau autour de mon poignet et m'immobilisèrent. Levant les yeux, je vis qu'il me fixait de ses prunelles vertes dont l'éclat transperçait la pénombre. Honteuse, je me redressai et m'écartai de lui. Il me retint.

— Lâchez-moi !

— Lucy…

À cet instant, ma portière s'ouvrit, et un vent froid s'engouffra dans la voiture. Un agent d'Interpol apparut dans l'encadrement de la portière, la prise de Jeremiah se relâcha légèrement et je m'en libérai. Je m'empressai de sortir du taxi et m'écartai tandis que Jeremiah descendait à son tour. Il ne s'approcha pas de moi. Il était en chemise, et je me rendis compte que j'avais toujours sa veste sur les épaules.

— Par ici, dit un autre policier au fort accent britannique.

Je le suivis vers la porte d'entrée alors que le taxi repartait. Le brouillard recouvrait la campagne, l'atmosphère était humide et il faisait froid. Malgré moi, je m'emmitouflai dans la veste de Jeremiah – qui me suivait de quelques pas. Elle avait son odeur et j'agrippais le tissu épais.

Nous contournâmes la maison et je m'aperçus qu'il s'agissait en réalité d'une chambre d'hôtes. L'espace qui devait servir de parking étant vide, j'en déduisis que nous étions les seuls clients.

— Nous passerons la nuit ici et repartirons dès demain, nous annonça le policier, un jeune homme blond.

Il s'arrêta devant une porte verte et y frappa trois coups. Un nouvel agent – une armoire à glace aux cheveux bruns – ouvrit. Il nous salua d'un signe de tête, et son collègue nous invita à entrer du geste. La porte débouchait sur un petit vestibule sur lequel donnaient plusieurs chambres.

— Vos chambres pour cette nuit.

J'ouvris la première porte qui se présentait à moi et découvris une pièce où une lampe de chevet était déjà allumée, éclairant vaguement les murs recouverts de papier peint. La petite pièce avait un charme désuet, il y avait juste assez de place pour contenir un lit double et une commode. La salle de bains se trouvait au bout du couloir et, apparemment, était commune.

— Essayez de dormir un peu, nous conseilla le jeune policier. Nous partirons à la première heure.

— Pour aller où? demanda Jeremiah, le front plissé. Personne n'a daigné nous renseigner à ce sujet.

— Malheureusement, cette information est confidentielle. En tout cas, soyez certains que, pour cette nuit, vous ne courrez aucun danger.

L'agent nous gratifia tour à tour d'un hochement de tête avant de ressortir, nous laissant seuls dans le couloir. Je m'appuyai au battant de la porte de ma chambre. Dire que j'étais nerveuse aurait été très loin de la vérité. Mais il aurait été grossier de me réfugier sans lui souhaiter bonne nuit. Pourtant, je n'avais qu'une envie : me sauver.

— Il faut qu'on parle, Lucy...

— Non, l'interrompis-je en dressant une main et en reculant dans ma chambre. Tout a été dit.

Je me mordis la langue, pour ne pas en dire plus. J'aurais beau présenter mes excuses tous les jours jusqu'à la fin des temps, rien n'effacerait jamais ma conduite. Le P-.D.G. de Hamilton Industries ne m'avait jamais semblé être du genre à pardonner. Or je me doutais que je ne survivrais pas au châtiment qu'il avait l'intention de m'infliger.

J'allais refermer la porte lorsqu'une large main se glissa dans l'entrebâillement. Instinctivement, je passai la tête dans le couloir. Jeremiah me fixait, ses traits exprimant en cet instant plus d'émotions que je ne lui en avais vu manifester de toute la journée. Il serrait le battant de la porte avec une telle violence que la jointure de ses phalanges avait blanchi.

— Lucy...

Il s'arrêta net, comme s'il ne savait pas quoi dire. Si son regard était intense, presque implorant, Jeremiah Hamilton ne suppliait jamais. C'était de notoriété publique. Je fus saisie par la frustration.

— Mais de quoi donc voulez-vous discuter? Vous avez été parfaitement clair, et je ne...

Je m'interrompis, secouai la tête avant d'enchaîner:

— Il s'est passé sur ce bateau des choses dont vous n'êtes pas au courant, mais peu importe. Comme vous l'avez si élégamment formulé, j'ai... *baisé* (je trébuchai sur le mot) avec Lucas. Je ne peux rien y changer.

— J'aurais dû vous protéger.

— Conneries! Ce n'est pas votre faute.

L'épuisement m'avait envahi, je n'avais plus la force de me disputer. Je fermai les paupières, tentant de le tenir à l'écart.

— Bonne nuit, Jeremiah.

— Lucy...

Je repoussai doucement la porte, sans la fermer cependant, et me cachai derrière. Il avait lancé mon nom comme une supplique, et les larmes me piquèrent les yeux tandis que je plaquais une main sur ma bouche. Jeremiah lâcha l'encadrement, et je dus en appeler à tout ce qu'il me restait de forces et de volonté pour maintenir l'espace qui nous séparait.

Une fois de plus, je me retrouvai seule au monde.

Et, une fois de plus, mon cœur se brisait en mille morceaux.

Abattue par le chagrin et l'angoisse, je fus incapable de trouver le sommeil. Le sentiment de sécurité que la présence de Jeremiah m'avait procuré s'était totalement volatilisé. Je me tournai et me retournai dans mon lit jusqu'aux premières lueurs grises du matin.

Le réveil sur la table de chevet indiquait à peine cinq heures quand un coup brusque retentit à ma porte, et que la voix d'un des agents annonça :

— Il est temps d'y aller.

Je me levai après avoir gémi dans l'oreiller. Balayant le sommeil – ou plutôt son manque – de mes yeux, je lissai mes vêtements et titubai en direction de la porte. Il m'était très désagréable de ne pas avoir pu me changer, et j'espérais bien pouvoir le faire très bientôt. Une douche n'aurait pas été de trop non plus, mais comme je ne tenais pas à tomber sur Jeremiah, mon passage aux toilettes fut des plus bref.

Je ressortis prudemment de la salle de bains. Constatant que le couloir était désert mais ignorant si Jeremiah était encore dans sa chambre, je m'empressai de filer en direction de ce qui devait être le cœur de la maison. J'arrivai dans une pièce assez vaste qu'éclairaient quelques lampes, tandis que la faible lumière du jour naissant s'engouffrait par une fenêtre. Un plateau de pâtisseries et de confitures trônait sur un buffet. Me rappelant le ton pressant du policier qui m'avait réveillée, je me dis qu'il était peu probable qu'on nous accorde le temps de prendre un petit déjeuner. Je m'emparai d'un scone et d'un muffin que je mangerais en route.

Des pas résonnèrent à l'autre bout de la salle, et les deux agents d'Interpol apparurent sur le seuil. Le plus âgé s'avança.

— Prête? me demanda-t-il.

J'acquiesçai quand soudain, sous mes yeux éberlués, le jeune agent blond saisit une bouteille décorative sur un guéridon et l'abattit sur la nuque de son collègue. L'homme s'affaissa par terre. L'autre l'enjamba, les traits tiraillés par ce qui ressemblait à des regrets.

Ma stupéfaction tourna à l'horreur lorsqu'il dégaina son arme.

— Désolé, lâcha-t-il en vissant un long silencieux au bout du canon.

Sur ce, il me mit en joue.

Un mois auparavant, je serais morte sur-le-champ. Mes pieds se seraient immobilisés et mon cerveau n'aurait pas enregistré ce qui se passait. Pétrifiée, j'aurais été abattue sur-le-champ.

Les changements que peut produire la traversée d'événements effrayants sur les capacités de réaction sont tout à fait remarquables. Quand tout serait fini, j'aurais sûrement besoin d'un bon thérapeute.

Tout en hurlant le nom de Jeremiah, je lâchai le plateau de pâtisseries et me précipitai dans le couloir vers les chambres. J'entendis l'inimitable bruit étouffé d'un coup de feu tiré par une arme équipée d'un silencieux. Je franchis le seuil au moment où l'impact de la balle laissait un trou dans le mur, dangereusement près de mon épaule. Je claquai la porte derrière moi et couru vers ma chambre, le tueur sur les talons.

La petite pièce n'était guère qu'un refuge symbolique. La seule issue possible était la fenêtre, et je n'avais nulle part où me mettre à l'abri d'une balle que le blond tirerait au travers de la porte en bois. Bref, il avait toutes les chances de m'atteindre. Je me blottis dans le coin le plus éloigné du battant et appelai à nouveau Jeremiah à l'aide. Sauf que, cette fois, la peur m'empêcha d'émettre plus qu'un filet de voix.

Je perçus dans le couloir des bruits de lutte et les grognements d'au moins deux hommes. Il y eut deux coups de feu, dont les balles transpercèrent le bois et se fichèrent dans un des murs de ma chambre. Peu après, un bref cri parvint à mes oreilles. Morte d'inquiétude pour Jeremiah, je rampai jusqu'à la porte et l'entrouvris. Ce fut lui qui me repoussa vivement en aboyant :

— Restez là-dedans. Je ne sais pas combien ils sont.

Intensément soulagée, je constatai qu'il tenait l'arme du blond, lequel gisait au sol, les mains en l'air, une grimace de souffrance sur le visage.

— Il a assommé son collègue, dis-je.

La vue de mon assaillant se tordant à terre provoqua en moi des frissons de terreur *a posteriori*. Je me dissimulai derrière la porte, bien qu'ayant conscience de la futilité de mon geste au cas où un autre tueur aurait débarqué.

— Pourquoi nous a-t-il attaqués ?

— Aucune idée, et on s'en fout.

— Il retient ma famille !

Je baissai les yeux sur l'agent blond qui tentait de se redresser. Ce qu'il cessa de faire sitôt que Jeremiah braqua le canon du pistolet sur sa tempe. Le blessé plaquait un bras sur sa poitrine, son regard était désespéré.

— Il a exigé que je...

— Que vous nous abattiez pour relâcher les vôtres ? lâcha Jeremiah.

La culpabilité qui envahit le visage de l'homme à ses pieds fut une réponse amplement explicite. Jeremiah leva son arme.

— On s'en va, m'ordonna-t-il.

— Non ! cria l'agent blessé tout en tentant de bouger.

Cette fois, Jeremiah tira. L'agent d'Interpol poussa un gémissement et lâcha le petit revolver qu'il dissimulait au creux de sa main. De sa main valide, il agrippa sa jambe en pantelant.

— Votre portable ! Exécution !

Il fallut quelques secondes, mais l'homme finit par extirper l'objet d'une de ses poches et, les doigts tremblants et ensanglantés, le remit à Jeremiah. Ce dernier s'empara de l'appareil avant de me tendre la main.

— Venez !

Même si nous n'avions aucune garantie d'être en sécurité dehors, il était exclu que je reste dans cette maison. Acceptant la main offerte, j'enjambai le malheureux couché au sol.

— Je suis désolée pour votre famille, murmurai-je.

Jeremiah m'entraîna vers la grande salle. Avant de sortir, il se baissa sur le collègue assommé et vérifia son pouls.

— Il est vivant, constata-t-il.

Ensuite, il le fouilla, prit les clefs de la voiture et m'entraîna sans ménagement à l'extérieur. Je m'installai sur le siège passager, un brin déroutée par le fait de me retrouver à gauche du véhicule, mais pas derrière le volant.

— Où allons-nous? demandai-je alors que Jeremiah démarrait.

— Je n'en sais rien, mais nous ne pouvons pas rester ici.

Nous avions à peine rejoint la route lorsque le portable sonna dans sa poche. Nous échangeâmes un regard, puis il décrocha tout en mettant l'appel sur haut-parleur.

— État de la cargaison?

Je n'eus aucune difficulté à reconnaître l'accent prononcé de Marie. Toutefois, au lieu d'être rassurée, je fus secouée de frissons. Faisait-elle partie du complot elle aussi?

— Encore en vie, grommela Jeremiah. La cargaison va tenter de rentrer chez elle sans encombre.

Il y eut un silence, et je pus presque voir la femme demander à ses collaborateurs de tenter de localiser l'appel.

— Qu'avez-vous fait à mes hommes? demanda-t-elle ensuite.

— L'un d'eux a assommé son confrère avant de s'en prendre à nous, affirmant qu'un mystérieux « il » avait enlevé et détenait sa famille. Je crois que nous savons tous qui se cache derrière ce « il ».

— Restez où vous êtes, monsieur Hamilton. Nous allons vous rejoindre et régler ce...

— Non, la coupa sèchement Jeremiah. Nous avons testé vos méthodes, nous allons employer les miennes qui priment à présent.

— Monsieur Hamilton, si jamais vous faites intervenir votre milice sur notre territoire et provoquez un incident d'envergure internationale...

— C'est déjà le cas, madame Gautier. À moins que vous n'ayez oublié Dubaï? Si je découvre quelque chose, votre bureau sera le premier averti. Au revoir.

Jeremiah coupa le haut-parleur, ce qui ne m'empêcha pas d'entendre les protestations stridentes de l'agent d'Interpol avant qu'il raccroche. Il baissa sa vitre, jeta le portable par la fenêtre puis accéléra sur la route étroite.

— Il faut que nous trouvions un autre véhicule, ainsi qu'un téléphone.

— Les cabines rouges sont des téléphones publics, on en trouvera sûrement une dans la prochaine ville, suggérai-je.

— Que s'est-il passé d'autre sur ce bateau?

Surprise par la question, je le dévisageai.

— Vous tenez vraiment à parler de ça maintenant?

— Oui.

En soupirant, je me tournai vers la fenêtre.

— Votre frère m'a sauvé la vie. À deux reprises.

J'effleurai l'éraflure qui marquait mon cou. Elle n'avait même pas encore cicatrisé.

— La première fois, face à un autre trafiquant qui... disons, avait des vues sur moi, et la seconde face à un saboteur qui me menaçait d'un couteau.

Le silence s'installa un moment avant qu'il poursuive :

— C'est la raison pour laquelle vous avez couché avec lui?

— Non! me défendis-je aussitôt.

Si ma réponse avait été spontanée, je pris cependant le temps d'y réfléchir. Jusqu'à présent, j'avais évité de trop m'interroger sur les événements, encore trop confus pour moi.

— C'est possible, me corrigeai-je. En partie, sans doute. Une grande partie, peut-être. Je sais, ajoutai-je en poussant un nouveau soupir, il m'avait enlevée et il n'apporte que des ennuis, mais...

Je ne terminai pas ma phrase et replongeai dans mes pensées.

— Lorsque vous m'avez délaissée, repris-je, ça a été très douloureux. Vous n'imaginez sûrement pas à quel point. Vous avez réduit mon amour au rang de « platitude » avant de disparaître dans la nature. Sur le moment, je ne savais même pas si vous reviendriez. Puis Lucas a débarqué, m'a donné le choix : le suivre ou rester. Quand j'ai opté pour la deuxième solution, il m'a kidnappée et embarquée de force à bord de ce bateau.

— Je suis désolé.

Je tressaillis. Ces mots, dans la bouche de Jeremiah Hamilton, étaient plus que surprenants.

— De quoi exactement? m'enquis-je, incertaine de la manière dont je devais prendre ces excuses.

— De ne pas vous avoir protégée.

Fermant les yeux, je posai ma nuque contre l'appuie-tête.

— Vous ne saisissez pas vraiment, n'est-ce pas?

— Que voulez-vous que je dise?

Furieuse, je rouvris les paupières, croisai les bras et lâchai :

— Ce que je voudrais, surtout, c'est que vous trouviez les paroles adéquates tout seul!

— Lucy...

— J'ai failli être violée, tuée! Vous êtes peut-être un habitué de ce genre de situations, mais ce n'est pas mon cas! J'avais besoin de confort, d'un minimum de sécurité, et j'ignorais si vous vous souciez seulement de savoir si je...

Cette conversation me mettait dans une colère noire, faisant surgir en moi des émotions que je n'avais pas encore affrontées. Je regardai par la vitre, légèrement secouée par l'effet des pavés de la route.

— Il n'empêche, vous me reprochez ce qui est arrivé.

— Non, soupirai-je, je ne vous reproche rien, Jeremiah.

— Alors, pourquoi...

— Je n'en sais rien, nom d'un chien!

En cet instant, je me serais volontiers arraché les cheveux.

— Je ne sais même pas pour quelle raison nous sommes en train d'en discuter! Dès le début, en m'obligeant à signer ce contrat, vous n'avez pas caché que je n'étais qu'un petit secret honteux.

— Donc, vous pensez vraiment que je suis responsable.

— Omondieu! m'écriai-je en me couvrant le visage d'une main. Pourquoi ai-je cette conversation avec vous?

J'avais l'impression de me cogner la tête contre un mur.

— J'ai besoin de comprendre, insista-t-il. Un jour, vous avez affirmé que vous m'aimiez...

— Aveu que vous m'avez cruellement rejeté à la figure.

— Lucy, j'ai juste été faire un tour en voiture.

— Vous m'avez dit non puis vous avez disparu!

— Je vous ai cherchée partout! explosa-t-il soudain en cognant du poing sur le volant. Bon Dieu de merde, quand je suis revenu dans cette foutue maison et que j'ai appris que vous aviez été enlevée, je me suis démené comme un diable pour vous retrouver. Je ne supportais pas d'être éloigné de vous, de savoir que vous étiez en danger et que je ne pouvais pas vous aider. J'avais du mal à respirer, je n'arrivais plus à réfléchir parce que je...

Il s'interrompit brusquement et se figea.

— Parce que quoi?

La colère m'avait désertée, comme si la sienne l'avait apaisée en une sorte de jeu de vases communicants. Je retenais mon souffle.

— Parce que vous m'aimiez?

J'avais essayé d'adopter un ton sarcastique. En vain. Les mots étaient sortis dans un chuchotement apeuré. Jeremiah ne daigna pas me répondre, gardant un long moment les yeux rivés sur le pare-brise, les doigts serrés autour du volant. Puis il écarta sa main gauche, la posa paume en haut sur le tableau de bord, comme s'il me demandait de poser la mienne dedans.

— Peut-être, murmura-t-il.

Sidérée, je le regardai, bouche bée. Une nouvelle vague d'émotions me submergea, déferlant en une rage absolue.

— Espèce de fils de pute ! éructai-je en abattant mon poing sur son épaule.

Une fois, puis deux. J'étais dans un tel état que je n'avais pas d'autre façon d'exprimer ce que je ressentais. J'avais envie de le frapper parce qu'il était tellement… *homme*. Il ne réagit pas, me laissant exprimer ma colère, ne retira pas sa main offerte. Je le détestai encore plus pour ce calme, la patience inébranlable dont il faisait preuve. Je l'aurais volontiers frappé jusqu'à ce qu'il craque, mais je finis par croiser les bras sur ma poitrine et me résignai à mariner dans mon propre jus.

— Vous croyez vraiment que prendre ma main va arranger les choses ? marmonnai-je.

— Non, mais c'est un début.

Je ne cédai pas, et le silence retomba, pesant. Sans paraître s'en formaliser, plus stoïque que jamais, Jeremiah continua à conduire.

Au bout d'un très, très long moment, je soupirai et claquai ma paume contre la sienne. Il ignora mon agacement, noua ses doigts autour des miens et les serra fort.

— Sachez que je vous déteste, là, tout de suite, maugréai-je.

Pas question qu'il se doute à quel point il était bon de sentir sa peau contre la mienne. Je continuai à observer le paysage sans prêter attention à la chair de poule qui parcourait mon bras, refoulant la joie qui menaçait d'éclater.

Il n'a rien dit de spécial, il se contente de te tenir la main. Arrête d'être une telle gourde !

Malgré tout, quand il serra de nouveau mes doigts, un sourire spontané étira mes lèvres. Il va de soi que je pris grand soin de le cacher à mon voisin.

14

Ce jour-là, nous changeâmes de voiture quatre fois. Chaque fois que nous en volions une, je me sentais de plus en plus mal. Jeremiah évita systématiquement les grandes villes et tous les endroits susceptibles d'être truffés de caméras de surveillance. Sa paranoïa était parfaitement en phase avec la mienne. Il n'empêche, j'avais conscience de nuire à des innocents et je n'appréciais guère de me comporter en criminelle.

Mais je détestais encore plus la perspective de mourir.

Au fur et à mesure que la journée s'écoulait, nous zigzaguâmes à travers la campagne, allant de cabine téléphonique en cabine téléphonique. Jeremiah ne s'y attardait jamais très longtemps. Le deuxième véhicule que nous dérobâmes contenait une centaine de livres sterling dans la boîte à gant, que Jeremiah empocha sans remords.

— Rassurez-moi, l'apostrophai-je, nous rembourserons ces gens, non?

— Nous les rembourserons, en effet.

Je le crus.

Quand le crépuscule s'annonça, j'avais hâte de prendre une douche et de me coucher. Je portais toujours les vêtements dans lesquels j'avais voyagé depuis Dubaï, et j'avais mal dormi la nuit précédente. Je ne me sentais pas vraiment sexy. J'étais épuisée quand nous nous arrêtâmes dans une nouvelle chambre d'hôtes, encore plus rustique que celle de la veille.

Je me chargeai de prendre la chambre – encore une fois, un lit sans grand-chose d'autre – pendant que Jeremiah s'occupait de la voiture. J'ignorais ce que cela pouvait signifier exactement, mais ça m'était bien égal. Au moins, la pièce avait sa propre salle de bains et, sitôt que Jeremiah eut disparu, je me déshabillai et filai sous la douche.

Je profitai de l'eau chaude pendant quarante-cinq minutes environs, chaque goutte était un délice. Lorsque je fermai le robinet, j'eus l'impression d'être en meilleure forme que je l'avais été de toute la journée. Je me séchai les cheveux puis m'enroulai dans un drap de bain avant de m'attaquer à la corvée que je m'étais assignée : laver mes vêtements. Cela fait, je les suspendis aux porte-serviettes.

J'avais à peine regagné la chambre que la porte s'ouvrit sur Jeremiah. Nous nous figeâmes tous les deux sur place et nous dévisageâmes de chaque côté de la pièce. L'avidité de son regard fit se raidir mes tétons sous le tissu en éponge. Lentement, il referma la porte derrière lui, et je me tendis en percevant le cliquetis du pêne se bloquant dans la gâche.

Il approcha de moi et je me plaquai à l'armoire. Il me dominait de toute sa taille. Toutefois, il n'esquissa pas un geste pour me toucher. J'agrippai ma serviette et, d'une voix étranglée, soufflai :

— Voulez-vous qu'on parle maintenant?

— Laissons tomber les paroles.

Je cessai de respirer. Sa large main se posa sur la mienne et décrispa doucement les doigts qui retenaient le tissu. Quand sa peau rugueuse effleura ma poitrine, je déglutis et les muscles de mon ventre tressaillirent. Sans se presser, comme s'il déballait un cadeau, Jeremiah dénoua le drap de bain avant de l'écarter.

L'air froid me fit frissonner. Pour autant je ne le quittai pas des yeux. Je luttai pour ne pas me débattre, ne pas broncher, ne pas m'enfuir et m'enfermer à clef dans la salle de bains. Ce n'était pas bon signe ; en aucun cas, je n'aurais dû permettre ce qu'il était en train de faire.

Mais, mon Dieu ! Je le désirais jusque dans la moindre fibre de mon corps.

Ses mains glissèrent sur mes seins – ce qui fit durcir encore plus mes tétons – mais ne s'arrêtèrent pas et descendirent jusqu'à mes hanches. Jeremiah s'inclina vers moi. Ses lèvres magnifiques n'étaient qu'à quelques centimètres de ma bouche, et je levai légèrement le menton, tandis qu'il prenait mes fesses en coupe.

Lorsqu'il me souleva, je poussai un petit cri et crochetai mes bras autour de ses épaules pour éviter de tomber en arrière. Puis j'enroulai mes jambes autour de sa taille. Le laser vert de ses prunelles plongea sur ma poitrine.

— Je n'ai pensé qu'à ça toute la journée, soupira-t-il.

Sur ce, il baissa la tête et attrapa l'un de mes tétons entre ses dents. Pliant la nuque en arrière, tremblant de tous mes membres, je ravalai un gémissement. Ses doigts s'enfoncèrent dans les chairs de mes fesses tandis que sa langue jouait avec mon mamelon érigé avant de passer au second. Je me cambrai pour m'offrir encore mieux à sa bouche, agrippant son épaisse chevelure.

— Jeremiah ! exhalai-je, comme si ce prénom était sacré.

Un frisson parcourut alors tout son corps. Sans me lâcher, il écarta les globes de mes fesses et déplaça ses doigts le long de ma raie, toujours plus bas. Lorsqu'ils trouvèrent les lèvres de mon sexe et entreprirent d'en caresser sans ménagement les plis, je ne pus retenir un cri. Son pouce revint en arrière et se mit à masser un autre de mes accès dont, je le savais, il raffolait, signe avant-coureur de ce qui allait sans aucun doute suivre.

Reculant d'un pas, il nous fit virevolter et me déposa tendrement sur le lit. Je le libérai et m'adossai aux oreillers. J'étais couchée à même le couvre-lit en patchwork.

— Agrippez la tête de lit à deux mains, m'ordonna-t-il, et ne la lâchez pas avant que je vous y aie autorisée.

J'obtempérai en tremblant. Il s'amusa à pétrir mon ventre.

— Si vous me désobéissez, reprit dans un murmure, je serai obligé de vous fesser. Compris ? Si oui, acquiescez.

J'opinai. Il s'agenouilla alors au bord du lit. Du bout des doigts, il frôla mon ventre et mes hanches.

— Vous contempler ainsi m'a manqué, chuchota-t-il. Je vous interdis de bouger ou d'émettre un son pendant que je m'amuse avec vous. Entendu ?

Me mordant les lèvres, je hochai de nouveau la tête. Sa main plongea aussitôt entre mes cuisses et je fermai les yeux. Tout mon corps se raidit lorsque l'un de ses doigts se posa sur le bouton de mon clitoris, et je dus résister à l'envie de ne pas aller à la rencontre de son contact. Du plat de son autre main, il caressa mon bas-ventre jusqu'au mont-de-Vénus, ne me laissant aucune chance de respirer entre deux vagues de plaisir. Quand son majeur s'insinua en moi, écartant à peine la peau, je m'arquai malgré moi alors que mes talons s'enfonçaient dans le matelas.

Sa réaction fut immédiate: la main placée sur mon sexe assena une claque brutale sur mes fesses. Je sursautai avant de me plaquer de nouveau sur le lit. La gorge nouée, je me préparai à subir un autre assaut de ses mains à la redoutable habileté.

Si ceci était sa façon de me punir, c'était une torture exquise. Je m'agrippai si fort aux montants métalliques du lit que je craignais de les tordre ou de les briser. Heureusement, ils étaient plus solides qu'il n'y paraissait. Bien malgré moi, je laissai parfois échapper des gémissements, aussitôt châtiés par des claques sur mes fesses, dont la peau ne tarda pas à me brûler. Il n'empêche, devoir ainsi contrôler mes réactions, être obligée de rester immobile et d'endurer sans broncher ne faisait qu'ajouter au plaisir que chaque caresse, chaque effleurement provoquait.

Quand, enfin, Jeremiah cessa de jouer avec moi, j'étais tellement excitée que c'en était presque douloureux. Il se leva, commença à défaire sa ceinture.

— Mains et genoux de chaque côté du lit!

Le ton de commandement était délicieux et les légères trémulations que je décelai dans sa voix alors que je m'exécutai étaient un plaisir. Entendant un bruit, je jetai un coup d'œil à la dérobée et vis qu'il tenait un sachet en papier.

— Regardez devant vous!

J'obéis, non sans lever les yeux au ciel. Cela me valut une nouvelle claque sur les fesses.

— Pas d'insolence!

Comment diable avait-il réussi à déceler ma mimique?

— Sadique, murmurai-je.

Bien que je m'y sois attendu, le coup suivant me fit frémir.

— Peut-être, oui, commenta-t-il avec humour.

Sur ce, il s'empara de mes fesses et les écarta en grand. Je retins mon souffle sous la caresse de l'air sur mes chairs sensibles. Mes doigts se crispèrent sur le couvre-lit. Il glissa alors ses pouces dans la fente de mon cul. Si ma peau avait été attendrie par la douche bien chaude, mes muscles étaient aussi raides qu'une planche de bois. Jeremiah se pencha sur moi.

— Je vous enculerai tout à l'heure, me chuchota-t-il à l'oreille. Mais avant, je veux vous entendre hurler.

La respiration heurtée, j'attendis. Il se releva, et je devinai qu'il s'agenouillait derrière moi. J'eus tout juste le temps de renforcer ma prise autour du tissu et d'y enfoncer mon visage avant que sa bouche se pose sur mon sexe. Sa langue en fouilla l'intérieur puis se lança à l'attaque de mon intimité humide.

Cette fois, il me fut impossible de retenir mes cris, et je priai pour que nos voisins, si nous en avions, aient l'esprit large. Certes, le matelas en étouffa la plupart, mais Jeremiah ne fut satisfait qu'après m'avoir laissée haletante et gémissante. Lorsqu'il s'écarta enfin de moi, j'étais une naufragée qui adressait ses supplications aux oreillers.

— Vous dites ?

— Par pitié, Jeremiah, j'ai besoin… je vous en prie…

Je me tus et fermai les yeux lorsque je sentis entre mes fesses quelque chose de dur et épais. Sans avoir besoin d'aucun lubrifiant, il s'enfonça en moi, et mes muscles frémissants se tendirent pour mieux le recevoir. Je criai dans la dentelle tout en soulevant le bassin pour mieux accueillir son deuxième assaut.

— Ah ! gronda-t-il. C'est bon !

Il roula des hanches et plongea de nouveau en moi. Rejetant la tête en arrière et poussai des hurlements. D'une poigne ferme, Jeremiah attrapa mes cheveux. Sans les tirer, il s'y agrippait pour me maintenir en place tandis qu'il me martelait, étirant et frôlant tous mes endroits sensibles.

L'orgasme qu'il m'avait interdit était sur le point d'exploser, mais je tâchai de rester sur le bord de la falaise vertigineuse, m'accrochant à ces moments de plaisir douloureux. Retenant des sanglots de plaisir, bougeant mes hanches au rythme des assauts de mon amant, je ne basculai que quand je sentis ses dents érafler mon épaule avant de descendre le long de ma colonne vertébrale. Mes halètements étouffés par la dentelle, je jouis alors que Jeremiah était secoué par un intense frisson.

Il s'affala sur moi, le souffle rauque. Il embrassa le lobe de mon oreille, ses lèvres jouèrent dessus, puis il se retira. Je roulai sur le flanc et le regardai se nettoyer. Trop épuisée pour manifester mon étonnement autrement, je haussai un sourcil.

— Vous aviez des capotes?

— Simple mesure de précaution, répliqua-t-il avec un clin d'œil.

Un geste si désinvolte que j'en restai bouche bée. Je l'observai un moment avant de reprendre :

— Vous adorez ça, n'est-ce pas? Le danger sans rapport avec les affaires de famille.

Il ne répondit pas tout de suite. Ce n'était pas nécessaire, je savais que j'avais vu juste. Jeremiah avait reçu le fardeau de l'héritage paternel ; les machinations et la mort de Rufus lui avaient interdit la seule existence que le farouche jeune homme appréciait, elles l'avaient contraint à se fondre dans un moule qu'il abhorrait. Mais ce n'était que maintenant que je prenais toute la mesure du phénomène.

— Vous me rappelez votre frère, commentai-je en inclinant la tête pensivement.

Je compris aussitôt que ma remarque était une erreur en le voyant se raidir.

Il n'était pas encore prêt à accepter ce genre de comparaison, me dis-je. *Toutefois, quand le vin est tiré…*

— Écoutez, poursuivis-je en m'adossant aux oreillers, j'ai conscience que vous n'avez pas eu la vie facile. Le peu que je connais de votre vie suffit à me convaincre que ça n'a pas été une partie de plaisir. Mais j'ai une question : si vous aviez la possibilité de faire ce que vous voulez, seriez-vous encore P.-D.G. de Hamilton Industries ?

— Non.

Cette fois, la réponse avait fusé, éloquente.

— Alors, pourquoi continuez-vous ?

— Je n'ai pas le choix, maugréa-t-il, tandis que son visage se fermait. Sans moi, les sociétés seront liquidées. Mon père y a veillé : je démissionne, tout se casse la figure.

— Eh bien, laissez faire ! ripostai-je. Ou trouvez une faille juridique. Dommage que Lucas soit un criminel recherché par les autorités. Il aurait peut-être repris les affaires.

— Ce n'est pas aussi simple.

— Bien sûr. Il n'empêche, ça pourrait être une solution.

M'enroulant dans le couvre-lit, je m'assis au bord du matelas. La pièce était si exiguë que je n'eus pas à trop tendre mon bras pour attraper sa main.

— Vous avez joué les héros suffisamment longtemps, enchaînai-je. On a l'impression que votre vie se réduit à sauver le monde. Parfois, il faut aussi savoir lâcher prise.

À cet instant, on frappa à la porte.

Je me figeai, plaquant les draps sur ma poitrine. Je n'aurais jamais le temps d'enfiler quelque chose si quelqu'un décidait soudain d'entrer dans la pièce. Un doigt sur les lèvres, Jeremiah traversa la chambre à pas de loup. Il jeta un coup d'œil à travers l'œilleton puis entrebâilla la porte.

— Vous n'avez pas été suivi?

— Si c'est le cas, je les ai semés.

Je connaissais cette voix. Jeremiah s'écarta pour laisser passer son interlocuteur, et je me couvrais encore plus quand Ethan, son ancien chef de la sécurité, fit son apparition. Il s'arrêta net en me voyant, et je me sentis rougir comme une pivoine. Son regard ne s'attarda pas sur moi et il se tourna vers Jeremiah.

— Merci d'être venu, lui dit ce dernier. Des problèmes pour entrer dans le pays?

— Non, j'avais déjà un billet d'avion, donc ça n'a éveillé aucun soupçon. J'ai un entretien prévu pour un boulot de consultant en sécurité dans les environs de Londres.

Quelque chose passa entre les deux hommes dans le silence embarrassé qui suivit. Ethan avait peut-être été dans les rangers avec Jeremiah mais sa présence me mettait mal à l'aise. La dernière fois que je l'avais vu, il m'avait livrée à un tueur à gages. À sa décharge, l'assassin avait enlevé son épouse, Celeste. J'avais tout de même du mal à l'oublier. Jeremiah avait renvoyé son ancien camarade d'unité après ce coup en traître. J'ignorais si l'imposant chauve avait eu des ennuis judiciaires par la suite, mais son arrivée ici représentait une véritable surprise.

— Je ne vous aurais pas contacté si j'avais eu le choix, ajouta Jeremiah d'une voix dénuée de chaleur.

— Je le regrette. Mais bon, je suis ici, maintenant, prêt à vous aider.

— Celeste?

— Elle est toujours très en colère après moi. Nous faisons de notre mieux pour que ça s'arrange.

Jeremiah hocha la tête puis me regarda.

— Reposez-vous. Je reviens dans quelques minutes.

Je brûlai de lui dire que je méritais d'être mise au courant de ce qui se tramait. La présence d'Ethan m'en empêcha. Ce dernier se contenta d'arquer un sourcil dans ma direction. Mon statut de maîtresse attitrée du P.-D.G. de Hamilton Industries était donc officiel. Jusqu'alors, j'avais été présentée comme son assistante personnelle. En public. Ce rôle ne tenait plus dès lors que nous regagnions la sphère privée. Je ne doutais pas qu'Ethan, fin observateur, l'ai su dès le début. À présent, c'était une évidence.

Je ne pensai pas pouvoir m'endormir en raison de la menace qui pesait sur nous, mais à l'instant où je posai la tête sur l'oreiller et m'enfonçai dans le matelas, je sombrai dans un sommeil profond.

Il faut croire que la vie de criminelle en fuite en Angleterre me convenait parfaitement.

Je ne sortis pas de ma torpeur quand Jeremiah réintégra la chambre, seul, ni quand il se coucha près de moi, entièrement nu. Je dus néanmoins sentir quelque chose, car mes rêves prirent un tour érotique. J'ignore combien de temps je flottai entre monde onirique et réalité tangible, mais je m'éveillai en gémissant sous l'effet de quelque chose cherchant à me pénétrer.

J'étais couchée sur le ventre, Jeremiah avait passé un bras sous ma tête et pesait de tout son poids sur moi. Son odeur était partout. Tout en agaçant mon lobe de ses lèvres, il réitéra sa tentative de se glisser dans mon cul.

— Bon sang ! Ce que vous êtes étroite !

Sa remarque m'arracha un sourire. Pendant que je dormais encore, il avait dû généreusement nous enduire de lubrifiant, car il bougeait en moi avec une délicieuse lenteur, s'enfonçant toujours plus loin. Je redressai les hanches afin de lui faciliter l'accès, et il déposa un baiser reconnaissant sur ma nuque. Il prit son temps, allant et venant avec une langueur exquise, soucieux de profiter un maximum de l'enchevêtrement de nos corps. Sa respiration était lourde, signe de la vigueur de son excitation, qu'il me communiqua.

— J'aime vous prendre ainsi, murmura-t-il à mon oreille tout en roulant des hanches pour mieux me pénétrer. Couchée sous moi, à ma merci, prête à accomplir mes désirs.

J'aime.

C'était la première fois que je l'entendais prononcer ces mots de cette façon. J'en enregistrai la signification mais la remisai dans un coin de mon cerveau pour y réfléchir plus tard. J'étais à cet instant à la fois trop ensommeillée et trop distraite pour y songer.

— Tout ce que vous voudrez, lui répondis-je dans un souffle.

Je poussai un petit cri, car sa main s'était aussitôt faufilée le long de mon ventre pour se plaquer sur un sein et en titiller le mamelon du pouce.

— J'ai ce que je veux, là.

Je tournai la tête afin de le regarder. Dans l'obscurité, je ne distinguai que l'éclat de ses yeux.

— Je vous aime.

Il ne répondit pas. Je ne m'étais pas attendu à ce qu'il le fasse. Il accéléra le rythme, et les va-et-vient se transformèrent en coups de boutoir. J'enfouis mon visage dans les oreillers, ravie de lui procurer du plaisir. Je geignis doucement quand je sentis qu'il parvenait à l'orgasme.

— Je vous aime, Jeremiah Hamilton, répétai-je tout bas lorsqu'il jouit, les muscles de son abdomen vibrant sur mon dos.

Il se retira, m'arrachant un ultime soupir de plaisir, se blottit contre moi et m'attira à lui, son souffle caressant mon cou. Nous restâmes ainsi un long moment, le sommeil commença de nouveau à alourdir mon corps.

— Il faut que j'aille me nettoyer, chuchota-t-il avant d'embrasser ma joue.

— Encore un préservatif?

— C'est mieux ainsi. Rendormez-vous.

Il se leva et me borda. Je ne tardai pas à m'enfoncer dans un heureux et lourd sommeil. J'ai le vague souvenir de bras s'enroulant plus tard autour de moi et de lèvres me chuchotant des mots, mais j'étais trop loin pour me rappeler ce qui fut dit.

Le jour n'était pas encore levé lorsqu'un nouveau coup fut frappé à notre porte. Nous nous réveillâmes immédiatement et Jeremiah se dirigea silencieusement vers la porte tandis que j'attendais dans le lit. La pénombre ajoutait à ma nervosité.

Trois autres coups légers retentirent quelques secondes après le premier, suivis aussitôt d'un grattement. Jeremiah s'accroupit et entrouvrit le battant.

— Nous avons découvert quelque chose.

15

Dans ma vie, très rares avaient été les gens que j'avais détestés sur-le-champ. Mais le petit homme odieux qui se tenait en face de moi me répugna dès qu'il me mit la main aux fesses.

Je crus que Jeremiah allait lui arracher la tête, mais Ethan s'interposa vivement.

— Du calme. Ne nous battons pas avant d'avoir obtenu nos renseignements.

L'informateur eut un ricanement déplaisant et se faufila derrière le bar.

— T'as une jolie poulette, mon gars, dit-il à Jeremiah avant de s'adresser à moi: Un vrai mec, ça te tente pas, chérie?

J'eus la chair de poule. Ce type me rappelait les figurines de trolls dont ma mère avait décoré son bureau quand j'étais enfant. Ses oreilles et son nez étaient d'une taille démesurée, presque absurde, accentuant la petitesse de ses yeux déjà étroits. Il affichait un perpétuel sourire narquois, comme s'il était persuadé que personne n'oserait jamais s'en prendre à lui et qu'il se servait de cette certitude comme d'un avantage.

Il se versa un verre. Nous étions flanqués de deux gardes du corps. Mon regard oscillait des deux sbires à Jeremiah, qui avait déjà recouvré son calme.

— On en est à ramasser la lie au fond du tonneau? marmonna-t-il, suffisamment bas pour que seuls Ethan et moi l'entendions.

— Il est en mesure de nous aider, répondit le chauve. Ronny est une ordure, mais il a des relations.

— Hé ! protesta l'intéressé. Surveille tes paroles ! Je suis là.

— Comme si je ne le savais pas, crétin, riposta Ethan en le toisant avec dégoût.

Les deux costauds gigotèrent, l'air d'attendre un ordre de leur patron pour réagir, mais ce dernier les apaisa d'un geste.

— Je vous présente Ronny Fish, Jeremiah, poursuivit Ethan. Il prétend avoir des infos sur Alexander Rush.

Jeremiah avait l'air sceptique.

— Je vous écoute.

— Oh que non ! protesta Ronny, tout sourire, en agitant son verre dans notre direction. Ça marche pas comme ça. D'abord, on parle pognon.

— Combien?

— Un million.

— Marché conclu.

Ronny parut surpris.

— En liquide, précisa-t-il. Versement à l'avance. Et le prix vient de bondir à dix millions puisque, *apparemment*, vous êtes venu les mains vides.

Jeremiah poussa un grognement, et je posai ma main sur son bras. La tension était montée d'un cran, ce dont

Ronny ne semblait pas conscient. Il se versa un deuxième verre, qu'il but cul sec. Le pub où nous nous trouvions n'était pas encore officiellement ouvert. Il restait trois heures avant l'heure du déjeuner, ce qui nous laissait pas mal de temps sans témoins. Les hommes de main – visiblement entraînés au combat – de Ronny étaient plus grands tant de Jeremiah que d'Ethan.

Jeremiah fusilla du regard l'avorton prétentieux.

— Je suis en mesure de vous obtenir l'argent, mais j'exige les informations avant.

— Vraiment?

L'affreux glissa la main sous le comptoir, et nous nous tendîmes à l'unisson. Il n'en sortit pourtant qu'un journal, qu'il feuilleta en s'humectant les doigts, puis replia et déposa devant nous.

— Tenez mon pote, dit-il à Jeremiah. Lisez un peu les nouvelles.

Jeremiah s'empara prudemment du journal et, par-dessus son épaule, je déchiffrai le gros titre : « Un milliardaire porté disparu, ses biens confisqués pendant l'enquête en cours ». Je me tournai vers Ethan puis vers Jeremiah. Il était occupé à parcourir l'article. Son front se plissait au fur et à mesure de sa lecture, ce qui me laissa supposer que les nouvelles n'étaient en effet pas bonnes. Soudain nerveuse, je me mis à mordre l'intérieur de ma joue.

— Pas de pot, mec! reprit Ronny en saluant moqueusement Jeremiah de son verre. Puisque t'as pas de quoi me payer, inutile de discuter.

— Je vous croyais au courant, murmura Ethan à Jeremiah. Une autre solution est sûrement envisageable.

— Vous le croyez, quand il affirme pouvoir nous renseigner? souffla le cadet des Hamilton en retour.

— Je n'ai rien de mieux pour l'instant, soupira Ethan.

— Qu'est-ce que vous avez, tous ? brailla alors l'ordure. Vous êtes sourds ? Je vous ai dit de dégager !

L'un de ses gardes du corps commit l'erreur d'attraper Jeremiah par le bras. En un clin d'œil, l'homme d'affaires passa à l'action, se dégagea et plaqua l'autre contre le bar. Son collègue se ruant à la rescousse, Ethan intervint, et je m'écartai. Dans la bagarre, des tables furent renversées, des chaises balancées à travers la salle. Je m'éloignai vers la porte.

Jeremiah réussit à renverser son adversaire, tandis qu'Ethan et le sien roulaient au sol. Le bruit mat des coups assenés me faisait tressaillir, mais lorsqu'un os craqua, je fus submergée par une bouffée d'adrénaline. Je m'aperçus qu'Ethan se tenait le bras, même s'il continuait de maintenir à terre l'homme qu'il avait immobilisé dans l'étau de ses jambes. Il se servait de son membre valide pour repousser les coups que l'autre continuait à lui asséner. Me jetant dans la mêlée, j'attrapai une chaise et l'abattis sur le type.

Il parut à peine réagir à mon geste mais tenta de saisir ma cheville. Cela suffit à Ethan pour prendre le dessus. En dépit de sa blessure, il balança son poing à plusieurs reprises dans la figure de son ennemi. Malheureusement, ce dernier eut le réflexe de s'attaquer au bras endommagé, et Ethan poussa un grognement tout en tressaillant sous l'effet de la douleur. Au même moment, Jeremiah parvint à éloigner son ancien chef de la sécurité de son adversaire.

L'homme se releva et se défendit férocement, mais l'ancien ranger le boxa comme un pro avant de le désarçonner d'un coup de pied dans le genou, suivi d'un autre d'un croche-patte qui l'envoya trébucher contre une table voisine, d'où il s'affala sur le carrelage. Ethan en profita pour l'étrangler d'une clé de bras, le clouant définitivement au sol.

Jeremiah fonça sur le comptoir. Ronny, qui sembla se rendre compte seulement maintenant qu'il était sans défense, s'aplatit contre le mur derrière le bar. Il tenta de s'esquiver en direction du couloir du fond, mais Jeremiah fut plus vif et l'attrapa par les revers de sa veste.

— Mollo, mec, je ne...

Jeremiah le coucha brutalement sur le bar, tête la première, et le petit homme hurla. Son rictus railleur avait disparu. Quand il se redressa, il plaqua sa main sur son nez ensanglanté, les yeux mouillés de larmes.

— Alors, *mon pote*, grommela Jeremiah en se penchant sur le petit homme terrifié, tu es prêt à me les donner pour rien, ces infos?

— Pourquoi ai-je l'impression d'avoir déjà vu ce film?

L'adresse que Ronny nous avait fournie, après quelques *arguments persuasifs* de la part de Jeremiah, se révéla être celle d'un cottage solitaire au milieu de nulle part. Nous éloignant sans cesse de Londres, nous avions parcouru des kilomètres à travers une campagne de plus en plus reculée. La maisonnette en question était située au bout d'une longue route sinueuse sur laquelle elle avait une vue imprenable. Pas un arbre à l'horizon, même si, en certains endroits, les hautes herbes pouvaient dissimuler par endroits une voiture à l'approche. Nous avions arrêté la voiture à l'entrée de la route, et en étions sortis pour mieux observer les alentours.

— Comment être certain qu'il ne s'agit pas d'un piège? chuchotai-je.

— C'en est sûrement un.

Merci de me rassurer!

— Pourquoi y allons-nous, alors?

— Parce que c'est le seul moyen de savoir si c'est le bon endroit. Et il n'y a pas de « nous » qui tienne. J'entrerai seul dans cette maison.

— N'importe quoi, siffla Ethan d'une voix basse mais déterminée. Pas question que je vous laisse faire.

Je contemplai son bras bandé et, cyniquement, me demandai comment il allait pouvoir nous aider. J'avais déniché une trousse de premier secours dans le pub et réussis à coincer son membre dans une attelle. Il faudrait toutefois qu'il se rende à l'hôpital pour qu'on le lui soigne pour de bon. Sauf qu'il n'avait pas l'air de vouloir nous abandonner, plutôt celui de souhaiter s'exposer au danger avec autant de témérité que Jeremiah.

— J'ai besoin que vous mettiez Lucy en lieu sûr, répliqua ce dernier.

Le chauve n'en revenait pas.

— Vous me la confiez après ce que j'ai fait la dernière fois?

Jeremiah le regarda droit dans les yeux.

— Y a-t-il quelque chose que je doive savoir maintenant et qui m'empêcherait de le faire?

— Non, répondit Ethan en regardant brièvement son bras blessé.

— Notre cible exerce-t-elle un chantage sur vous? Êtes-vous de mèche avec elle?

— Non.

Jeremiah parut hésiter un instant, puis il assena une claque vigoureuse sur l'épaule de son ancien compagnon d'armes.

— Vous recommencez un truc pareil, et je vous tue! promit-il.

— Le contraire m'étonnerait, rigola doucement Ethan.

Je poussai un soupir agacé. *Les hommes*...

— Tout cela est très émouvant, lâchai-je, acide, mais je ne quitterai pas Jeremiah d'une semelle.

— Oh que si! rétorqua l'intéressé.

— Oh que non! insistai-je. Écoutez, me dépêchai-je d'ajouter avant qu'il ne déploie en argumentation une logique contre laquelle je serais impuissante, je suis autant que vous dans la ligne de mire. S'il y a bien un message que cette rencontre flippante à l'aéroport m'a transmis, c'est que je suis maintenant dans le bain jusqu'au cou. Et puis, je ne serai jamais autant en sécurité qu'avec vous.

— Comme ça, il pourra faire d'une pierre deux coups?

— Vous préférez que je meure parce que la voiture aura explosé pendant que vous fouillerez le cottage?

Voilà qui eut le don de lui intimer le silence pendant quelques instants, au cours desquels je crus presque voir tourner les rouages de son cerveau. La patience était une qualité que m'avait apprise la fréquentation de Jeremiah... Néanmoins, j'avais en cet instant bien du mal à contenir mes émotions. Je pris sa main dans la mienne.

— Pourquoi impliquer Ethan? réattaquai-je. Il essaie encore de se réconcilier avec Celeste et, d'après ce que semblent en savoir les autorités, Alexander n'a pas fait le lien avec lui. Souhaitez-vous donc qu'ils deviennent également des cibles, lui et sa femme?

Près de moi, l'ancien ranger remua.

— Je vous suis redevable, maugréa-t-il, s'adressant manifestement à Jeremiah.

— Pas à ce point, objecta celui-ci en désignant le bras bandé. Vous allez devoir vous en occuper très vite.

— J'ai connu pire, vous êtes bien placé pour le savoir.

— C'est vrai, admit Jeremiah avant de tendre le menton en direction de la maisonnette. J'ignore ce qui se trame ici, mais il est clair qu'il faut aller voir.

— Je ne peux pas vous laisser y aller seul, protesta Ethan en soutenant le regard de son ami.

— Je sais. Mais je dois le faire.

Ethan serra les poings et contempla le bâtiment.

— Si vous mourez là-dedans, je ne vous pardonnerai jamais, finit-il par soupirer.

— Et bien, moi, je vous pardonne, si ça vous soulage.

— Ouais, marmonna Ethan en se tassant légèrement. Ça aide. Un peu. Faites attention à vous, ajouta-t-il ensuite en nous dévisageant l'un après l'autre. Vous voulez que je vous laisse la voiture?

Jeremiah secoua la tête, et nous observâmes l'ancien chef de la sécurité qui remontait dans le véhicule et s'éloignait.

— Elle nous aurait été bien utile, murmurai-je en envisageant à regret la longue route que nous devions parcourir jusqu'à la maison.

— Elle aurait surtout permis à tout occupant du cottage de nous repérer. Si ce n'est pas déjà fait, s'entend.

— Bon, comment procède-t-on? On y va direct?

— Non. Vous, vous restez ici et moi, j'y vais.

— Des clous! fulminai-je.

Il m'adressa un sourire moqueur.

— Est-ce que, par hasard, vous auriez été entraînée à vous faufiler jusqu'à un endroit à découvert sans qu'on vous aperçoive?

— Ben… non. De toute façon, qu'est-ce qu'on fiche ici. Si vous estimez qu'il s'agit d'un piège, en quel honneur voulez-vous vous jeter dedans la tête la première?

— La fuite n'est pas une solution. Il continuera de nous traquer, il aura même toujours une longueur d'avance sur nous, et nous mourrons sans même nous en rendre compte. En revanche, si nous acceptons de jouer à son petit jeu malsain, on peut espérer qu'il dérape et nous offre ainsi l'occasion de le battre.

— C'est le raisonnement le plus stupide… râlai-je.

J'avais beau ne pas vouloir qu'il agisse seul, je ne tenais pas tellement non plus à me rendre jusqu'à la maisonnette. Je soupirai.

— Qu'est-ce que je fais si quelqu'un descend le chemin? demandai-je d'une voix ironique. Je me planque dans les herbes? Je me débrouille pour imiter un rocher et je croise les doigts pour que ça marche?

Jeremiah me fixa un long moment puis, à mon immense surprise, m'enlaça.

— Tout va bien se passer, me rassura-t-il.

Ce ne fut que dans ses bras que je pris conscience de la *terreur* qui m'habitait. Soudain, tout remonta à la surface: la bagarre qui avait eu lieu un peu avant, notre fuite, notre planque, les vols qui nous avaient conduits jusqu'ici. J'avais plutôt bien tenu le coup mais, là, sur cette piste du fin fond de l'Angleterre, j'eus soudain envie que le cauchemar cesse afin de pouvoir pleurer tout mon soûl. Le refuge de cette étreinte était un leurre, ce que je haïssais.

Non! Tu ne vas pas craquer maintenant.

J'échappai aux bras de Jeremiah, le souffle court. Même si j'avais du mal à le reconnaître, il avait raison: je n'étais pas faite pour ça.

— Bien, cédai-je avec raideur, je vais attendre ici en tâchant de rester hors de vue.

Plus facile à dire qu'à faire, sur ce contrefort de colline dénudé. Mais bon, je me débrouillerais. Jeremiah m'embrassa sur le front.

— Je ne tard…

Soudain, une voiture prit le virage à vive allure. Jeremiah me poussa dans son dos, tandis qu'un second véhicule arrivait en sens inverse et s'arrêtait pile devant nous. Plusieurs personnes, hommes et femmes confondus, en descendirent.

— Pas un geste !

D'autres véhicules apparurent à leur tour. Nous nous étions pétrifiés. Nous tenant en joue, les arrivants se rapprochèrent. Très lentement, Jeremiah leva les mains en l'air et je l'imitai.

Mon compagnon fut menotté en premier. Une fois qu'il fut réduit à l'impuissance, ce fut mon tour. Les bracelets de métal mordirent dans la chair de mes poignets, et je pinçai les lèvres afin de retenir un cri. Je fus ensuite plaquée contre l'une des voitures. À cet instant, une portière s'ouvrit sur une femme brune que nous ne connaissions que trop.

— Je vous avais bien dit que je vous trouverais, monsieur Hamilton.

— Agent Gautier, nous devons…

— Plus un mot, je vous prie ! le coupa-t-elle avant de s'adresser à ses collaborateurs : Faites-les monter dans une voiture et annoncez à Felix que nous arrivons.

Ainsi, je semblai être destinée à finalement entrer dans ce cottage, lequel se révéla être ni aussi pittoresque ni aussi effrayant que je me l'étais imaginé.

Les agents d'Interpol s'affairaient fébrilement. L'intérieur, moderne, était beaucoup trop petit pour accueillir autant d'occupants, mais ça ne gênait personne, visiblement. Toujours attachés, Jeremiah et moi fûmes assis d'autorité sur un canapé avant d'être oubliés là. Nous ne bronchâmes pas afin de ne pas attirer l'attention sur nous. Malheureusement, rien n'aurait pu distraire Marie de son objectif quand elle se planta devant nous.

— Avez-vous la moindre idée du *bazar* que vous laissez dans votre sillage, *où que vous alliez*, monsieur Hamilton? Devinez un peu ce que nous avons découvert sur votre dernier lieu de résidence? L'un de mes homme, inconscient, pendant que l'autre s'était tiré une balle dans la tête avec sa propre arme.

Je me souvins de la peur que j'avais lue dans les yeux de l'agent blond quand il avait mentionné le kidnapping de sa famille. Marie faisait les cent pas devant nous, et ses talons plats martelaient le plancher.

— Il nous reste à mettre la main sur les siens afin de leur annoncer la triste nouvelle, enchaîna-t-elle, très agacée.

Le cœur comme transpercé par un éclat de glace, je me mis à trembler. Jeremiah se colla à moi et, d'une bourrade de l'épaule, me fit comprendre qu'il était là. Malheureusement, Marie n'en avait pas fini avec nous :

— Pendant que vous baguenaudiez dans la campagne à faire vos petites blagues, nous avons remué ciel et terre afin de localiser notre dingue avant qu'il frappe de nouveau.

— Il n'en a qu'après les Hamilton, intervint Jeremiah.

— C'est peut-être ce que vous pensez, mais, pour autant que je sache, jusqu'à présent, aucun de vous n'a été touché.

Marie cessa d'arpenter la pièce et serra les poings, non sans nous foudroyer du regard.

— En revanche, enchaîna-t-elle, j'ai sur les bras un agent décédé ici et plusieurs morts à Dubaï. Combien d'autres victimes lui faudra-t-il encore avant qu'il n'atteigne ses prétendues « cibles » ?

— Je ne réclame aucun traitement de faveur, protesta Jeremiah.

Il tenta de se lever, mais deux agents se postèrent derrière lui et le firent se rasseoir.

— Écoutez, plaida Jeremiah, nous sommes certains qu'il nous cherche. Il suffit de l'amener à se découvrir.

L'agent Gautier balaya la suggestion d'un revers de la main.

— Sans intérêt. Dites-moi plutôt : comment avez-vous déniché cet endroit ? Qui vous a dit de venir ici ?

Jeremiah hésita, Marie en profita :

— Vous avez été renseignés. Par qui ?

— On nous a seulement laissé entendre qu'Alexander serait ici.

Marie sursauta et cilla, déroutée.

— Ah bon ? Mais pourquoi...

— Mon cher petit frère ! Voyez qui est là pour me sauver des affres d'une existence minable !

Pivotant sur moi-même, je découvris alors Lucas qui, un immense sourire aux lèvres, paraissait parfaitement à l'aise dans le marasme ambiant. La surprise affichée par Jeremiah se mua promptement en irritation, tandis que son aîné se pavanait. Il se planta près de Marie, qu'il ignora complètement, et ouvrit grand les bras.

— Bienvenue en enfer ! s'écria-t-il.

— Loki, gronda la policière, vous n'êtes pas censé traîner dans le coin !

— Vous voyez ce que je dois endurer à chaque minute de la journée, se plaignit Lucas avec un sourire pincé.

Franchement, les lieux sont splendides, mais les colocataires craignent! On dirait la maison de vacances que j'ai toujours voulu éviter.

S'affalant sur le canapé à côté de son frère, il le prit par les épaules.

— Je t'en supplie, dis-moi que tu as apporté de quoi manger!

Heureusement que nous étions encore menottés, car Jeremiah montrait tous les signes d'une indicible envie d'étrangler son aîné. Ce qui n'empêcha pas ce dernier de remuer le couteau dans la plaie. Se levant, il nous enlaça tous les deux et lâcha:

— La famille de nouveau réunie! Pour un peu, j'en aurais la larme à l'œil!

Quelque chose dans ses paroles me donna la chair de poule.

— Jeremiah? soufflai-je. Vous vous souvenez d'avoir utilisé l'expression « d'une pierre deux coups » ?

Toutes les têtes se tournèrent vers moi, y compris celle de Marie. Je dévisageai les personnes présentes tour à tour puis m'adressai à mon voisin:

— Nous sommes tous ici, au même endroit, celui où Alexander lui-même est censé...

Marie fut la première à afficher une expression révélant qu'elle venait de comprendre. Si mon cerveau refusait d'admettre la logique de la situation, le sien l'appréhenda immédiatement. Elle aboya une rafale d'ordres, et ses collègues cessèrent de s'affairer.

— Libérez-les!

Un agent lança une clef à Lucas, qui entreprit de déverrouiller nos menottes – d'abord celles de son frère, puis les miennes. Jeremiah sauta sur ses pieds. Lucas m'aida à me remettre sur les miens.

— Sortons d'ici ! Tout de suite !

Ce fut alors que tout explosa.

16

Le réveil fut douloureux.

Je restai plongée un très long moment dans une stupeur cotonneuse, incapable de saisir la réalité, avant de recouvrer enfin mes esprits. J'avais mal partout, comme si une équipe de joueurs de rugby m'avait plaquée au sol, encore et encore. Allongée par terre, je dressai l'inventaire de la multitude de mes petites douleurs avant d'oser bouger ne serait-ce que de quelques centimètres.

Lorsque ma jambe ne réagit pas, je compris que c'était grave. Un objet lourd pesait dessus, mais dans l'obscurité, j'étais incapable de distinguer ce que c'était. Le mélange de poussière et de fumée dans l'air ambiant me fit tousser. Mon cerveau donnait l'impression de ne pas pouvoir envisager la situation au-delà de son inconfort. Le moindre effort pour le pousser à s'activer déclenchait des élancements dans mon crâne.

Immobilisée, je fermai les yeux et me concentrai sur ma respiration. Malgré la sensation d'oppression, comme si mes poumons étaient chargés d'un trop-plein de particules, respirer était tout ce que pouvais faire pour l'instant.

Lorsque des quintes de toux me secouaient, la douleur irradiait tout mon corps, particulièrement au niveau de ma jambe coincée.

Jeremiah. Un souvenir flottait à la surface de ma mémoire, lointain. Je discernais le visage familier d'un homme aux prunelles vertes, mais tenter d'y songer plus avant aiguisait ma souffrance. Je serrai encore plus fort les paupières, des larmes roulaient sur mes joues, séchant presque instantanément dans la couche de poussière qui recouvrait ma peau.

D'une main, je parvins toutefois à tâtonner alentour. Mes doigts heurtèrent une forme qui s'agita. Un grognement résonna dans l'espace clos, signe que quelqu'un reprenait conscience.

— Ça va? demandai-je.

Je n'avais plus de voix, et ce fut une sorte de croassement qui sortit de ma bouche. La réponse tarda à venir.

— Lucy?

La voix me remit en mémoire son insouciant et désinvolte propriétaire.

— Lucas? Que s'est-il passé?

— Sais pas. Attendez.

Je l'entendis bouger et gémir. Puis la lumière d'un écran de téléphone portable jaillit, braquée sur moi, et je dus plisser cligner les paupières. Une main en visière, j'inspectai les alentours. De grosses poutres en bois soutenaient des débris à moins de trente centimètres de ma tête.

— J'aurais préféré ne pas savoir ce qui m'écrasait, murmurai-je avec abattement.

— Sans blague.

Le silence ambiant avait dû aiguiser mon ouïe, car il me sembla percevoir des voix en dépit de la douleur lancinante qui martelait mon crâne. Lucas aussi, j'imagine, car il ajouta :

— Les secours arrivent.

— Si fatiguée, soufflai-je.

Je refermai les yeux, envahie par une irrépressible léthargie.

— Hé ! Ne vous endormez pas maintenant ! Attendez qu'on nous sorte de là. Si ça se trouve, vous avez une commotion cérébrale.

Les avertissements de Lucas résonnaient sèchement dans l'espace exiguë où nous nous trouvions. Malgré mes efforts pour résister au sommeil, la torpeur gagnait progressivement du terrain, alourdissant mon corps. Je tendis le bras.

— Lucas ?

Je crus sentir un contact et entendre des mots chuchotés à mon oreille avant de sombrer.

Quand je me réveillai, des lumières trop vives pointaient directement sur mes yeux, les transperçant comme des clous qu'on aurait plantés dans ma rétine. Je les chassai d'un faible revers de la main, et elles s'écartèrent. On discutait autour de moi. Peu à peu, je réussis à me concentrer sur le monde environnant, et les paroles prononcées commencèrent à prendre un sens.

— Je vous répète que nous ne pouvons pas retourner dans vos bureaux.

— C'est notre seule solution dans l'immédiat. Nous ne sommes pas équipés pour faire face à pareille situation.

J'identifiai l'accent de Marie, devinai qu'elle était soumise à une très forte pression.

— Sauf que c'est exactement ce qu'il attend de nous, vous ne comprenez donc pas ? Si nous agissons ainsi, nous tomberons droit dans un autre piège.

— Je croyais pourtant que c'était ce que vous vouliez faire, au départ.

La conversation s'interrompit. Jeremiah s'approcha aussitôt de moi. S'agenouillant, il prit ma main dans la sienne.

— Comment allez-vous ? s'enquit-il avec tendresse, ses doigts caressant le dos de ma main.

Je voulus hausser les épaules.

— Ouille !

Bon sang, qu'est-ce que j'avais mal ! Même respirer était douloureux. Mon geste eut cependant le don de tranquilliser un peu Jeremiah. Je tentai de déplacer ma jambe. Une nouvelle vague de douleur me submergea, et je m'empressai de rester tranquille.

— Ma cheville, soufflai-je.

— Vous avez été coincée sous la solive principale du toit. Il nous a fallu un bon moment pour libérer votre jambe.

— Et Lucas ? Il va bien ?

— Lucas au rapport et en un seul morceau ! lança l'intéressé. Enfin, presque.

Tournant la tête, je le vis clopiner vers moi. Il se tenait le ventre et se déplaçait lentement, mais son éternel sourire étincelait dans la pénombre. À son tour, il s'accroupit près de moi.

— Alors ? Cette jambe ?

Rassemblant mon courage, je bougeai les orteils puis inclinai très légèrement le pied. Je constatai qu'il était raide et enflé. La douleur se rappela à mon bon souvenir, sauf que, cette fois, je m'y attendais.

— Elle a été en meilleur état, ironisai-je.

— Bien dit, ma belle ! s'esclaffa Lucas.

La pression autour de mes doigts s'accentua, et l'aîné des Hamilton fixa Jeremiah. Ses mots avaient immédiatement ravivé la tension entre les deux frères, et je poussai un vague grognement agacé. Lucas prit la sage décision de s'écarter.

— Savez-vous comment ça s'est produit? demanda-t-il à Marie. Était-ce une roquette? Une grenade? Une bombe installée avant notre arrivée?

Marie s'appuyait lourdement sur un tasseau brisé qui lui servait de canne.

— Mes hommes sont en train de faire des recherches. Malheureusement, la plupart de notre équipement a été détruit dans l'explosion.

Elle s'exprimait d'une voix rauque, comme si elle avait inhalé de la fumée ou braillé des ordres toute la nuit.

— Par ailleurs, poursuivit-elle, nous n'avons pas assez de lumière pour mener une fouille approfondie, et nous devons nous occuper de nos blessés.

— En tout cas, nous ne pouvons pas rester ici.

— Je sais, merci, monsieur Hamilton! riposta-t-elle, peu amène.

À cet instant, un homme s'approcha d'elle et lui dit quelques mots à l'oreille. Elle s'éloigna en boitillant. Ma migraine était en train de s'atténuer – pas assez vite à mon goût. Je laissai retomber ma tête contre le bras de Jeremiah. J'étais plutôt contente qu'il fasse sombre, je devais être affreuse à voir.

— Que s'est-il exactement passé? murmurai-je. Je me souviens qu'on m'a retiré mes menottes puis d'un bruit énorme. Une explosion?

— Trois, en vérité, grommela-t-il. Tout a été parfaitement calculé pour que la maison s'écroule sur nous.

Comme si aucune personne en particulier n'était visée mais qu'on cherchait à faire un maximum de victimes.

— Pourrais-je avoir un peu d'eau, s'il vous plaît? demandai-je en fermant de nouveau les yeux.

Lucas devança son frère.

— Je m'en occupe.

Se redressant avec raideur, il s'éloigna dans la pénombre. Entre la douleur à ma cheville, mon abominable mal de tête et l'idée qu'un fou en voulait à ma peau, j'avais du mal à retenir mon envie de fondre en larmes.

— Mais vous, repris-je en serrant ses doigts, ça va?

— Je n'ai pas à me plaindre. Le canapé m'est retombé dessus et m'a protégé des plus gros effets des déflagrations.

Imaginant la scène, j'eus un petit sourire.

— Vous avez été attaqué par un divan?

— Que ce petit secret reste entre nous, d'accord? Quoi qu'il en soit, et même si le pire m'a été épargné, j'ai passé un mauvais moment quand je n'ai pas réussi à vous retrouver.

Sa manière d'exprimer son inquiétude fit monter une grosse boule dans ma gorge. Je serrai sa chemise entre mes doigts.

— J'aimerais tant que tout cela soit terminé, soufflai-je.

Avec un soupir, il posa sa paume sur mes cheveux et embrassa mon front.

— Comme je vous comprends, acquiesça-t-il à mi-voix.

Je ne pus m'empêcher de me demander si cela allait suffire à nous sauver.

— Je dois absolument contacter mes hommes.

— Et moi, je vous répète que ça pourrait être une très mauvaise idée!

Des éclats de voix étouffés qui me tirèrent de la somnolence pour la troisième fois ce jour-là. S'il faisait toujours sombre, je distinguai des lampes puissantes qui illuminaient un carré d'herbe à côté des ruines de la maison. J'étais désormais couchée sur un lit de camp, et une veste pliée me servait d'oreiller. Ma migraine s'étant enfin envolée, je m'assis prudemment, histoire de localiser les autres sources de la douleur irradiant dans mon corps. Ma cheville était immobilisée par une attelle, et une béquille attendait près de moi.

Je posai les pieds par terre et attendis un moment avant de prendre le risque de me lever. Ma première tentative se solda par un violent élancement dans la jambe qui m'arracha quelques jurons étouffés. Je réitérai l'opération, en veillant cette fois-ci à ne m'appuyer que sur ma bonne cheville et à utiliser le lit comme soutien. Je ramassai la béquille, la glissai sous mon aisselle et entrepris de boitiller en direction de la lumière.

Je n'étais pas la seule à avoir été blessée. Plusieurs personnes, dont certaines arboraient des vêtements souillés de sang et des pansements maculés, étaient installées sur d'autres lits de camp alignés le long d'un des murs du cottage. À la lisière du cercle lumineux, d'autres encore étaient allongées à même le sol, roulées dans des couvertures. Une main pâle dépassait de l'une d'entre elles, et je compris qu'il s'agissait des morts.

Je détournai le regard en frissonnant.

La lampe allumée un peu plus loin, bien que forte, dessinait des ombres inégales alentour. Je claudiquai vers les voix qui me parvenaient. On se disputait.

— Monsieur Hamilton, malgré tout le respect que je porte à votre expertise dans certains domaines, ma priorité est de mettre mes équipes et vous-même en sécurité.

— Sauf qu'il est trop dangereux d'utiliser vos réseaux de communication. Nous devons nous débrouiller sans recourir à un quelconque moyen extérieur.

— On en sait plus sur ce qui s'est passé? chevrotai-je.

Bien que ma voix ait pris des allures de croassement rocailleux, je réussis à attirer l'attention des deux belligérants. Si Marie décida de m'ignorer en s'adressant à l'un de ses agents qui s'était approché, Jeremiah se précipita vers moi et m'enlaça.

— Comment vous sentez-vous? s'enquit-il, oubliant visiblement tout de sa conversation avec l'agent d'Interpol.

— Fatiguée. Et j'ai l'impression d'avoir une cheville cassée. Elle est cassée, non?

— Quand je l'ai bandée, la peau était violette. Ce n'est pas bon signe. Malheureusement, nous ne serons sûrs de rien tant que nous ne vous aurons pas emmenée à l'hôpital.

Je frémis. J'étais handicapée, *inutile.*

— Qu'est-ce qu'on fait, maintenant?

— Il faut que nous filions. Ils n'ont pas réussi à déterminer l'origine des déflagrations. Autrement dit, ils ignorent si une nouvelle bombe ne risque pas d'exploser. Pour l'instant, nous sommes des cibles trop faciles. Je n'ai confiance dans aucun moyen de communication ni appareil électronique, il est très simple de nous localiser grâce à eux. Même leurs fichues bagnoles sont équipées de GPS!

— Mes collaborateurs sont en train d'en retirer deux, intervint Marie. Nous pourrons transporter les blessés pendant que nous réparons le troisième véhicule.

Jeremiah balaya ces explications d'un signe du menton.

— Il peut encore nous surveiller depuis le ciel, objecta-t-il. Je n'ai repéré aucun tunnel alentour qui nous permettrait de nous protéger des satellites. Or, nous devons partir du principe qu'il les surveille également.

Marie soupira.

— Sommes-nous seulement certains que c'est bien Rush qui est derrière tout ça?

— Pardon? tressaillit Jeremiah, l'air furieux. Qui d'autre, à votre avis?

Dans notre dos, quelqu'un se racla la gorge.

— Il se trouve que je me suis fait quelques ennemis, ces derniers temps.

Lucas nous gratifiait de son sourire désinvolte.

— Figurez-vous, Lucy, qu'après qu'ils vous ont cueillie à l'aéroport de Londres, j'ai été obligé de me donner en spectacle pour attirer l'attention de cette charmante dame.

Je sursautai.

— Oui, oui, j'étais présent, continua-t-il. Franchement, ajouta-t-il à l'intention de Marie, qui serrait les lèvres, vos hommes ont mis des heures à me repérer!

— Vous n'étiez pas pour autant obligé de frapper un agent de sécurité, répliqua l'interpellée en s'efforçant de ne pas remarquer le sourire narquois du trafiquant d'armes.

— Ce ne serait pas arrivé s'il avait été poli, se défendit ce dernier en battant innocemment des cils.

— Loki nous a fourni des renseignements, enchaîna la femme. D'où les photos que je vous ai montrées. Il nous aide à identifier certains des acteurs de… son domaine d'activité.

— Le fameux M. Smith de Jamaïque? demandai-je à Lucas.

Je n'avais pas oublié l'homme élégant et serein sur le port. S'il ne m'avait pas semblé très dangereux sur le moment, je me souvenais de l'éclat apeuré dans les yeux de Niall et je me doutais qu'il n'était pas du genre à passer l'éponge sur une trahison.

— Pensez-vous qu'il soit déjà au courant? insistai-je.

Un muscle tressaillit sur le visage de Lucas, même s'il ne se départit pas de son sourire.

— J'en suis même certain, répondit-il. Voilà pourquoi je ne jurerais pas que Rush est derrière ces explosions.

— Tu collabores avec les flics? intervint soudain Jeremiah.

Son aîné se tourna vers lui en haussant un sourcil devant son ton plus que dubitatif.

— Et alors? riposta-t-il. Ton grand frère n'a donc pas le droit d'être un héros lui aussi? Tu pensais avoir ce monopole? Ça ne m'étonnerait guère, remarque.

— On nous a orientés sur cette maison, repris-je en suivant le cours de mes réflexions. Le responsable est forcément celui qui a posé ces bombes!

— Non, dit Marie. Le hasard a pu jouer. Ou une complicité, l'idée étant de faire d'une pierre deux coups... Excusez-moi.

L'un de ses collaborateurs venant de l'appeler, elle se fondit dans l'obscurité.

Près de moi, Lucas frissonna.

— Je ferais mieux d'aller me reposer, annonça-t-il.

Ce ne fut qu'alors que je constatai qu'il était presque plié en deux.

— Vous allez bien? m'exclamai-je.

J'avançai d'un pas, mais il m'arrêta d'un geste.

— Oui. J'ai juste besoin d'un peu de sommeil. À plus.

Il jeta un coup d'œil à Jeremiah, et un coin de sa lèvre se retroussa en un rictus moqueur. Puis il s'éloigna en boitillant vers l'un des lits de camp, un bras sur le ventre. Il avait l'air de souffrir vraiment. J'aurais aimé lui venir en aide, mais j'étais moi-même blessée et que je ne lui aurais pas été d'un grand secours. Les cadavres entreposés à la lisière du cercle lumineux me revinrent à l'esprit, et je me collai à Jeremiah.

— Je n'ai confiance en aucun d'eux, marmonna-t-il, le front plissé.

Je caressai son bras afin de l'apaiser.

— Et vous avez peut-être raison, chuchotai-je, mais avons-nous le choix?

— Non, aucun.

J'appuyai ma tête sur son torse, profitant de sa chaleur.

— Ils sont tous d'Interpol? m'enquis-je.

— Non. Ils ont appelé des renforts. Il y a aussi des flics locaux. Le bureau anglais des crimes majeurs est là, et j'ai aperçu quelques badges de l'OTAN sur des gars et du matériel. Je ne serais pas étonné qu'il y ait aussi des équipes de la CIA. Rush a réussi à devenir l'ennemi public numéro un, et nous sommes pris au milieu d'une affaire qui nous dépasse largement.

Il était dur comme la pierre, tendu comme un arc. Un véritable lion en cage qui cherchait quelque chose ou quelqu'un à attaquer. Malheureusement, aucun ennemi n'était en vue pour l'instant, même si le danger continuait à nous guetter. Jeremiah vibrait littéralement sous les efforts qu'ils déployaient pour se contenir.

Je passai une main dans ses cheveux, et il se détendit un peu. Baissant les yeux, pris mon menton dans sa main.

— Jamais je ne vous aurais frappée, murmura-t-il.

Ce brusque changement de sujet me dérouta. M'écartant, je l'observai attentivement.

— Je n'en doute pas, répondis-je.

Si je l'avais plusieurs fois craint, jamais je n'avais redouté qu'il porte la main sur moi.

— À l'hôtel Almasi… quand j'ai tenté de vous attraper et que vous… avez reculé…

Il s'interrompit pour scruter les ténèbres, reprit :

— Mon père…

Vu ce que je savais des Hamilton, toute phrase commençant par ses mots n'augurait rien de bon. Le plus doucement possible, posant l'index sur sa joue, je ramenai son visage face au mien. Bien qu'il ne fronce plus les sourcils et malgré les ombres, je distinguai parfaitement le chagrin qui ravageait ses traits.

— En dépit de toutes nos disputes, soufflai-je, je n'ai pas un instant songé que vous pourriez me faire du mal.

Mes paroles n'eurent cependant pas l'air d'avoir beaucoup d'effet.

— J'aurais pu, pourtant, chuchota-t-il. Ça aurait été si facile.

— Ça n'a pas été le cas ! m'exclamai-je avec une véhémence qui, cette fois, réussit à le tirer de ses pensées moroses. Vous m'avez blessée avec vos mots, certes, mais vous étiez submergé par votre souffrance. Et puis, quand bien même vous auriez mis vos menaces à exécution…

Je me tus et me mordis les lèvres. Les plaies étaient encore trop fraîches pour évoquer ces souvenirs. Il faudrait attendre que je sois en mesure de les affronter.

— Écoutez, poursuivis-je, nous avons tous les deux commis des erreurs. Le chemin du pardon sera long.

— Peut-être.

— Jeremiah, insistai-je, j'ignore les détails de votre enfance, mais je crois connaître l'homme que vous êtes devenu.

Comme il se détournait de nouveau, je boitillai de façon à me placer en face de lui et nouai mes doigts autour de sa nuque. Il me fixa, silencieux. Inexplicablement, des larmes perlèrent à mes paupières, et je les retins avant de continuer :

— Vous êtes quelqu'un de formidable. Et malgré les épreuves que nous avons traversées, je suis heureuse que vous soyez entré dans ma vie.

Il s'entêta dans son silence, ce qui ne m'empêcha pas de soutenir son regard intense. Ses prunelles luisaient faiblement dans l'obscurité. Il m'était impossible de deviner ses pensées, mais je m'en moquais. Il finit par se racler la gorge et détourna la tête.

— Nous ferions mieux d'aller voir comment les autres s'en sortent, souffla-t-il.

Si j'avais compté sur une déclaration réciproque de sa part, j'en étais pour mes frais. Heureusement, je n'étais plus aussi naïve. Je me contentai de lever les yeux au ciel et de soupirer.

— Serez-vous assez galant pour aider une fille estropiée ?

Il m'offrit son bras. Je lui confiai ma béquille, le saisi par la taille et le serrai fort contre moi. J'avais encore bien des choses à lui dire, ce serait pour plus tard. Pour le moment, nous avions d'autres urgences à régler. Appuyée contre lui, je claudiquai jusqu'au reste du groupe.

17

— Avons-nous la moindre idée de notre destination ?

— Aucune. L'idée générale, le consensus, si vous préférez, c'est que nous ne pouvions nous attarder plus longtemps là-bas.

Je regardai Lucas qui, tout près de moi, se tenait à côté d'une des grosses camionnettes garées devant les ruines du cottage. Malgré la lumière faiblarde, je distinguai un filet de sueur qui dégoulinait le long de son visage. Sa peau blême luisait, et il s'appuyait lourdement sur le capot du véhicule.

— Ça va ? m'enquis-je.

— Frais comme un gardon, répondit-il en me lançant un coup d'œil. Au moins, moi, je ne boite pas.

En rougissant, je tripotai ma béquille et m'efforçai d'ignorer ses sarcasmes.

— Est-ce vous qui m'avez libérée de sous cette poutre ?

— Autant que possible, oui, éluda-t-il avant de montrer ma cheville. Vous arrivez à poser le pied par terre ?

Me redressant, j'essayai. Lentement. La douleur se manifesta aussitôt, moins violente qu'auparavant cependant. Je repliai le genou et, de nouveau, m'en remis au soutien de la canne.

— Vaguement, conclus-je.

— C'est bon signe. Avec un peu de chance, il ne s'agit que d'une entorse ou d'un hématome dû au poids de la solive.

Il se tut. Quelques minutes s'écoulèrent. Ce silence ne lui ressemblait pas.

— Vous avez vraiment mauvaise mine, insistai-je.

L'obligation de me répondre lui fut épargnée par l'arrivée de Marie et Jeremiah. Ce dernier foudroya son frère du regard, et je m'adossai à lui afin d'apaiser sa jalousie. Il me serra contre lui. La force de sa prise autour de mes épaules m'informa sur son degré de tension.

Marie ouvrit la portière côté passager de la première voiture. Afin d'éviter d'être repérés, ses agents avaient retiré les ampoules des plafonniers intérieurs. Elle balaya l'habitacle du faisceau de sa lampe électrique comme si elle effectuait une ultime vérification.

— Deux véhicules sont prêts à partir, annonça-t-elle. L'un des miens a été endommagé par la déflagration. Mes hommes sont en train de le réparer. Nous devons mettre nos blessés en sécurité.

— Avec ou sans lumière et phares, il nous retrouvera, objecta Jeremiah.

— C'est un risque à courir, répliqua Marie. J'ai des hommes dont l'état réclame des soins, et Lucy a peut-être la cheville cassée.

Je tressaillis, mécontente qu'elle se serve de moi pour obtenir le consentement de Jeremiah, mais ce dernier finit par acquiescer.

— Cette fourgonnette servira donc au transport des blessés, décréta-t-il. Qu'ils embarquent.

Marie opina avant de faire un geste dans la pénombre. Plusieurs hommes apparurent, certains en soutenant d'autres. L'un après l'autre, ils prirent place dans les voitures. Pas un mot ne fut prononcé, seuls quelques soupirs et petits cris étouffés trahissant la souffrance des blessés. Jeremiah se détacha de moi.

— Venez, je vous aide à vous asseoir.

Je me pliai à sa volonté. Quand je fus installée, il glissa la béquille sur mes genoux. Je m'attendais à ce qu'il me rejoigne, au lieu de quoi, il fit glisser la portière coulissante de l'autre côté de la voiture afin de permettre à d'autres blessés de monter.

— C'est vous qui conduisez? lançai-je en attachant ma ceinture.

Au lieu de me répondre, il apostropha Lucas:

— Donne-nous un coup de main!

— Jeremiah? repris-je d'uns voix ferme. Vous nous accompagnez, n'est-ce pas?

— Ça n'en a pas l'air, dit Lucas sans broncher de son poste près du capot. J'ai plutôt l'impression qu'il compte rester ici pour jouer les héros.

Non! Je me tournai vers Jeremiah. Mais l'obscurité m'empêcha de distinguer son visage.

— C'est vrai? m'étranglai-je.

Comme il gardait le silence, je le tirai par la manche.

— Vous ne venez pas?

— Je vous rejoindrai très vite, maugréa-t-il avec réticence. Juste le temps d'aider avec la troisième voiture. Nous vous rattraperons.

— Vous allez en avoir pour longtemps?

— Pas trop, je pense. La priorité, ce sont les blessés.

Je veux rester avec vous. Les mots restèrent coincés dans ma gorge. Je fus soudain submergée par l'angoisse, ma respiration devint pénible. J'avais beau ne pas être du genre à supplier, j'envisageai cette fois de le faire. Mais je me contentai finalement de le fixer, tandis qu'il aidait les derniers passagers à monter.

— Et le deuxième véhicule? demandai-je.

— Il est déjà plein et transporte aussi le matériel resté utilisable. Les chauffeurs prendront des routes différentes, au cas où, mais vous devriez arriver à destination à peu près au même moment.

Il referma la portière, passa la tête par la vitre ouverte.

— Dès que la troisième voiture sera prête, nous vous rejoindrons, répéta-t-il.

Je compris qu'il était hors de question de le faire changer d'avis. Je n'en eus que plus envie de l'enlacer. Le danger était réel. Qui pouvait dire ce qui nous menaçait? Consciente qu'exprimer mes doutes et mes craintes ne serviraient à rien, je les ravalai.

— Soyez prudent, murmurai-je en posant une main tremblante sur son bras.

S'emparant de mes doigts, il les embrassa. Si près de lui, en cet instant, je lus sur son visage sa gratitude et son approbation. Il était fier de ma réaction. Je fis courir mon index sur sa joue pour mieux mémoriser le contour de ses traits et la texture de sa peau, puis je m'adossai de mauvaise grâce à mon siège. Tout en moi me conduisait à pleurer et objecter, plaider et supplier, mais ça ne ferait que me rendre pitoyable. Je me contrôlai donc, me mordant sauvagement l'intérieur de la joue pour retenir le flot de mes larmes.

— À toi Lucas, dit Jeremiah en lui désignant le siège passager.

— Je…

L'aîné des Hamilton s'interrompit et me regarda à travers le pare-brise.

— Je ne vais pas... pouvoir...

Glissant soudainement sur le côté, il s'effondra. Un cri m'échappa. Jeremiah se précipita, et je passai la tête par la fenêtre afin de voir ce qui se passait. Lucas respirait avec difficulté. Quand son frère palpa son abdomen, il poussa un gémissement. Jeremiah remonta vivement sa chemise et, en dépit de la pénombre, j'aperçus un énorme hématome sur le ventre de Lucas.

— Espèce de connard arrogant, gronda Jeremiah. Pourquoi tu n'as rien dit? Ça ressemble à une hémorragie interne.

D'un geste, Marie avait ordonné à deux agents de venir aider les Hamilton.

— Tu crois? souffla Lucas.

Je n'aurais su dire s'il s'agissait d'une véritable question ou d'une de ses moqueries habituelles. Sa voix, réduite à un simple souffle, me donna la chair de poule. Les trois hommes entreprirent de le faire monter à bord de la camionnette. Il ne restait plus que la banquette tout au fond, juste derrière moi. Je les regardai y installer Lucas avec beaucoup de précautions. Il ouvrit les yeux, m'adressa un petit signe faiblard et un sourire encore plus ténu.

Marie grimpa sur le siège conducteur et mit le contact. Les dernières portières refermées, Jeremiah recula d'un pas. Devant nous, le premier véhicule démarra et se fondit rapidement dans la nuit. Il n'avait pas allumé ses phares. Marie l'imita, et je me demandai brièvement comme elle et son collègue allaient s'en sortir. Au même instant, elle chaussa des lunettes à vision nocturne.

— C'est parti !

La silhouette de Jeremiah fut vite avalée par l'obscurité, et je cessai de regarder en arrière. Le cœur serré, je ravalai mes sanglots. Les horribles souvenirs du jour où mes parents étaient morts me revinrent en mémoire. La police m'avait téléphoné quelques heures après l'accident, et je m'étais rendue seule à l'hôpital en voiture afin d'identifier les corps. Je savais que je serais incapable de supporter la même chose une seconde fois ; si Jeremiah mourait, j'en perdrais la raison.

— Ainsi, vous êtes née au Canada ?

La voix de Marie avait soudain brisé le silence. Je tournai la tête vers elle puis de nouveau vers le néant noir qui enveloppait la voiture.

— À Québec, précisai-je après m'être éclaircie la voix. Nous avons déménagé lorsque ma grand-mère est morte et nous a laissé sa maison, dans l'État de New York.

— Une canadienne française ! Ma sœur vit à Montréal.

Marie tentait d'alléger l'atmosphère en bavardant de tout et de rien. Je lui en sus gré, mais je n'étais pas d'humeur à faire la conversation. Me déplaçant légèrement, je tâtonnai sur la banquette derrière moi. Lorsque je trouvai le coude de Lucas, je fis glisser ma main jusqu'à ses doigts que je serrai doucement. Je fus heureuse lorsqu'il réagit de même.

— Pourquoi ne pas nous avoir dit à quel point vous aviez mal ?

— C'était plus drôle comme ça. Vous auriez vu votre tête quand je me suis écroulé ! Je regrette de ne pas avoir eu d'appareil photo sur moi.

— Si vous n'étiez pas blessé, grognai-je, je vous frapperais volontiers.

— Ne vous gênez pas. Je ne crois pas que ça changera grand-chose, maintenant.

Il parlait avec difficulté, et je raffermis ma prise autour de sa main.

— Marie? lançai-je. On a encore beaucoup de route?

— Je fais de mon mieux pour faire au plus vite.

Le silence retomba, le trajet s'éternisa. Près de mois, deux agents qui souffraient de fractures poussaient des gémissements étouffés à chaque cahot. Mais c'était la respiration sifflante de Lucas qui m'inquiétait le plus. Nous finîmes par atteindre l'autoroute. Marie retira ses lunettes et alluma les phares. La douleur de ma cheville s'effaça dans mon esprit tandis que je comptais les kilomètres.

Le jour était levé depuis un moment quand nous nous garâmes sur le parking d'un hôpital de la banlieue londonienne. Du personnel escorté par des policiers se précipita aussitôt vers nous. Je descendis seule de la voiture, les muscles raidis par la longue route, et refusai du geste un fauteuil roulant tandis qu'on chargeait Lucas sur une civière. Je suivis en boitant, mais Marie m'interdit de l'accompagner dans l'ascenseur.

— Il est entre les mains des médecins, à présent, me dit-elle. Il va partir en chirurgie.

— Ça va aller? demandai-je, impuissante.

— Nous n'en savons encore rien. Mais ayez confiance. De votre côté, vous devriez faire soigner cette cheville.

Comme pour lui prouver que ce n'était pas nécessaire, je pliai mon pied avant de le poser pied par terre. Si la cheville était raide à cause de son enflure, la douleur était beaucoup moins intense qu'au début.

— Inutile, je vais bien, répondis-je. Des nouvelles de Jeremiah et des agents restés sur place?

— Ils ont annoncé leur départ il y a trente minutes. Nous les attendrons ici.

Mes épaules se relâchèrent et j'exhalai l'air que, inconsciemment, j'avais retenu. Je ne me sentirais pas en sécurité tant que Jeremiah ne m'aurait pas rejointe, mais il était bon d'apprendre qu'il était en chemin.

— Nous n'avons pas encore eu l'occasion de parler de ce qui vous est arrivé après votre départ de Londres, reprit Marie. Et si nous profitions de cette pause?

Elle était presque gentille, ce qui éveilla mes soupçons.

— Nous étions menottés et sous bonne garde, la dernière fois que vous et moi avons discuté, ripostai-je sans aménité.

— Certes, mais vous veniez de débarquer dans un lieu surveillé par nos services, au beau milieu d'une opération d'envergure majeure. Vous pouvez comprendre que cela nous ait rendus un tantinet nerveux.

Pas faux.

Je soupirai.

— Bien, cédai-je, je vous dirai ce que vous voulez savoir. Je suis plus que lasse de ces péripéties. Je ne souhaite qu'une chose: retrouver mon existence banale et ennuyeuse.

— Pas sûr que vous en soyez satisfaite après tout ce que vous venez de traverser. J'ai beau comprendre vos sentiments, dites-vous bien que vous fréquentez des personnes qui risquent de ne jamais être en mesure de vous offrir la paix que vous désirez.

— Sans blague, marmonnai-je avec un sourire. Y a-t-il un coin où je pourrais reposer mon pied?

Marie n'eut pas le loisir de me répondre, car un jeune agent se précipita vers nous.

— Nous venons de les localiser! s'exclama-t-il, hors d'haleine.

— Qui?

— La famille de l'agent Sanders. Sa femme a appelé d'une cabine qui se trouve à moins de deux kilomètres d'ici en demandant à parler à son mari. Des gars sont allés la chercher.

Marie afficha une moue chagrine.

— Au moins quelqu'un qui s'en sera tiré sans dommages, grogna-t-elle. Il faut que j'y aille, ajouta-t-elle à mon adresse. Mais n'oubliez pas que nous devons parler.

Sur ce, elle s'éloigna d'un pas pressé et je lui emboîtai le pas tant bien que mal.

— Je pourrais vous aider? lançai-je dans son dos. Ne serait-ce qu'écouter l'histoire de ces gens-là? Des fois que je fasse un lien avec Rush?

Marie s'arrêta net, me regarda puis secoua la tête, réticente.

— Je dois d'abord avertir la famille du décès de Sanders. Puis l'interroger sur ce qui s'est passé et ce qu'ils savent. Si jamais ils disent quoi que soit que nous aurions besoin d'éclaircir, je vous tiendrai au courant.

Elle s'interrompit, se racla la gorge.

— Je sais que vous avez été attaquée par cet homme, recommença-t-elle. C'était pourtant quelqu'un de bien, avant votre… altercation. Puis-je compter sur vous pour ne rien mentionner de sa participation forcée à tout cela?

— Naturellement! m'exclamai-je.

Je me remémorai l'air désespéré du policier alors qu'il brandissait son arme. Il avait été piégé, contraint de choisir entre sa famille et nous, des inconnus. Malgré ma frayeur, sa tentative de m'abattre, je me mettais à sa place. Il n'était pas question de faire porter le poids de ses actes à sa famille, d'autant qu'elle avait été retenue en otage par Alexander Rush.

— Voulez-vous que je vous accompagne?

— Non. Restez ici pour le moment. Dès qu'on vous aura examinée et que Lucas ira mieux, nous viendrons vous chercher.

Elle se tut de nouveau, me dévisagea, les lèvres pincées.

— Que représente-t-il à vos yeux? finit-elle par s'enquérir.

Devinant les insinuations de sa question, je tâchai de ne pas m'en formaliser. Par ailleurs, ma réponse était prête.

— C'est un ami très proche. Ni plus ni moins.

Mon interlocutrice acquiesça, guère convaincue.

— Je sais que vous estimez aller bien, reprit-elle, mais faites quand même examiner cette cheville.

J'y consentis d'un vague hochement de tête, et elle repartit. Au même instant, un jeune médecin accompagné d'un agent s'approcha et m'invita à le suivre en direction d'une petite pièce.

Il confirma ce que je pensais : je souffrais d'une bonne foulure. Il se contenta de rebander ma cheville encore enflée. Il m'expliqua que l'hématome était externe et dû à la chute de la poutre, non interne et lié à une éventuelle fracture. Il suggéra une radio, tout en admettant que, comme je marchais sans trop souffrir, elle ne ferait sans doute que confirmer son diagnostic. Reposant le pied par terre pour faire quelques pas, je constatai que son pansement bien serré facilitait mes déplacements. Le médecin me déconseilla tout de même de les éviter au maximum.

Lucas se trouvait encore en chirurgie quand on me libéra. Je m'installai dans une salle d'attente et fermai les yeux. Malgré la tension que je ressentais suite aux événements de la nuit, je réussis à somnoler. J'ignore combien de temps cela dura, mais je me sentais en sécurité ici, pour l'instant loin du danger. Ma migraine avait à présent entièrement disparu.

— Mademoiselle Delacourt?

Une voix me tira de mes rêveries. Il s'agissait d'un autre médecin, un peu plus âgé que celui qui m'avait examinée. En revanche, c'était les mêmes policiers qui s'alignaient dans le couloir. Je me redressai.

— Oui?

— Votre ami Lucas vous réclame, dit l'homme avec un sourire.

Cela eut le don de me réveiller pour de bon. Attrapant ma béquille, je me levai.

— Son hémorragie n'était pas trop grave, m'expliqua le chirurgien, et l'intervention a été relativement facile. Mais il devra garder le lit quelques jours.

Ces dernières paroles me semblèrent être adressées plus aux agents qu'à moi-même. Une femme rousse tira un portable de sa poche et s'éloigna de quelques pas.

— Donc, soufflai-je, il va s'en tirer? Je peux le voir?

— Oui. Il risque d'être dans les vapes, mais je vais vous conduire à sa chambre. Par ici, s'il vous plaît.

— Excusez-moi! intervint la policière qui avait téléphoné. Agent Anderson. Puis-je avoir un moment avant que vous y alliez?

Ignorant le médecin, nous échangeâmes une brève poignée de main et elle me fit signe de la suivre.

— L'agent Gautier souhaite s'entretenir avec vous, m'annonça-t-elle.

Anderson avait un accent américain, ce qui éveilla mon attention. Elle m'entraîna dans le couloir, puis m'indiqua d'entrer dans une pièce. Je m'exécutai, un brin nerveuse de passer la première, avec elle dans mon dos. Ce n'est pas tant que je n'avais pas confiance en elle, mais j'avais subi des expériences tellement étranges ces derniers temps que j'étais devenue plus attentive à ma propre sécurité. Je me surpris à établir rapidement un plan des lieux, repérant la sortie la plus proche en cas de besoin.

Était-ce le genre de stress que Jeremiah vivait au quotidien?

Une fois hors de portée d'éventuelles oreilles indiscrètes, Anderson me passa son téléphone portable.

— Allô?

— J'aimerais vous poser quelques questions avant que vous ne rendiez visite à Lucas, me dit Marie, me donnant le sentiment qu'elle surveillait mes moindres faits et gestes.

— Pas de problème.

— J'ai discuté avec la veuve de Sanders, et elle m'a raconté des choses étranges. Avant tout, je voudrais que vous me présentiez votre propre version des événements.

— OK. Mais sachez que je ne suis pas certaine de les avoir bien compris. Jeremiah et moi avons traversé la campagne en changeant plusieurs fois de voiture.

— Comment ça? Non, oubliez. Dites-moi plutôt, vous êtes-vous arrêtés quelque part? Avez-vous eu des contacts avec quelqu'un?

— Une seule personne, mentis-je, ayant déjà décidé, selon la volonté de Jeremiah, de laisser Ethan en dehors de tout ça. Dans un pub. Un type nommé Ronny. C'est lui qui nous a renseignés sur le cottage où était censé se trouver Rush.

— Décrivez-le-moi, s'il vous plaît.

— Petit, fluet et agaçant. Grandes oreilles, gros nez, cheveux blonds fins. Une sorte de troll. Il frimait un max, et il a fallu que Jeremiah lui arrache ses infos de la bouche. Le pub était situé entre une épicerie et une laverie automatique, mais j'ignore dans quelle ville. Jeremiah vous le dira. Il est arrivé ?

— Chaque chose en son temps. Cet homme avait-il un accent ?

Bien qu'elle ne puisse pas me voir, je haussai les épaules.

— Cockney, je dirais. Désolée, je ne sais pas le qualifier plus précisément. En revanche, je repérerais ce type n'importe où.

— Merci, mademoiselle Delacourt. Je m'occupe du reste.

— Hé ! Un instant ! Qu'en est-il de…

La ligne fut coupée. Irritée, je sentis une vague d'appréhension monter en moi. Je rendis l'appareil à l'agent.

— Je vous en prie, murmurai-je, la voix étranglée, prévenez-moi dès que vous aurez des nouvelles de Jeremiah.

La rousse opina et, ravalant mes inquiétudes, je haussai le menton et sortis de la pièce. Je rejoignis le chirurgien, qui me conduit à une chambre non loin de là.

Lucas tourna la tête vers moi sitôt que j'entrai.

— Salut ! lançai-je en m'efforçant d'adopter un ton décontracté. Vous avez une sale mine.

— C'est l'hôpital qui se moque de la charité, répondit-il avec un sourire fatigué. Vous vous verriez ! Où sommes-nous ?

— À l'hôpital. Pour l'instant. Comment vous sentez-vous ?

Je m'assis en soupirant.

— En pleine forme ! Je pourrais danser la gigue.

Il tenta de se redresser sur ses oreillers, grimaça de douleur.

— Bon, tempéra-t-il, juste la valse.

Les yeux rivés sur mes mains, je me tordis les doigts.

— J'en ai assez de tout ça, Lucas, marmonnai-je. Je voudrais rentrer chez moi et oublier que c'est arrivé.

— Malheureusement, le monde ne fonctionne pas comme ça. On n'échappe pas à son passé. On l'affronte, en espérant seulement survivre à la confrontation.

La morosité avec laquelle il s'était exprimé me convainquit qu'il parlait d'expérience. Notre situation était inquiétante et soumise à des variables encore inconnues. J'avais l'impression que ma vie s'était transformée en zone de guerre même si, pour le moment, j'étais en terrain relativement sûr. Mes sens étaient aiguisés, mes émotions à fleur de peau. Il était impossible de prédire d'où viendrait le prochain coup, ni quand il se produirait.

Dans le couloir, un bruit résonna qui me fit sursauter et jeter un coup d'œil vers la porte. Quand mon regard revint se poser sur Lucas, je vis qu'il m'observait. De nouveau, je baissai les yeux sur mes mains.

— J'aimerais être en mesure de vous promettre que tout ira bien, reprit-il en poussant un gros soupir. Le mensonge serait facile. Surtout de la part d'un type comme moi. Me croiriez-vous, cependant, maintenant que vous êtes au courant de la situation?

Non. Les mensonges, aussi bien intentionnés soient-ils, ne serviraient à rien. Les enjeux étaient trop importants et personnels pour que des promesses creuses soient d'un quelconque réconfort. Un nuage de ténèbres absolues naquit en moi, menaçant d'engloutir tous les bons souvenirs que j'avais.

— Regardez-moi, Lucy.

J'obtempérai de mauvaise grâce. La tête inclinée, il me dévisageait avec intensité. Sa cicatrice ressortait plus que jamais sur sa peau blême, mais ses prunelles bleu vert restaient alertes. Ses cheveux bruns, ordinairement coiffés en arrière, étaient ébouriffés, et la sueur collait quelques mèches sur son front. Tout avait disparu de sa suave sophistication. Lucas avait l'air de ce qu'il était en cet instant : un blessé ayant grand besoin de repos dans un lit d'hôpital.

Il me tendit la main, me fit signe de me rapprocher. Je me contentai d'allonger le bras, et il couvrit mes doigts de ses deux paumes.

— Lucy Delacourt, décréta-t-il avec une gravité que je ne lui connaissais pas, je vous promets de faire tout mon possible pour vous protéger, vous et mon frère. Est-ce entendu ?

Protégez-vous aussi ! songeai-je. L'idée de perdre cet homme exaspérant d'assurance m'était insupportable. Spontanément, je libérai ma main et, me penchant vers lui, repoussai quelques mèches de cheveux de son front. Il déglutit en silence sans cesser de me fixer de son regard pénétrant. J'eus l'impression qu'il s'apprêtait à me poser une question quand on frappa à la porte. Lucas et moi tressaillîmes à l'unisson.

J'allai prudemment entrouvrir le battant. La femme rousse se tenait sur le seuil.

— Je voulais vous avertir, chuchota-t-elle, si bas que même moi j'eus du mal à l'entendre. L'agent Gautier m'a annoncé que l'équipe qui a quitté le cottage en dernier n'a toujours pas donné signe de vie, alors qu'elle aurait dû arriver il y a une heure. Nous ignorons où elle se trouve.

18

Lucas et moi fûmes transférés de l'hôpital quelques heures plus tard, sûrement par mesure de sécurité. Lui fut installé dans un fauteuil roulant et embarqué à bord d'une camionnette, tandis que je suivais dans une berline en compagnie d'autres agents d'Interpol. Nul ne dit mot, sans doute conscient que parler était inutile. Des équipes avaient été envoyées à la rencontre de la voiture empruntée par Jeremiah, sans résultat pour le moment. La décision avait donc été prise d'évacuer tout le monde de l'établissement public.

Comme figée par un froid que je ressentais au plus profond de moi, je me contentais de suivre les ordres. J'étais branchée sur pilote automatique. Un engourdissement douloureux m'avait envahie, empoisonnant mes ultimes espoirs, entachant toute possibilité d'une issue heureuse. Pour la première fois, il m'apparaissait avec clarté que tout pouvait mal finir, que celui que j'aimais risquait de perdre la vie. Le sentiment létal qui s'était emparé de moi pesait au creux de mon ventre, m'alourdissait au point même de rendre difficile le moindre mouvement.

Notre nouveau refuge se révéla être une sorte de bunker moderne retranché derrière une épaisse clôture en fer. Alors que nous étions poussés hâtivement à l'intérieur, je remarquai des sentinelles postées un peu partout, armes au poing. L'organisation qui nous protégeait s'attendait visiblement à une véritable guerre – ce que les événements des derniers jours présageaient.

Je n'avais cependant plus la force de m'en soucier.

Après avoir traversé un hall d'entrée, franchi un contrôle de sécurité digne de celui d'un aéroport et grimpé de plusieurs étages dans un ascenseur, nous débouchâmes sur un couloir aveugle au cœur du bâtiment. L'agent Anderson, qui m'escortait depuis le début, me fit entrer dans une pièce où, à mon grand soulagement, je retrouvai Lucas. Assis sur sa chaise roulante, encadré par deux policiers, il avait tout d'un roi sur son trône. Puis les hommes l'aidèrent à s'installer sur un divan, ce qu'il fit avec quelques grognements de douleur. Il m'adressa quand même un immense sourire qui fendit son visage à la pâleur inquiétante.

— Regardez-moi un peu qui est là, dit-il avec un entrain forcé avant de détailler ma voisine. Il est si agréable de voir un joli minois dans ce genre de situation, ajouta-t-il à son adresse. Parfois, trop de testostérone me fatigue.

Si elle rougit, l'agent Anderson ne dit mots. D'un geste, elle intima à ses collègues de la suivre dans le couloir. Dès qu'ils eurent disparu, le sourire de Lucas se fana quelque peu.

— Toujours pas de nouvelles de Jeremiah? demanda-t-il.

— Non, rien, répondis-je en m'asseyant dans un fauteuil. Ils auraient dû nous avoir rejoints depuis des heures. Or ils n'ont pas donné signe de vie.

— Je vous parie qu'ils regrettent sacrément d'avoir débarrassé ce véhicule de son GPS, commenta-t-il.

Je le gratifiai d'un regard peu amène, et il leva les bras au ciel.

— Que voulez-vous que je dise? se défendit-il. Que j'aimerais qu'il soit ici? Ça va de soi, il s'agit de mon frère.

— Je sais. Qu'est-ce que je déteste être réduite à l'impuissance!

— Comme je vous comprends. Si les méchants déboulaient par cette porte en cet instant, je ne pourrais rien faire de mieux que de les chasser d'un revers de main.

L'image m'arracha un sourire, même si l'humeur n'était guère à la plaisanterie.

— Que vous arrivera-t-il quand tout cela sera fini? demandai-je.

— Aucune idée. Pour peu que j'échappe à ce demi-frère complètement taré, je risque d'être descendu par l'une de mes anciennes connaissances que j'aurai trahie.

Je détournai les yeux.

— Vous et moi sommes de vrais boute-en-train, hein?

— D'excellents comiques, marmonna-t-il. Après tout, la situation l'exige.

— Je ne sais pas quoi faire à propos de Jeremiah.

Les mots m'avaient échappé, et je le regrettai aussitôt. Je me mordis la langue. Demander conseil à « l'autre » au sujet de cette liaison était d'une ironie grinçante. En même temps, je pensais à Lucas comme à un ami et un allié. Il haussa les épaules, fixa son regard sur le mur d'en face.

— Il n'y a rien que vous puissiez faire, murmura-t-il. Il vous pardonnera... ou pas.

Il avait raison.

— Et… comment saurai-je s'il m'a réellement pardonné?

— Vous ne le saurez pas, répliqua-t-il sans ménagement. Si ce qui s'est passé entre nous est à l'origine de vos conflits, seules des tonnes de confiance mutuelle vous sauveront. Il n'en reste pas moins que c'est la bêtise de mon frère qui vous a conduite dans mon lit. Pas votre amour pour moi.

L'amertume de ses paroles me fit tressaillir. Je me sentais affreusement mal d'avoir utilisé Lucas, quand bien même cela n'avait pas été intentionnel.

— Je suis désolée, soufflai-je en me tassant sur moi-même.

— Ne le soyez pas, soupira-t-il. Anya m'aimait. J'avais beau en être conscient, ça ne m'a pas empêché de la manipuler pour parvenir à mes fins, la détruisant au passage. Et puis, combien d'autres personnes ai-je blessées avec mes activités illégales? Croyez-moi, je mérite bien pire que ce que vous m'avez infligé.

J'allais objecter lorsque des voix retentirent à l'extérieur. Marie était de retour. J'identifiai sa voix, même si je ne réussis pas à comprendre ce qu'elle disait. Bondissant du fauteuil, je traversai vivement la pièce, ouvris la porte à la volée et inspectai le couloir avec impatience. Anderson se manifesta immédiatement.

— Un problème, mademoiselle Delacourt?

J'apostrophai Marie qui s'éloignait.

— Ils ont trouvé quelque chose?

Elle fronça les sourcils.

— Vous devriez être en train de vous reposer, mademoise…

— Ce n'est pas le moment! Des nouvelles de Jeremiah? De Ronny?

La responsable d'Interpol pinça les lèvres et échangea avec sa collaboratrice un coup d'œil qui en disait long.

— Les forces de l'ordre anglaises ont tout de suite identifié celui que vous nous avez décrit, concéda-t-elle, alors que, au bout du couloir, tintait la sonnerie annonçant l'arrivée de l'ascenseur. Elles nous ont aidés à le localiser et à l'appréhender. Il me reste à l'interroger. Je vous tiens au courant dès que j'en aurais appris plus.

Ces paroles étaient aussi vides de sens que l'air que je respirais. Secouée à la fois par la peur et la colère, j'agrippai le montant de la porte afin de cacher mes doigts tremblants. Marie était déjà repartie, comme si elle avait déjà tout oublié de mon existence.

— Ronny va tâcher de gagner du temps, chuchotai-je, soudain incapable de contenir mes émotions. Il faut que nous les retrouvions maintenant!

— Soyez patiente, me conseilla Anderson.

Elle se posta devant moi, alors que l'ascenseur s'ouvrait sur le couloir. Parmi ceux qui en sortirent, Ronny ne manqua pas de me repérer, et un rictus satisfait étira ses lèvres.

— Salut, ma poule! me lança-t-il avec un regard libidineux. Tu pouvais plus te passer de moi, ou quoi? T'as envie d'un petit tour de manège, maintenant que ton chéri a disparu de la circulation?

Je reculai, comme sous l'effet d'une gifle. Les éclats de rire de Ronny déferlèrent sur moi et, tout à coup le barrage céda. Ce sale type savait où était Jeremiah, je n'avais plus aucun doute à ce sujet. Mais tout cela n'était qu'un jeu, pour lui. Il ne dirait rien, préférant nous voir nous démener dans tous les sens et jouir du spectacle de notre désarroi. Et ce, jusqu'à ce qu'il soit trop tard. L'écho de sa jubilation résonnant dans mon crâne fut le déclic : qu'il me fallait agir.

Anderson se tenait entre moi et le petit homme menotté, qu'elle observait, comme subjuguée. Je baissai les yeux sur sa taille, là où était accroché le holster. Sans réfléchir aux conséquences de mes actes, je m'emparais de son arme.

Anderson sursauta et se retourna en poussant un cri de stupeur. Tous les regards étaient braqués sur moi et je compris que je devais agir vite. Ignorant ma cheville endolorie, je me ruai sur Ronny et agrippai sa chemise. Mon élan déstabilisa les hommes qui le maintenaient et nous propulsa tous les deux contre le mur, puis à terre. Je tenais toujours l'arme et la pointai sur son crâne. Toute morgue avait à présent disparu de ses traits, et il me contemplait avec des yeux exorbités par la surprise.

De près, il sentait encore plus mauvais que je me l'étais imaginé. Ses lèvres étaient retroussées sous l'effet de l'étonnement, dévoilant des dents gâtées et laissant s'échapper une haleine qui soulevait le cœur.

— Non, Lucy ! cria Marie.

Je l'ignorai et, déplaçant le pistolet, enfonçai le canon sous son menton. Je devinai plus que je ne vis que les agents présents avait dégainé. Pour nous tenir en joue, j'imagine. Là encore, je m'en fichais comme d'une guigne. La colère qui m'avait poussée à agir me donnait toujours l'énergie dont j'avais besoin.

Ronny se tortillait comme un ver. Malheureusement pour lui, avec ses bras menottés dans le dos, il ne pouvait pas faire grand-chose.

— Retenez-la ! s'égosilla-t-il.

Des mains m'attrapèrent et je me raidis. J'armai le chien de mon pistolet.

— Pas un geste, sinon je tire !

Même si cela ressemblait à une scène de mauvais film policier, ce fut efficace. La prise sur mes épaules se relâcha. Ronny était proprement terrifié, maintenant.

— Où les a-t-il emmenés ? demandai-je d'une voix ferme.

— J'en sais rien du tout !

Raide comme une planche, il écarquillait des yeux révulsés par l'angoisse. Étais-je capable de le tuer ? Pas si sûr. Entre mes doigts, le pistolet tremblait. Je priai pour qu'il mette ça sur le compte de la rage et non de la peur.

À cet instant, je ne pensais plus qu'à Jeremiah en danger et à Lucas blessé. J'étais certaine cependant que, si le rictus narquois du petit homme réapparaissait, il me serait plus facile de presser sur la détente.

— Lâchez-le, Lucy, dit Marie calmement. Et posez cette arme.

Je l'ignorai.

— Vous savez forcément quelque chose, insistai-je en appuyant plus fort sur le menton de Ronny. D'où teniez-vous vos renseignements sur le cottage ?

— Un coup de fil sur mon portable, cracha-t-il, affolé. Un homme. Pour le reste, j'ai aucune idée d'où votre type se trouve ! Juré !

— D'où appelait votre interlocuteur ?

— J'en sais foutre rien ! Sauf que c'était un numéro américain.

Il semblait vraiment terrorisé. C'était la première fois de ma vie que j'avais cet effet sur quelqu'un. Cela ne m'était pas d'une grande utilité. Le désespoir, ténébreux et étouffant, pointait, et c'est dans mon inquiétude pour Jeremiah que je puisai les forces nécessaires.

— Je vais compter jusqu'à trois, lâchai-je. Un.

— Libérez-le, Lucy ! *Tout de suite !*

— Deux.

— Cúchulainn !

— Qui ?

— Le Cúchulainn. C'est un pub de Londres ! C'est la seule fois où je l'ai rencontré. J'en sais pas plus. Pitié ! Ne tirez pas !

Ronny était si pitoyable, sa supplique avait sonné avec une telle véracité que, soudain, l'émotion en moi dépassa la colère. La honte me submergea, et je fixai l'arme entre mes doigts. Je la lâchai, et elle tomba sur le sol avec un bruit sourd. J'avais envie de vomir. Dans une brusque explosion de cris, des mains se plaquèrent de nouveau sur mes épaules. On m'arracha à ma victime avant de m'obliger à m'allonger sur le sol. Indifférente au vacarme, d'où émergeaient les piaillements de Ronny, je me laissai menotter sans résister et sombrai dans l'abîme de mon désespoir.

Secouée par des sanglots, je fermai les yeux et me focalisai sur la fraîcheur du sol sous ma joue. Malgré moi, la terreur pure que j'avais vue dans les prunelles de Ronny continuait de me hanter. J'étais mortifiée par mon comportement. Comment avais-je pu être aussi *hors de moi*, au sens littéral du terme ? Sans même parler des conséquences de mes actes.

— Je réclame une protection ! jacassait Ronny. S'il apprend que j'ai craché le morceau…

— Emmenez-le en salle d'interrogatoire ! ordonna Marie d'une voix acide. Je me charge de la fille.

Deux costauds me remirent sur pied, et je luttai pour conserver l'équilibre, ce qui ne fut pas facile, avec mes bras attachés et ma cheville douloureuse. Maintenant que l'énergie de la fureur m'avait désertée, la douleur se réveillait, plus intense.

— Je n'aime pas qu'on me joue ce genre de tour, Lucy! asséna Marie.

Je m'attendais à être jetée dans une cellule. À ma surprise, les gardes se contentèrent de me ramener dans la pièce où Lucas était assis. Marie rendit son arme à Anderson.

— Évitez que ça se reproduise!

La femme rougit et pinça les lèvres.

— Regagnez votre poste, poursuivit la responsable d'Interpol. Nous nous occupons d'elle.

On me fit asseoir sur une chaise. Debout, Lucas s'agrippait à une table. Il voulut s'approcher, mais en fut empêché.

— Qu'est-ce que vous lui avez fait? demanda-t-il.

— Du calme, Loki. Détendez-vous. Nous l'avons juste menottée pour éviter d'autres bêtises.

Embarrassée, je baissai la tête. J'étais au bord des larmes, mais j'en avais trop versé ces derniers temps; et puis, je n'avais aucune raison m'apitoyer sur mon sort. Après tout, j'en étais entièrement responsable.

Marie sortit avec ses agents, et Lucas s'assit tout près de moi. Morte de honte, je continuai de ne pas le regarder. Il laissa s'écouler un long moment avant de parler.

— Je devrais réussir à vous débarrasser de ces menottes, si vous voulez, me proposa-t-il.

Je ne répondis pas et serrai les genoux.

— Quoi que vous ayez fait dans ce couloir, reprit-il avec tendresse, ce n'est pas votre faute.

— Ah ouais? ripostai-je, mauvaise, en le toisant. J'ai fauché son flingue à Anderson pour en menacer Ronny. C'est la faute à qui, à votre avis?

— Vilaine fille! se moqua-t-il en arquant des sourcils surpris.

Comme je ne réagissais pas à sa plaisanterie, il soupira et enchaîna :

— Réfléchissez, Lucy. Auriez-vous agi ainsi si Rush ne vous avait pas mis dans cette situation?

Là encore, je gardai le silence, peu sensible à l'argument. Le silence s'installa.

— A-t-il dit quelque chose, au moins? demanda mon voisin.

Je secouai la tête et déglutis, le cœur lourd.

— J'ai peur, soufflai-je.

Cet aveu eut l'effet d'une bonde qu'on retire. Je hoquetai et fondis en larmes. Lucas me serra alors contre lui, et je me transformai en fontaine intarissable, pleurant encore et encore, incapable d'apaiser mes doutes et de gommer de mon esprit les traits terrorisés de Ronny.

Nous ne revîmes pas Anderson. En revanche, Marie revint au bout de deux heures, accompagné des gardes qui m'avaient maîtrisée.

— Laissez-moi vous soulager un peu, lâcha-t-elle.

Je me levai sur mon bon pied, soutenue par un agent, et elle déverrouilla mes menottes. J'étirai mes membres engourdis, mais mon répit fut de courte durée car elle me menotta de nouveau, cette fois les bras devant moi. Je soupirai, mais ne dis pas un mot, soucieuse des conséquences de mes actes.

— Nous avons quelques pistes, daigna révéler Marie. Une équipe a déjà été envoyée dans le pub mentionné par Ronny – qui s'est par ailleurs refermé comme une huître après votre brillante intervention, se bornant à sans cesse réclamer une protection. Bref, nous faisons avec le peu que nous avons.

— Vous ne vous joignez pas à votre équipe?

— Non. Contrairement à ce que vous pourriez croire, je n'opère pas sur le terrain. Mais rassurez-vous, je serai immédiatement tenue au courant s'ils trouvent quelque chose.

— Qu'en est-il de l'agent Anderson? intervint Lucas.

— Elle a actuellement regagné son unité, répondit Marie, en dépit du regard suspicieux qu'elle adressa à l'aîné des Hamilton.

— Elle ne va pas avoir d'ennuis, hein? Je serais désolée si mes actes irréfléchis la mettaient en difficulté.

— Ce n'est pas à moi d'en décider. De toute façon, vous êtes ici, et elle ailleurs. Tenez-vous tranquille, mademoiselle Delacourt, sinon je risque de me montrer moins accommodante.

Sur ce dernier avertissement, elle quitta la pièce avec ses hommes. Je secouai mes mains menottées.

— Je suis dans la panade pour de bon, n'est-ce pas? commentai-je avec un soupir.

— Courage, bouton d'or. Nous sommes vivants.

— Et Jeremiah?

Lucas sombra dans le silence. Je tentai une diversion afin d'alléger l'atmosphère.

— Alors, que ferez-vous quand tout cela sera terminé?

— Je m'efforcerai de ne pas mourir.

Je lui jetai un coup d'œil agacé, et il haussa les épaules.

— Tout dépendra de l'intérêt que les autorités montreront pour les renseignements que je leur fournirai, reprit-il. Mon sort oscille entre une peine de prison et une intégration dans le programme de protection des témoins du FBI.

— Une nouvelle vie? Une deuxième chance?

— Ha! ricana-t-il, amer. Le programme m'obligera à mener une existence monotone afin de ne pas attirer l'attention sur moi. Je finirai sûrement comme comptable. J'en serais presque à préférer la taule à la banlieue.

— Ça n'est sûrement pas aussi affreux. Vous vous y habituerez peut-être?

— Une idée qui me terrifie encore plus! Vous avez vraiment piqué son arme à Anderson?

Il semblait amusé.

— Pourquoi? Vous la connaissez bien?

— Oh, elle et moi nous sommes rencontrés il y a des années, mais je doute qu'elle se souvienne de moi. Rien de tel que les vieilles histoires.

— Hé! protestai-je. Racontez-moi ça! Vous ne pouvez pas balancer ça et puis...

Je m'interrompis, car les lumières venaient de s'éteindre.

— Que se passe-t-il? sursautai-je. Une coupure de courant?

— Non, le chauffage fonctionne. Allez vérifier à la fenêtre.

J'obtempérai en sautillant à travers la pièce.

— Je ne vois rien, dis-je.

— Alors, renseignez-vous auprès du type qui garde la porte...

Il se tut, cligna des paupières.

— Vous ne vous sentez pas très fatiguée, tout à coup? marmonna-t-il.

Il avait raison. J'avais l'impression que mes jambes étaient en plomb, comme enracinées sur place. Je me baissai avec difficulté afin de ramasser ma béquille et entrepris de gagner la porte. Comme j'étais menottée, ce ne fut pas une tâche facile. J'y parvins néanmoins et entrouvris le battant.

Deux hommes gisaient au sol, immobiles, alors qu'un troisième rampait lentement vers le bout du couloir. L'un des gardes affectés à notre surveillance était affaissé le dos au mur ; son collègue manquait à l'appel. Le cœur battant la chamade, je claquai la porte.

— Merde ! jurai-je d'une voix bizarrement aiguë.

— Éloignez-vous !

Je tentai d'obéir, mais ma béquille se prit dans les pieds de la table et je faillis m'étaler par terre. La tête de Lucas dodelinait contre le dossier de son fauteuil, comme s'il n'avait plus la force d'en supporter le poids.

— Bordel de Dieu ! grommela-t-il en me dévisageant avec des yeux écarquillés.

La fenêtre était condamnée. Impossible d'aérer la pièce. En dépit de l'engourdissement de mon corps, je réussis à me saisir d'une chaise que je balançai dans la vitre. Elle rebondit sans la casser avec un élan qui me l'arracha des mains. Incapable de rester debout, je m'écroulai sur le sol, en plein sur ma cheville blessée. La douleur fut telle que je manquai de perdre connaissance.

Je tentai de rouler sur le ventre, mais mon corps ne répondait plus. Lucas était effondré sur son fauteuil et battait des paupières de façon erratique dans sa lutte pour résister aux effets du gaz qui avait vraisemblablement été répandu dans tout l'immeuble.

J'entendis soudain la porte s'ouvrir, puis des bruits de pas. Une main gantée m'attrapa par le bras, me retourna sur le flanc, et je découvris un masque à gaz. J'éprouvai un ultime pic de frayeur avant de sombrer dans les ténèbres.

19

Je repris conscience en grelottant, comme si j'avais été couchée sur un lit de glace. Mes poignets n'étaient plus attachés, mais l'obscurité m'environnait. Au-dessus de moi, j'apercevais l'aube teinter les nuages d'un bleu sombre destiné à s'éclaircir, sans pour autant offrir assez de lumière pour que je puisse me repérer. Je posai la main sur le sol à côté de ma tête, et sentis des pavés rugueux sous ma peau, humides et froids, recouverts d'un givre hivernal.

— Ah ! Enfin réveillée. Je me demandais combien de temps ça allait durer.

Cette voix déclencha en moi des frissons qui ne devaient rien à l'air nocturne. Tremblant sous l'effet d'émotions autrement plus mordantes que la fraîcheur, je me mis à genoux et découvris Alexander Rush debout près de moi. Il m'observait calmement, son visage ne laissant rien percevoir de ses pensées.

Alors que je tentai de me relever, je sentis quelque chose qui entravait ma cheville intacte. N'y voyant rien dans le noir, je tendis le bras. Mes doigts palpèrent alors une chaîne épaisse fixée à un fer. Je tirai dessus afin d'en tester la résistance et, dans un fracas métallique, un objet roula vers moi en cahotant: un boulet, plus gros que mon poing, soudé aux chaînons attachés à mon pied. Il était assez lourd pour m'empêcher de me déplacer avec aisance, mais pas assez pour que je puisse pas le traîner.

Hum... mauvais signe.

— Le bon vieux boulet de forçat. Plutôt bien vu, non?

Son ton désinvolte me tapa sur les nerfs, m'offrant ainsi l'énergie nécessaire pour repousser ma peur.

— Qu'est-ce que vous voulez, Rush?

— Oh! On ne supplie pas pour sa vie? Quel changement bienvenu!

Rush s'approcha de moi, ses semelles chuintant sur les pavés mouillés, puis il s'agenouilla afin de se mettre à ma hauteur. Pareille proximité – j'aurais pu le toucher – ne parut pas l'inquiéter. En même temps, il me répugnait tellement que j'eus du mal à ne pas avoir un mouvement de recul.

Impossible de savoir où nous nous trouvions, mais des parapets de part et d'autre de la chaussée m'incitèrent à penser que nous étions sur un pont. En tendant l'oreille, je perçus le bruit de l'eau. Les alentours étaient noyés dans le brouillard, à l'exception d'une lampe allumée sur la droite du passage. Je crus aussi distinguer un halo un plus loin, mais la légère pente du terrain et ma position m'en cachaient la source.

— Ce que je veux est très simple, ma chère. Je veux que vous fassiez un choix, rien de plus, et vous serez libre.

Libre? Je le fixai d'un air soupçonneux, ce qui ne sembla guère le perturber.

— Quel genre de choix? demandai-je.

À cet instant, un cri étouffé retentit non loin de nous, comme si quelqu'un essayait de parler à travers un bâillon. Une bouffée d'agacement traversa brièvement les traits de Rush, qui reprit cependant vite contenance.

— Un instant, je vous prie, dit-il, presque poliment.

Il se redressa et se dirigea de l'autre côté de la rue. Le suivant des yeux, je distinguai une silhouette qui rampait sur la chaussée. Rush releva brutalement l'homme à terre et revint vers moi en le traînant. Un sac en toile dissimulait son visage, une grosse pierre était attachée à sa cheville. Ses mains étaient menottées dans son dos, ses pieds entravés par une chaîne. Sans ménagement, et malgré les cris de protestation qui émanaient de sous le sac, Mon cœur se serra quand Rush posa la pierre sur le muret. Se tournant vers moi il découvrit le visage de l'inconnu avec un sourire cruel.

— Une de vos connaissances, non? me lança-t-il.

Incapable de parler, je plaquai une main sur ma bouche. En dépit de la pénombre, je n'eus aucun mal à déceler la terreur qui animait les prunelles de Ronny. Malgré son bâillon, ce dernier essayait de parler et n'émettait que des grognements inintelligibles. Rush désigna la pierre.

— Je ne m'attendais qu'à trois prisonniers. J'ai été obligé d'improviser avec ce qui me tombait sous la main. Alors, qu'est-ce que cette balance vous a révélé? L'adresse de ma planque? Mon numéro de téléphone?

Il s'interrompit, toisa le petit homme tremblant.

— Peu importe, ajouta-t-il. Mais quel dommage! Il est si difficile de trouver de bons collaborateurs, de nos jours.

Oh mon Dieu! Non!

À présent, Ronny hurlait derrière son bâillon dans un effort désespéré pour plaider sa cause. En vain. D'un coup de pied, le demi-frère des Hamilton balança la pierre dans le vide et poussa Ronny en arrière, qui, pieds et mains liés, dans l'impossibilité de s'agripper nulle part, bascula dans le vide avec un cri qui se perdit dans l'obscurité. Il y eut un bref silence, suivi du bruit du corps tombant dans l'eau. Rush se pencha par-dessus le parapet avant de se redresser, apparemment satisfait.

— À qui le tour? demanda-t-il ensuite.

Je sentis l'affolement me gagner et menacer de m'étouffer. Choquée, je ne pouvais que contempler l'endroit désormais vide où Ronny s'était tenu quelques instants auparavant.

— Votre amant, peut-être? continua Rush. Le petit cadet, toujours en quête d'attention.

Pétrifiée, je vis Rush s'approcher d'une forme immobile roulée en boule sur le sol, à quelques mètres de là, au pied du muret. Là encore, un gros bloc était posé sur le parapet, plus imposant que le boulet qui me retenait. La lumière montante du jour me permit d'apercevoir la chaîne qui le reliait à la silhouette inconsciente.

— Eh oui, reprit Rush en tâtant le corps du bout du pied. Mon grand frère Jeremiah. Il a finalement appris à se taire quand je parlais, même s'il lui a fallu quelques leçons pour ça.

Jeremiah devait être dans un sale état. Sinon, il aurait réagi depuis longtemps. Je me relevai lentement. La brume était si dense que je ne distinguais même pas les extrémités du pont. Je fixai Rush qui esquissa un mince sourire.

— La rivière n'est pas profonde, ici. Même pas trois mètres. Mais c'est largement suffisant pour ce que j'ai à faire. Alors, qu'en pensez-vous, dois-je envoyer mon cher frère par le fond?

J'essayai de parler, je ne parvins qu'à gémir. Je déglutis, inspirai une goulée d'air en tremblant, recommençai :

— S'il vous plaît, Rush...

— Ainsi, c'est toi le bâtard de mon père?

Rush se figea. Je me retournai. À l'autre bout du pont, une autre silhouette se redressait lentement. Lucas. Sa voix était si ferme qu'on n'aurait jamais cru qu'il avait été blessé. Comme moi, seule l'une de ses jambes était entravée.

— Ma mère était au courant de ton existence, reprit-il. Elle ne s'est pas préoccupée de ce que nous pouvions entendre quand elle a affronté mon père à ce sujet. Avant de lui imposer le silence à coups de poing, il a quand même promis de régler le problème. Je me suis toujours demandé comment il s'y était pris.

— Ça alors! ricana l'autre. Vous saviez. Et vous ne m'avez jamais cherché. Très intéressant.

— Je doute que tu sois le seul enfant illégitime de notre cher père. Mais si tu crois que notre enfance a été meilleure que la tienne, détrompe-toi. Je peux même dire que tu as eu de la chance de ne pas vivre sous le même toit que ce fils de pute.

— Ah oui? répondit Rush sur le ton de la conversation. As-tu eu toi aussi l'occasion de voir ton père assassiner ta mère?

La désinvolture avec laquelle il avait énoncé les faits imposa un long silence à Lucas.

— Il a ... ? finit-il par demander.

— Elle s'était mis en tête de révéler mon existence à la presse. Nous étions pauvres, les journalistes n'hésiteraient pas à nous donner de l'argent pour avoir l'exclusivité de notre histoire. Ma mère lui a demandé de venir, mais elle m'a caché dans un placard – elle voulait que je le voie, mais elle avait peur qu'il m'enlève. Ils se sont disputés, il l'a frappée. Résultat, elle lui a balancé l'histoire de la presse comme un ultimatum. Il l'a étranglée.

Rush haussa les épaules. Son récit était posé, neutre, comme s'il racontait un détail anodin de sa vie.

— Je n'avais que sept ans, reprit-il. Ce n'est que beaucoup plus tard que j'ai découvert l'identité de Rufus. À l'époque, ça ne m'était plus d'aucune utilité.

Il s'interrompit un instant, le temps de nous laisser digérer toutes ces informations, avant de poursuivre :

— Elle était très jolie. Brune aux yeux bleus. J'ai conservé sa photo plusieurs années, jusqu'à ce qu'une de mes familles d'accueil la brûle devant moi.

La froideur avec laquelle il s'exprimait me fit frissonner.

— J'ai tué mon premier homme à douze ans, continua-t-il. Les flics n'ont pas insisté, car il m'avait violé. Ils ont classé mon dossier. J'étais mineur. Le temps que j'apprenne tout ce que je devais savoir pour enfin pouvoir me venger, celui qui m'avait condamné à ce destin était mort.

Un nouveau silence s'installa. Lucas se racla la gorge.

— Tu as raison, dit-il lentement, en comparaison, nous avons vécu une enfance bénie.

Sur ce, il s'effondra, visiblement très affaibli par sa blessure.

Je commençai à ressentir pour notre ravisseur une sorte de compassion, mais je l'étouffai aussitôt. Je me tournai vers Jeremiah, qui n'avait pas bougé depuis un moment. J'ignorais jusqu'à quel point il était blessé. Seuls de faibles mouvements de sa tête attestaient qu'il était encore en vie. La lumière de l'aube naissante ne me permettait pas de distinguer ses traits, juste la masse de son corps affaissé. Toutefois, à un moment, il ouvrit les yeux. Quand son regard croisa le mien, le soulagement me fit monter les larmes aux yeux

— Enfin, reprit soudain Rush, nous ne sommes pas ici pour parler du bon vieux temps. Il s'agit du choix que vous allez opérer, Lucy, ajouta-t-il en s'adressant directement à moi, dédaignant Lucas.

— Quelles sont mes options? ripostai-je en le toisant et en m'efforçant de contenir mes émotions.

— Deux d'entre vous survivront à cette nuit, exposa calmement Rush. Je leur accorderai un jour de plus à vivre. À vous de me dire qui va mourir.

J'en restai sans voix. Mes lèvres remuaient mais rien de ce que j'aurai pu dire ne changerait l'horreur de la situation.

— Un seul peut vivre? finis-je par souffler.

— Oui. L'un de ces deux messieurs partira avec vous sur ses pieds, l'autre ira prendre un bain dans la Tamise. Quant à vous, gentlemen, inutile de décider pour elle. Si l'un de vous s'y risque, tout le monde y passe. C'est à votre amie commune de s'y coller. Entendu?

— Non!

L'objection tenait plus de l'éructation que de la parole. Mais c'était la première fois que Jeremiah se manifestait. J'émis moi-même une sorte de miaulement de désespoir quand je le vis se redresser péniblement et déraper sur les pavés glissants. Ses mains étaient noires, et quelque chose me dit que la flaque sombre qui s'étalait sous lui n'était pas de la boue.

— Mais si, rétorqua Rush comme s'il s'adressait à un enfant capricieux. Mais n'allez pas croire que je laisserai vivre l'heureux élu très longtemps. Un jour, je le répète.

Il se retourna vers moi.

— Ma chère, vos deux hommes ont besoin de soins urgents. Il conviendrait que vous vous décidiez rapidement.

Il était à peine plus âgé que moi, et pourtant le mal absolu qui se dégageait de toute sa personne me fit froid dans le dos. Rush se tenait si près de moi que j'aurais pu sans peine me jeter sur lui. Le boulet qui m'entravait n'aurait pas représenté de véritable difficulté en temps normal ; malheureusement, pour agir, il faudrait que je prenne appui sur ma cheville blessée. Impossible. Le risque que je m'effondre était trop grand.

Un moment s'écoula, et Alexander poussa un soupir.

— Aah, j'ai l'impression qu'il va me falloir vous motiver un peu.

Se postant au milieu du pont, il tira un long pistolet de sous sa veste et le pointa sur Jeremiah.

— Un, décompta-t-il.

J'étais consciente qu'il ne servirait à rien de supplier, mais je tombai à genoux, sans prêter attention à la dureté des pavés ou à la douleur fulgurante à ma cheville. J'étais sur le point de tout perdre, quel que soit le choix que je fasse.

— Deux, enchaîna Rush en visant Lucas, cette fois.

— Moi. C'est moi qui dois mourir.

Rush hésita, puis lâcha :

— Vous ne faites pas partie des choix envisageables.

— Je suis sérieuse. Réfléchissez un instant !

La fermeté de ma voix me surprit moi-même. J'humectai mes lèvres sèches avant de poursuivre :

— Ils m'aiment tous les deux. Vous pourrez toujours vous venger plus tard. En attendant, ils souffriront.

Rush me fixa pendant un moment, puis sa bouche s'étira en ce qui aurait pu être un sourire.

— D'accord, conclut-il. Allez-y. Jetez-vous par-dessus le parapet.

Je me raidis. Proposer de se sacrifier est une chose, passer à l'acte en est une autre.

— Me jurez-vous de les laisser tranquilles si j'obéis? demandai-je d'une voix tremblante.

— Non! rétorqua-t-il sèchement. Mais, ajouta-t-il après une brève hésitation, vous avez été convaincante.

— Au moins, insistai-je, vous ne les exécuterez pas sur ce pont?

Le carcan de pure terreur qui m'avait jusque-là figée laissa la place à des spasmes qui menaçaient de me faire m'effondrer.

— Peut-être, répondit Rush. Vous n'obtiendrez aucune garantie de moi, sinon celle que je vous liquiderai tous les trois ici et maintenant si vous ne vous décidez pas.

Je baissai les yeux sur le boulet à mon pied, en évaluai le poids, puis me mis à boitiller en direction du parapet en le traînant derrière moi. Bien qu'il ne soit pas aussi lourd que je l'avais d'abord estimé, il l'était suffisamment pour m'entraîner au fond de l'eau. Jamais je ne réussirais à nager avec ça à mon pied.

Du coin de l'œil, j'aperçus Jeremiah ramper vers moi.

— Lucy…

Sa supplique me brisa le cœur. Mais je ne pus me résoudre à le regarder. Je n'avais pas envie de mourir; pourtant, je trouvai la force de traverser le pont et de soulever le boulet. Jeremiah m'appela de nouveau, avec plus de force, et les larmes roulèrent sur mes joues. J'entendis sa chaîne cliqueter, signe qu'il s'entêtait à vouloir me rejoindre. Puis, plus rien.

Lentement, je me hissai sur le muret, où je m'immobilisai sous l'emprise de la peur. Quelque part, une mouette criailla, annonçant l'aurore. Les yeux rivés sur l'eau noire, je tentai de rassembler le courage de sauter.

Dans mon dos, Rush claqua la langue avec impatience.

— Vous avez besoin d'un peu d'aide… ? commença-t-il.

— POLICE ! ON NE BOUGE PLUS !

De chaque côté du pont, des projecteurs s'illuminèrent, suffisamment loin pour ne pas m'aveugler, assez proches toutefois pour éclairer la scène. À moins de trois mètres de moi, Jeremiah gisait à terre, couvert de sang. Rush tourna la tête à droite et à gauche, sa bouche se pinça en une fente étroite.

— Ça m'étonnerait, marmonna-t-il.

Tirant un boîtier de sa poche, il appuya sur un bouton. Aussitôt, deux explosions se produisirent de part et d'autre de l'endroit où nous nous tenions. Des flammes jaillirent, baignant le ciel de jaune et noyant la lumière des projecteurs de la police. Le vieux pont oscilla.

Sous l'impact et les secousses, je manquai de tomber de mon perchoir. Battant des bras, je flanchai sur le rebord avant de basculer en arrière et d'atterrir lourdement sur les pavés. J'en eus le souffle coupé. Désorientée, je tentai de recouvrer ma respiration. À la périphérie de mon champ de vision, j'entrevis Rush qui se précipitait vers Jeremiah.

Toussant encore, je roulai sur le flanc. Mais Rush me vit et, d'un coup bien ajusté, il expédia par-dessus bord le bloc attaché à la jambe de son demi-frère. Le cri de souffrance rauque de Jeremiah me transperça. Ses jambes suivirent le mouvement du poids, et il fut soulevé du sol, entraîné par-dessus le parapet. Ses mains se refermèrent sur le vide, cherchant désespérément quelque chose à quoi se raccrocher. Poussant un hurlement à mon tour, indifférente à ce qui pouvait arriver, j'en appelai à tout ce qui me restait de forces et me ruai vers lui.

Ma hanche heurta violemment le haut du muret, et je me jetai vers les bras tendus de Jeremiah. Je réussis à saisir sa chemise en lambeaux et trempée de sang, interrompant sa chute. Cela lui suffit pour s'agripper au parapet. Je m'emparai de tout ce qui me tombait sous la main afin d'empêcher sa chute. Sa peau glissait, ce qui rendait l'opération encore plus difficile mais il avait pu hisser ses bras et ses épaules sur le rebord en pierre.

Rush avança d'un pas, au moment même où retentissait le vrombissement assourdissant d'un hélicoptère à l'approche. Je ne me retournai pas, concentrée sur ma tâche. Jeremiah, en revanche, regarda droit dans les yeux son demi-frère qui s'agenouilla près de nous.

— Vous aviez raison, dit-il. Votre mort les atteindra plus que tout.

Dans le ciel, le projecteur dont était équipé l'appareil nous balaya, soulignant les ombres du visage de Rush. Son sourire déjà sinistre prit un aspect de celui d'un dément. Il pointa son pistolet sur moi.

En entendant le déclic du chien libéré, je fermai les paupières avant de les rouvrir aussitôt pour contempler Jeremiah. La beauté de ses traits était altérée par les traces des coups que lui avait assenés Rush et le sang qui coulait de ses plaies. Mais ses prunelles vertes luisaient avec toujours autant d'intensité et, dans l'impuissance qu'elles trahissaient, je vis ma mort toute proche.

À cet instant, un cliquetis de chaîne résonna. Surpris, Rush pivota.

— Qu'est-ce que…

Brutalement percuté, il alla s'écraser contre le parapet, à deux pas de nous. J'eus le temps d'apercevoir des cheveux bruns et un visage familiers, puis un coup de feu retentit. Lucas et son adversaire s'écrasèrent sur le flanc. La secousse fit sauter le poids attaché à l'aîné des Hamilton sur le mur. Soudain, le projecteur fit une embardée, nous plongeant dans le noir, mais j'entendis des bruits de lutte, puis un second coup de feu.

Rush et Lucas se redressèrent, alors que le faisceau de lumière se posait de nouveau sur nous. Ce fut peut-être un accident, peut-être le hasard. Quoi qu'il en soit, le poids en équilibre sur le parapet bascula dans le vide. Muette de terreur, je vis les deux hommes passer à leur tour par-dessus bord.

Je hurlai mais aucun son ne sortit de ma gorge. Des rafales de vents firent voler mes cheveux, des cris retentirent. Tout à coup, des mains agrippèrent Jeremiah et le hissèrent sur le pont. Je continuai de m'accrocher à lui, même quand le poids s'abattit sur les pavés dans un fracas métallique.

Quelqu'un détacha doucement mes doigts de la chemise maculée. Alors seulement, je libérai les sanglots venus du plus profond de mon être. Je titubai en arrière, laissant la place aux secouristes qui s'affairaient autour du corps maintenant inanimé de Jeremiah. Ce ne fut que lorsqu'on m'enroula dans une couverture que je me rendis compte que je tremblais de tous mes membres.

L'hélicoptère s'était posé sur le pont. Comme détachée de tout, je reconnus Marie qui en descendait et courait dans notre direction. Elle examina d'abord Jeremiah, puis vint vers moi.

— Allons vous mettre au chaud, finit-elle par dire gentiment en me prenant par la main.

Incapable de bouger, je regardai l'équipe médicale transporter Jeremiah sur un brancard.

Une seconde couverture vint se poser sur la première. Je ne réagis pas.

— L'explosion a détruit une bonne partie de la route, expliqua Marie. Impossible de faire passer des véhicules, mais nous devrions pouvoir passer à pied.

Je détournai légèrement la tête, découvris une silhouette solitaire qui scrutait la rivière, en bas. Anderson observait l'endroit où Lucas et Rush étaient tombés. J'avançai vers elle de quelques pas.

— Vous le connaissiez bien, n'est-ce pas? soufflai-je.

Elle ne répondit pas tout de suite, se contentant d'acquiescer.

— Une opération d'infiltration qui a raté, il y a trois ans, daigna-t-elle ensuite détailler. Il était là.

Ce que j'avais soupçonné se confirmait. Si je ne distinguais pas le visage de la femme, caché dans l'ombre, la rigidité de sa posture en disait long. Nous partageâmes un moment de silence.

— C'était un homme bien, murmurai-je enfin.

Les secouristes s'éloignaient, chargés du brancard où reposait Jeremiah. Il était temps que je m'en aille.

— Le meilleur, renchérit-elle.

J'hésitai, presque désireuse d'en apprendre plus, mais décidai de ne pas insister. Chacun a droit à ses secrets. Et finalement, ça n'avait plus d'importance.

Handicapée par ma béquille, j'eus pas mal de difficultés à franchir les dégâts provoqués par les bombes de Rush. Il fallut même que l'un des agents les plus solides me porte sur les derniers mètres. Pas un instant je ne quittai des yeux le brancard de Jeremiah et je pus monter dans l'ambulance qui nous ramena à l'hôpital.

20

La presse se délecta des événements. Les journaux évoquaient les bombes, des théoriciens de la conspiration débattaient en ligne des responsabilités des uns et des autres, mais nous fûmes heureusement épargnés par le battage médiatique. Les forces de l'ordre ne révélèrent pas nos noms, une bénédiction que je n'appréciai pas à sa juste valeur sur le moment.

Il fallut à Jeremiah deux cent onze points de suture pour réparer les dégâts – internes et externes – qu'il avait subis. Rush s'était véritablement acharné ; il avait veillé à ce que certaines cicatrices ne s'effacent jamais. Trois jours après avoir été transporté à l'hôpital, Jeremiah n'avait toujours pas repris conscience, et j'avais l'impression de sombrer peu à peu dans la folie. Je le veillai, profitant de cette soudaine accalmie, mais inquiète, et souffrant qu'il ne puisse me rassurer par son étreinte.

Les divers services de la police et les avocats de la famille Hamilton réglèrent nos petits problèmes de passeports. L'agent Atwater, l'homme qui était venu me cueillir à l'aéroport de Londres, passa deux fois en coup de vent afin de me tenir au courant. Jeremiah étant dans le coma. Mes papiers américains furent récupérés et je fus autorisée à regagner les États-Unis. Je me gardai cependant de regarder les informations ou de porter mon attention sur quoi que ce soit qui pouvait se passer en dehors des soins intensifs.

À présent que le danger avait disparu, je n'avais plus qu'une envie : oublier. Plus facile à dire qu'à faire…

Les deux premières nuits, je dormis dans un hôtel à côté de l'hôpital. Des cauchemars agitaient mon sommeil, sombres rêves dont je ne me souvenais plus au matin. Je me réveillais dans la solitude obscure de la pièce couverte de transpiration, un cri au bord des lèvres. La fatigue due aux insomnies rendait les journées à peine supportables, au point que j'avais parfois une folle envie de m'enfuir. L'immobilité de Jeremiah n'arrangeait rien, je me sentais comme une maison sans fondations. Je n'adressais la parole à personne, attendant patiemment qu'il reprenne connaissance.

Le troisième jour, Georgia Hamilton fit son arrivée à l'hôpital. Je m'effaçai à son profit – elle était tout de même la mère de Jeremiah ; je doute, au demeurant, que j'aurais pu l'arrêter. Elle m'ignora complètement, entreprit de questionner les infirmières et d'exiger des explications auprès des médecins sur l'état de son fils. Son visage me parut plus ridé que dans mon souvenir, à croire qu'elle avait vieilli de dix ans. En revanche, elle était aussi revêche que lors de notre dernière rencontre. La perspective de perdre un enfant excuse bien des comportements.

Alors que Georgia s'était absentée, occupée à organiser le rapatriement immédiat de Jeremiah, la main de Jeremiah dans laquelle j'avais glissé la mienne tressaillit puis serra mes doigts. Je relevai brusquement la tête et fondis en larmes: deux prunelles vertes me fixaient en clignant des paupières. Bouleversée, je me retrouvai à court de mots.

— Salut.

— Salut.

Sa voix était rouillée, ses traits fatigués et tirés, mais il était réveillé. Me levant de ma chaise, je lui versai un verre d'eau et lui donnai à boire, car sa bouche semblait desséchée. Je désirais tellement le prendre dans mes bras. Mais j'avais vu ses blessures, et mon étreinte n'aurait provoqué que des douleurs supplémentaires. Je me contentai de caresser du dos de la main sa joue et sa tempe recouvertes de pansements, heureuse de pouvoir le toucher.

De nouveau, il serra mes doigts, un minuscule sourire relevant la commissure de ses lèvres. Il referma les yeux alors que j'appuyais sur le bouton d'appel de l'infirmière.

Le trajet de retour s'effectua dans le jet privé de la famille Hamilton – que j'avais emprunté moins de deux mois auparavant entre New York et Paris. Ce vol-ci fut cependant d'humeur plus sombre. Sans compter un nombre plus élevé de passagers, puisqu'une équipe médicale veillait sur Jeremiah. Georgia ne manqua pas d'exprimer sa désapprobation de me voir au côté de son fils, me qualifiant d'intruse et m'accusant de gêner.

— Elle reste.

Ces deux mots prononcés d'une voix rude aux accents douloureux la firent taire. Soulagée, je décidai de ne pas prêter attention à sa colère pourtant palpable.

Le retour sur le sol américain fut moins heureux. Jeremiah fut installé dans son appartement de Manhattan, dans la mesure où il était beaucoup plus proche de l'hôpital que sa résidence des Hamptons. Malgré mon aversion pour sa mère, je dois avouer qu'elle se montra à la hauteur. Domesticité, visites des médecins et des kinés à la maison, elle organisa le tout avec une remarquable efficacité… sans oublier d'insister pour rester sur place, histoire de veiller au grain. Elle m'exila dans la chambre d'amis, à l'opposé de la suite de Jeremiah. N'étant pas en état de protester, je laissai faire.

Deux jours après notre retour, Marie nous rendit visite. Ce fut moi qui l'accueillis à la porte. Elle avait l'air plus détendue et alla jusqu'à me sourire quand nous échangeâmes une poignée de main.

— Vous en avez parcouru, du chemin, fis-je remarquer.

Je m'étonnai moi-même du plaisir que j'avais à la revoir.

— Le téléphone ne suffit pas, pour certaines nouvelles, se justifia-t-elle en inspectant l'immense appartement. Comment va Jeremiah?

— Son état s'améliore progressivement. Il est encore confiné au lit, ce qui lui déplaît, mais ça va mieux.

— Et vous?

Je réfléchis puis, haussant les épaules, lâchai:

— Aussi bien qu'on pouvait l'espérer, j'imagine.

Nous entrâmes dans la grande chambre du rez-de-chaussée où était couché Jeremiah, son ordinateur portable posé sur le plateau du petit déjeuner placé au-dessus de ses jambes. Il referma l'appareil à notre arrivée et tendit la main à Marie.

— Je ne pensais pas vous recroiser, dit-il.

— J'avais à faire aux États-Unis. Ça ne coûtait rien de passer afin de vous donner les dernières nouvelles. Le cadavre de Rush a été repêché dans la Tamise hier.

Je retins mon souffle.

— Vous êtes sûre que c'est lui? demanda Jeremiah.

— Oui. Des premiers tests ADN ont montré des liens de parenté avec vous et votre frère. Nous en saurons plus d'ici quelque temps, dès que nous aurons rassemblé d'autres éléments sur sa personnalité et ses activités.

— Et Lucas? murmurai-je.

Du coin de l'œil, je vis que Jeremiah se raidissait.

— Rien encore, mais comptez sur moi pour vous avertir dès qu'il y aura du nouveau.

Marie s'interrompit un instant avant de poser une question :

— Vous souvenez-vous si un objet était... attaché à Rush quand il a basculé dans le vide?

Je consultai Jeremiah du regard.

— Non, expliquai-je à Marie, il était libre de ses mouvements. Seuls Lucas et Jeremiah avaient des poids aux pieds. Pourquoi?

— Apparemment, quand on l'a trouvé, Rush avait quelque chose autour du poignet. Pas une entrave comme celle que vous évoquez, cependant. Enfin, il est mort, et je tenais à ce que vous le sachiez.

— Puis-je vous offrir quelque chose à boire? m'enquis-je après un moment de silence, réalisant que je n'étais pas une très bonne hôtesse.

— Non, merci. Je suis attendue ce soir à Washington, il faut que je me sauve.

J'envisageai un instant de l'embrasser, puis me ravisai et me contentai de lui serrer cordialement la main.

— Merci de vous être donné la peine de venir jusqu'ici.

Elle me dévisagea, et ses traits perdirent un peu de leur dureté naturelle.

— Je suis contente que vous vous soyez tirée de ce mauvais pas, mademoiselle Delacourt.

— Pauvre Lucas, soupirai-je après l'avoir raccompagnée à la porte et être revenue dans la chambre.

Je m'assis au bord du lit et pris la main de Jeremiah.

— J'espère qu'il a survécu, ajoutai-je.

Mais, entre son hémorragie interne et les coups de feu que j'avais entendus avant que les deux hommes tombent à l'eau, j'en doutais. Sans lui, le monde paraissait plus terne.

— Vous l'aimiez?

Je sursautai et lâchai Jeremiah. Sa question était amère, même s'il avait adopté un ton neutre et que son visage ne trahissait rien. Ma gorge se serra, je secouai la tête.

— Il a été là quand j'avais besoin d'un ami, et, maintenant, il est parti.

Jeremiah eut l'air de se satisfaire de ma réponse et se rallongea, paupières fermées. Les hématomes qui déparaient sa beauté m'affligeaient. Si j'ignorais ce que Rush lui avait vraiment infligé, j'étais consciente de la gravité de ses blessures. Ce seul spectacle me donnait envie de tuer une seconde fois ce salopard.

Soudain, une voix stridente retentit, en provenance du salon, et j'étouffai un gémissement alors que Georgia faisait irruption dans la pièce, flanquée de deux infirmières en blouses blanches.

— Mon chéri, dit-elle en embrassant la joue de son fils comme s'il était encore un petit garçon, ces dames sont là pour évaluer tes progrès. J'ai aussi fait venir quelqu'un pour nettoyer cette porcherie. Franchement, ma chère, côté ménage, vous êtes loin d'être efficace.

Cette dernière phrase m'était naturellement adressée et me piqua au vif. L'accusation avait beau être infondée, j'en fus mortifiée. Manquant de courage pour protester, je détournai la tête. Constatant que je ne me levais pas du lit, Georgia condescendit à me regarder et lança :

— Eh bien, qu'attendez-vous? Ouste! Faites place aux professionnelles.

— Ça suffit, mère! intervint Jeremiah avec colère.

Je m'empressai d'obtempérer.

— Non, laissez-vous examiner.

Ravalant ma fierté et les mots qui me brûlaient la langue, je sortis d'un pas vif, la tête haute. Il me sembla entendre mon prénom, mais je ne m'arrêtai pas – il fallait absolument que je m'en aille. Les larmes menaçaient, et plutôt mourir que pleurer devant Georgia Hamilton.

Une équipe de femmes de ménage s'affairait dans le reste de l'appartement. Mon sentiment d'inutilité ne fit que croître quand je les vis épousseter et ranger ce qui aurait pu m'occuper les mains et l'esprit. Le penthouse n'avait nul besoin d'une pareille armée. Il avait été préparé pour le retour de son propriétaire bien avant notre arrivée – probablement par les mêmes domestiques, d'ailleurs. J'avais fait de mon mieux pour le maintenir aussi propre et ordonné que je le pouvais, et ce débordement d'activité mettait en lumière ce que j'avais pu négliger. Certes, je n'avais jamais été une fée du logis, mais je fus tout de même touchée dans mon orgueil.

J'étais assise sur un canapé à essayer de me faire toute petite quand Georgia ressortit de la chambre. Aussitôt, les femmes de ménage terminèrent leur tâche et la rejoignirent, s'apprêtant à quitter les lieux dans son sillage. La mégère me toisa avant de soupirer.

— Vous n'avez rien de mieux à faire que rester assise, à vous prélasser dans le canapé de mon fils? Je déteste l'idée qu'il puisse s'être entiché d'une arriviste telle que vous!

Sur ce, elle se dirigea vers la porte. Là encore, une réplique cinglante faillit m'échapper. J'avais envie de la faire se sentir aussi pitoyable qu'elle le faisait avec moi. Malheureusement, mon sens de la repartie n'était pas à la hauteur de la toxicité de ses paroles. J'aurais peut-être réussi à m'y hisser si j'avais eu le goût de l'insulte et du mépris. Mais ses attaques me laissaient toujours sans voix.

Il n'est pas possible ce soit l'image que l'on ait de moi dans cette maison!

Ma respiration s'accéléra, le sang me monta à la tête, tandis que ma poitrine se serrait. Prise d'un brusque besoin de bouger, *d'agir*, je me levai. Mais la détresse eut raison de moi. Une main sur la bouche, je m'écroulai près des tabourets de bar. J'en agrippai un tout en m'efforçant de contenir le flot d'émotions qui me submergeait. Saisie de vertige, je me contraignis à retrouver mon souffle et inspirai plusieurs grandes goulées d'air.

Je reconnaissais les symptômes d'une crise de panique. Mon cœur était serré dans un tel étau que c'en était presque douloureux, et je dus lutter pour ne pas me laisser complètement submergée.

Soudain, un léger bruit de pas me parvint, et Jeremiah m'appela. Je me raccrochai à sa voix et réussis enfin à décontracter mes poumons oppressés.

— Par ici! lançai-je.

À mon grand agacement, mes intonations étaient tremblantes. Quand je me relevai, je le découvris qui me dominait de toute sa taille en fronçant les sourcils.

— Qu'est-ce que vous fichez par terre?

— Je m'étirais.

Bien que détestant la facilité avec laquelle j'avais menti, il était hors de question de lui avouer la vérité. Encore secouée, je me dirigeai vers la cuisine.

— Je vous prépare un en-cas?

— Non merci, mais mangez si vous avez faim.

Ce fut à mon tour de froncer les sourcils.

— Est-il bien raisonnable d'être debout? m'enquis-je.

— J'en ai assez d'être confiné dans ce fichu lit. Je me sens inutile.

Ce dernier mot me fit tressaillir, et je m'efforçai de n'y déceler aucune allusion directe à ma personne. Dans l'état d'esprit où je me trouvais, ce fut difficile.

— J'essaie d'aider, marmonnai-je, pitoyable.

Au moins, je lui tournai le dos, et il ne vit pas à quel point j'étais troublée.

— Je sais, soupira-t-il.

À cet instant, j'aurais tout donné pour sentir une caresse, entendre des paroles rassurantes. Au lieu de quoi, il garda le silence et me rejoignit dans la cuisine en boitillant. Je pris une boîte de céréales d'un placard, des œufs dans le réfrigérateur, trouvai de l'huile et des noix avant de me mettre en quête d'une poêle. En vain! La pièce était immense, les placards trop nombreux. Je finis par dénicher sous un plan de travail un plat en verre qui pouvait convenir.

— Permettez que je vous donne un coup de main, proposa en Jeremiah en se rapprochant.

— Inutile, je vais me débrouiller.

— Lucy, je vous en...

— Puisque je vous dis que ce n'est pas la peine!

Ma réplique avait claqué. Honteuse de mon éclat, je me redressai trop vite. Le plat que je tenais heurta le coin du comptoir, m'échappa des mains et éclata en morceaux sur le carrelage.

Je me remis à trembler alors que l'angoisse reprenait de plus bel. Je cherchai un balai et une pelle, mais n'en trouvant nulle part, je me rabattis sur un rouleau d'essuie-tout.

— Excusez-moi, murmurai-je en arrachant quelques feuilles.

— Attention, Lucy, vous êtes pieds nus.

— Il faut bien que je…

— Non ! Arrêtez ça ! Tout de suite !

Malgré sa faiblesse physique, le ton de Jeremiah était encore celui d'un homme habitué à donner des ordres. Je me figeai sur place, et un sanglot s'échappa de mes lèvres.

— Je n'en peux plus, chuchotai-je.

Un silence accueillit ma déclaration. Je me sentais incapable de regarder Jeremiah, avais juste envie de me rouler en boule dans un coin et de pleurer tout mon soûl. Je cachai mes mains tremblantes dans mon dos et tripotai le papier afin d'évacuer mon stress.

— Vous n'en pouvez plus de quoi ? finit-il par demander.

— De ceci, de tout, répondis-je en désignant l'appartement d'un large geste du bras. Vous n'avez pas besoin de moi. Je vous aime tant, et malgré tout…

Je m'interrompis. Mes idées étaient si confuses que je n'étais pas en mesure de les formuler. Comme Jeremiah continuait de se taire, je fis une nouvelle tentative.

— Il faut que je sache où nous en sommes. Vous et moi.

Bon sang ! Il m'en avait coûté de prononcer ces paroles. Je déglutis et, comme il ne réagissait toujours pas, enchaînai.

— Bien que le danger se soit éloigné, vous ne me touchez plus. Je suis totalement inutile ici, ça me tue…

Je marquai une pause, au bord des larmes. Haïssant ma faiblesse, je pris le temps de me reprendre.

— Ça me tue d'être auprès de vous et d'ignorer si…

Si nous avons ne serait-ce qu'une chance.

Ma gorge se serra. Inconsciemment, je venais de mettre le doigt sur le cœur du problème.

— C'est compliqué pour moi aussi, vous savez? dit Jeremiah. Vous n'êtes pas la seule à avoir l'impression d'être bonne à rien et prisonnière de la situation. Vous m'abandonneriez dans cet état-là?

La demande me fit tressaillir, et je ressentis une bouffée de honte. Mais la colère l'emporta.

— Si je ne le fais pas maintenant, quand? Quand serait-ce le bon moment? Dans une semaine? Un mois? Suis-je censée patienter en paressant et en profitant de votre richesse jusqu'à ce que vous me jetiez dehors?

— Ce n'est pas ce que vous faites, Lucy!

— Ce n'est pas l'impression que j'ai. Ni celle de votre chère mère, d'ailleurs. Vous bénéficiez de plus de soutien que nécessaire. Je n'ai rien à faire, aucun rôle à jouer dans votre rétablissement. Je passe mon temps à attendre, nous parlons à peine, je ne suis même pas certaine que vous appréciiez ma présence à vos côtés.

Le silence qui salua mes paroles réduisit à néant les ultimes lambeaux d'espoir que je nourrissais encore.

— M'avez-vous pardonné? finis-je par murmurer.

Là encore, son mutisme dura trop longtemps. Je parvins à ne pas le quitter des yeux, guettant une réponse que je connaissais déjà.

— Je n'en sais trop rien, marmonna-t-il au bout d'un long moment.

C'était comme si on lui avait arraché les mots de la bouche, comme s'il avait refusé de les dire à haute voix.

— Je vais nettoyer mes bêtises, puis je partirai, décrétai-je avec un bref hochement de tête.

Le nœud qui comprimait ma poitrine était suffisamment puissant pour endiguer mes émotions. Vidée de la folle énergie qui m'avait animée jusque-là, je ramassai les éclats de verre avec soin et lenteur avant d'essuyer le carrelage. Jeremiah s'éclipsa, mais quand je sortis de la cuisine, je vis qu'il se tenait tout près de la porte.

L'un de nous aurait-il parlé, m'aurait-il prié de ne pas m'en aller, peut-être ma détermination aurait-elle faibli. J'avais conscience d'endosser le mauvais rôle de la méchante en le laissant alors qu'il était physiquement diminué, comme si je n'avais pas supporté ses faiblesses, comme si j'avais manqué de caractère. J'étais sûre d'une chose, toutefois : s'il m'avait dit qu'il me pardonnait, je serais restée avec lui pour l'éternité.

Mais Jeremiah n'était pas du genre à mentir, et son silence confirmait l'ampleur de ses incertitudes. Il se détourna de moi dans un mouvement brusque.

— Je vous commande une limousine.

— Jeremiah, dis-je en le retenant par le bras. Je ne relève plus de votre responsabilité. Nous sommes à Manhattan, je suis une grande fille, je trouverai un taxi en bas.

— Où irez-vous?

— Aucune idée.

Je n'avais en effet pas de plan précis et très peu de solutions dans l'immédiat. Heureusement, grâce à lui, je possédais un compte en banque bien fourni. Tirant de ma poche le téléphone portable qu'il m'avait donné, je le déposai sur la console de l'entrée.

— Gardez-le, lança-t-il alors. S'il vous plaît.

J'hésitai une seconde, obtempérai. La raison me dictait de quitter l'appartement sans regarder derrière moi, mais c'était au-dessus de mes forces. Je revins vers lui, me hissai sur la pointe des pieds et embrassai sa joue. Au dernier moment, il tourna la tête dans ma direction. Il prit mon menton en coupe dans le creux de sa main tiède, et des larmes perlèrent sous mes cils. Je ne voulais pas m'écarter, être celle qui romprait le plus tendre échange qu'il m'ait été donné de vivre. Mais comme mus par une décision mutuelle, nous reculâmes chacun de notre côté.

— Au revoir, chuchotai-je.

La tristesse que je lus dans ses yeux était insupportable, et je m'empressai de quitter la pièce. Finalement, ce fut le portier de l'immeuble qui se chargea d'arrêter un taxi. Malgré l'engourdissement de mes jambes qui rendait chaque pas difficile, je réussis à monter à bord de la voiture et priai le chauffeur de me déposer dans un hôtel en dehors de Manhattan. La circulation était dense, comme toujours, mais le chauffeur comprit vite que je n'étais pas d'humeur à converser, et c'est en silence que nous fîmes le trajet.

Je me laissai glisser dans une torpeur traversée par des pulsations de douleur – ce qui valait mieux qu'un chagrin déchirant. Rassemblant toute ma volonté, je m'appliquai à contempler le paysage. Le chauffeur me conduisit finalement à un bon hôtel de Clifton, dans le New Jersey.

Je montai dans ma chambre, m'allongeai toute habillée sur le lit et sanglotai jusqu'à ce que le sommeil m'emporte.

21

Le premier bouquet fut livré à mon bureau trois mois plus tard.

— On dirait que quelqu'un a un admirateur, plaisanta ma collègue Amanda, alors que je contemplais avec surprise la composition florale.

— Tu es sûre que c'est pour moi ?

— C'est ce qu'indique la carte. Allez, crache le morceau : avec qui sors-tu ?

Ignorant la question, j'arrachai la petite enveloppe, effectivement libellée à mon nom. À l'intérieur se trouvait un message de cinq mots qui firent s'accélérer les battements de mon cœur.

Je ne vous oublie pas.

— Lucy ? Tu as l'air au bord des larmes ! Que se passe-t-il ? Qu'est-ce que ça dit ? Montre !

J'écartai la carte de ses doigts avides et lui adressai un regard moqueur.

— N'es-tu pas censée faire de la lèche aux Canadiens ?

— C'était le but de ma visite, justement. Ils sont de Québec et parlent plus français qu'anglais. Je crois qu'ils préféreraient quelqu'un d'autre que moi pour s'occuper d'eux.

— Qui t'a dit que je parlais français?

— Je t'ai vue le mois dernier avec le couple d'Haïtiens. Et puis, j'ai parcouru ton dossier. Tu es même née au Québec! Si ça se trouve, tu as des liens de parenté avec nos Canadiens d'aujourd'hui. Ou, du moins, fais semblant. Genre sœur perdue de vue, un truc comme ça.

— Ce n'est pas ton boulot? répliquai-je en secouant la tête mais avec un sourire.

Amanda Reed apportait son concours à la branche collecte de fonds du réseau des Médecins de l'Espoir et officiait dans mon petit bureau satellite de Brooklyn. Il s'agissait d'une très modeste association caritative, mais elle finançait les activités de mon amie Cherise, dont le mari médecin exerçait à Bornéo. Lorsque je l'avais recontactée en lui expliquant que je cherchais un job, elle m'avait aidé à décrocher un poste au sein de l'organisation. J'avais déjà eu l'occasion de rencontrer le fondateur des Médecins de l'Espoir lors d'un dîner où j'avais réussi à lever des fonds pour le compte de Cherise. Un détail qui avait facilité mon embauche.

Dès mon premier jour, j'avais compris que j'avais trouvé ma voie. J'avais beau être débordée de paperasse au quotidien, je tirais une véritable fierté de mon travail.

— Allez, Lucy! Sois sympa! Ça me rendrait vraiment service.

Amanda me faisait souvent penser à Cherise, boule d'énergie en mouvement permanent qui ne savait pas quand s'arrêter. C'était une jeune et jolie rouquine à cheveux courts couverte de taches de rousseur, à peine sortie de l'université. Elle arborait un éternel sourire, et je n'avais pas tardé à découvrir qu'il était extrêmement difficile de lui résister quand elle s'était mis en tête d'obtenir quelque chose – ce qui représentait un atout considérable pour quelqu'un dont le travail consistait à soutirer de l'argent à des donateurs.

— Bon, d'accord ! J'y vais. Mais tu es vraiment pénible !

— Super ! Tu me sauves la vie. Merci, merci, merci !

Elle profita de ces effusions pour tenter de regarder par-dessus mon épaule.

— Alors ? Qu'est-ce qu'il raconte, ce message ? Ce n'est quand même pas un secret d'État, non ?

Me contentant de lui adresser un clin d'œil lourd de mystère, je glissai l'enveloppe dans ma poche.

— Oh ! s'écria-t-elle en affichant un air dépité. S'il te plaît !

— Tu as quel âge ? Dix ans ?

— Seulement le vendredi, se réjouit-elle.

Levant les yeux au ciel, j'attrapai ma veste et la suivis.

Par la suite, les fleurs – du gros bouquet à la rose unique – continuèrent d'arriver régulièrement. Amanda n'avait pas renoncé à me harceler pour que je lui confie l'identité de l'expéditeur. Je n'avouai rien. Surtout parce que j'avais peur de nourrir de vains espoirs. Au printemps, la charge de travail augmenta, et ma collègue cessa de jouer les curieuses car elle était souvent en vadrouille pour ses rendez-vous.

De Jeremiah en personne, je n'eus droit à aucun signe en revanche.

Puis, un beau jour, les fleurs furent accompagnées d'un petit paquet.

— Ah ! s'écria Amanda, présente pour une fois. L'admirateur secret passe à la vitesse supérieure.

Elle se pencha vers moi en grimaçant.

— Quoi? Une enveloppe à en-tête d'un notaire? C'est un titre de propriété? Franchement, il y a plus sexy, hein?

Le front plissé, j'ouvris l'enveloppe et en tirai une épaisse liasse de papiers. Des Post-it de couleur étaient collés dans les marges. Sur la première page apparaissait une adresse familière qui retint immédiatement mon attention. La pièce se mit à tourner, heureusement, j'étais assise. Curieuse comme une pie, Amanda avait déjà commencé à lire.

— C'est où, ce patelin?

Sous le choc, je plaquai une main sur ma bouche.

— Je récupère ma maison, soufflai-je ensuite.

— Quoi? Ton admirateur secret t'achète une maison?

Je feuilletai les documents. Mon nom apparaissait sur quasiment chaque page, les Post-it indiquaient les endroits où ma signature était requise. L'évaluation du bien me laissa sans voix, et je dus m'agripper à ma table de travail quand je tombai sur des photos de la maison.

— Joli! siffla Amanda. Nom d'un chien! Tu en es vraiment propriétaire, maintenant?

— Qui a apporté ça? demandai-je.

C'était la première fois que je m'inquiétais de savoir qui livrait les fleurs. Amanda haussa les épaules d'un air étonné.

— Aucune idée. Renseigne-toi à la réception ou au courrier. Hé, qu'est-ce qui te prend?

J'avais bondi sur mes pieds et fonçai dans le couloir. Dédaignant l'ascenseur, je dévalai les trois étages jusqu'au rez-de-chaussée. Bien qu'il se soit écoulé plusieurs mois depuis les événements sur le pont, ma cheville restait fragile et se rappelait de temps en temps à mon souvenir. Je ne savais pas trop ce que je cherchais, ce qui ne m'empêcha pas d'être déçue quand, une fois dehors, je ne remarquai rien d'inhabituel. Je scrutai la rue, en quête d'un homme qui aurait eu la stature de Jeremiah. En vain. Ce quartier était assez peu fréquenté, et les rares personnes que j'aperçus ne ressemblaient en rien à mon milliardaire.

Une boule se forma dans ma gorge. Attrapant mon téléphone portable, je le contemplai durant quelques minutes. Il contenait, parmi d'autres contacts, le numéro de l'homme qui aurait été susceptible de répondre à mes questions. Car je ne doutais pas de l'identité de celui qui venait de me racheter la maison de mes parents. Qui d'autre que Jeremiah était au courant, d'ailleurs? Mais pour des raisons connues de lui seul, il avait choisi de rester dans l'ombre. J'envisageai un instant de l'appeler avant de me raviser.

Je conservais ma fierté. Certes, elle avait été plutôt mise à mal quelques mois auparavant, mais j'avais commencé à me ressaisir et à recoller les morceaux. J'avais commis des erreurs, j'en étais consciente, et je regrettais parfois d'avoir abandonné Jeremiah dans son loft de Manhattan. Mais je n'avais aucun moyen de réparer les dégâts, force m'était de vivre avec la conséquence de mes décisions. Frissonnant, je m'emmitouflai dans ma veste et regagnai mon bureau.

Quelques jours plus tard, je trouvai dans ma boîte aux lettres personnelle une invitation à une cérémonie en mémoire de Lucas James Hamilton.

Je fixai longtemps le papier grisâtre avant de le remettre dans son enveloppe et de le déposer doucement sur le plan de travail de ma cuisine. Puis mon regard voilé de larmes balaya l'appartement. Mon salaire couvrait tout juste le loyer, mais le quartier était tranquille. Même sans travail, j'aurais pu rester ici un an grâce à mes économies.

Après avoir tiré le diable par la queue durant tant d'années, j'étais rassurée d'avoir des réserves en cas d'urgence.

Le service commémoratif était prévu pour dans quatre jours. J'irais, bien sûr. Je n'avais aucun doute à ce sujet. Depuis que j'étais partie de chez Jeremiah, je ne savais rien de la suite des événements. Ni Marie ni ses collègues ne m'avaient contactée, j'ignorais si l'on avait retrouvé le corps de Lucas ou si les recherches avaient été abandonnées.

Je l'apprendrais d'ici peu.

Le temps splendide détonait avec la triste célébration quand je me rendis sur les lieux. Si Lucas avait été là, il aurait sûrement plaisanté sur les printemps new-yorkais. Et il aurait sans doute préféré ce soleil à la pluie. Mais porter le deuil en cette journée radieuse produisit un étrange effet sur moi.

Comme je m'y attendais, l'accès à la cérémonie était contrôlé, et je dus montrer mon invitation aux gardes postés devant l'entrée du pavillon où était organisé l'événement. Ils consultèrent la tablette sur laquelle devaient être listées les personnes conviées, puis finirent par secouer la tête.

— Votre nom n'est pas sur la liste, mademoiselle Delacourt.

— Elle est avec moi.

Jeremiah venait d'apparaître sur le seuil, et je respirai profondément tout en l'observant avec avidité. Ses cheveux étaient plus longs, effleurant le col de sa chemise. Il était toujours aussi beau, même si ne m'échappèrent pas les fines ridules d'un rose très pâle qui marquaient son visage, cicatrices indélébiles des horreurs que lui avait infligées Alexander Rush. Il s'appuyait également sur une canne, signe que le chemin du rétablissement était loin d'être terminé.

— Mais elle n'est pas sur la liste, monsieur!

— Voyez ça avec ma très chère mère.

Sur ce, il écarta les hommes, vint à ma rencontre et m'offrit son bras. Je n'hésitai qu'un instant avant de l'accepter et l'accompagnai à l'intérieur.

— Dois-je comprendre que Georgia a retiré mon nom de la liste? demandai-je.

Je fus fière de constater que ma voix ne tremblait pas.

— Quoi qu'elle dise ou fasse, vous êtes mon invitée et la bienvenue.

Nous traversâmes à pas lent un petit vestibule qui débouchait sur une sorte de paradis. Je ne pus m'empêcher de pousser un cri émerveillé en découvrant un jardin de taille impressionnante, où les arbres et les parterres de fleurs composaient un ensemble harmonieux, parcouru d'allées pavées et ponctuées de pelouses qui auraient été idéales pour accueillir un pique-nique.

— Il s'agit d'une propriété que nous réservons à certains événements privés, m'expliqua Jeremiah. Des mariages et des fêtes, pour l'essentiel. Nous y venions souvent, dans mon enfance, et malgré les efforts de mon père pour tout gâcher, je conserve d'assez bons souvenirs de cet endroit.

— C'est magnifique.

Les arbres étaient en pleine floraison. L'hiver ayant été long, le spectacle était enchanteur.

— Comment allez-vous? finis-je par demander, un peu hésitante.

— Mon état s'améliore, même si ce n'est pas très flagrant au premier abord, maugréa-t-il en brandissant sa canne. Ma mère pense que cet objet n'a pour but que de me donner un air plus sophistiqué et élégant. Vous êtes d'accord?

Sur ce, il reposa la canne à terre, tendit le menton et prit la pause. Je n'en revenais pas d'avoir pareille conversation. Il paraissait beaucoup plus détendu, comme s'il avait été soulagé du poids d'un invisible fardeau.

— Vous avez toujours été sophistiqué, répondis-je. Quant à votre élégance, elle s'apparente plutôt à celle d'un éléphant dans un magasin de porcelaine.

— J'en prends bonne note.

Seule une partie des jardins avait été aménagée pour le service du souvenir et la réception qui suivrait. Les invités se mélangeaient les uns aux autres avec aisance. N'en connaissant aucun, je fus reconnaissante à Jeremiah d'éviter les divers groupes qui s'étaient formés. À un moment, une femme mince toute vêtue de noire et coiffée d'un chapeau extravagant à délicate voilette surgit à quelques mètres de nous. Malgré la distance, je n'eus aucun mal à reconnaître l'attitude hautaine de Georgia Hamilton. Par bonheur, elle ne s'approcha pas. Je me fichais d'ailleurs complètement de son opinion. J'avais été invitée par son fils, j'étais venue, elle devrait le digérer.

La cérémonie fut brève. Jeremiah fut le premier à s'exprimer, se contentant d'évoquer des souvenirs d'enfance. L'idée me traversa l'esprit de dire quelques mots, mais j'y renonçai en songeant que je n'avais pas connu Lucas suffisamment longtemps pour me permettre de faire son éloge. Mais plus sans doute que certains des auditeurs dans l'assistance.

Dès que ce fut terminé, des gens s'approchèrent de Jeremiah avec la claire intention de s'entretenir avec lui. Il les congédia poliment et m'entraîna à travers l'assistance. Je me souvins de l'accusation portée contre Georgia lors d'une précédente rencontre : elle aurait eu la sale habitude de monnayer des rencontres avec son fils milliardaire. J'espérais qu'elle n'avait pas osé s'abaisser à ce genre de manœuvres en ces tristes circonstances.

En même temps, cette horrible femme était capable de tout.

— On se promène un peu ?

Bras dessus, bras dessous, nous nous éloignâmes de l'assemblée. Un enfant courait au milieu du parc. Alors que nous nous éloignions dans le jardin, des rires d'enfants me parvinrent, de plus en plus nets.

— Le jardin fait partie d'un parc privé bien plus vaste, m'expliqua Jeremiah. Il existe un autre accès que celui par lequel nous sommes arrivés.

Un jogger nous dépassa, suivi par son chien tenu en laisse. L'une des allées donnait sur une aire de jeux, d'où venaient les rires que j'avais entendus. Des promeneurs flânaient, dotant les lieux d'un aspect étonnamment intime.

— Vous ai-je déjà dit quelle femme incroyable vous êtes ?

Je déglutis et levai les yeux vers Jeremiah.

Ses prunelles vertes me transperçaient comme si j'étais transparente. Je m'éclaircis la voix.

— Non.

Son rire me réchauffa le cœur, et je serrai brièvement son bras.

— Alors, reprit-il, que devenez-vous ?

— Je travaille, pour l'essentiel. Et je crois que vous savez où.

— Ah ! Ainsi, vous avez bien reçu mes envois ?

— Si, par là, vous entendez les fleurs, oui. Elles sont superbes. Je tenais aussi…

Je m'interrompis, me raclai de nouveau la gorge.

— Je ne sais pas comment vous remercier pour le… le plus gros cadeau.

— Rassurez-moi, vous ne comptez pas refuser?

La surprise me fit m'esclaffer.

— Je suis orgueilleuse, certes, mais pas à ce point! Je l'accepterai et me débrouillerai pour apaiser ma conscience. Merci.

J'appuyai ma tête à son épaule.

— Vous voyez quelqu'un?

La question était directe, voire audacieuse. Mais je m'étais plus ou moins attendu à ce qu'il la pose.

— Non. Pas comme vous l'imaginez en tout cas. Je vois une thérapeute une fois par semaine. Elle m'aide beaucoup.

— À faire quoi?

— À gérer mon trouble de stress post-traumatique.

Si cette révélation le surprit, il n'en montra rien. J'évitai de mentionner mes cauchemars ou mes accès de panique, le moment ne s'y prêtait guère. De plus, ils étaient moins fréquents ces derniers temps. Nous avançâmes en silence jusqu'au pied d'un pont pavé, où nous nous arrêtâmes près d'un vieux monsieur qui, assis sur un banc, nourrissait les pigeons et d'un jeune couple qui jouait avec un tout petit sur une couverture.

Jeremiah me lâcha et s'adossa à la palissade.

— Mon frère me manque.

— À moi aussi, admis-je, le cœur serré.

— Il lui arrivait de se comporter comme un vrai con, mais… Savez-vous qu'il me tirait régulièrement des griffes de notre père? Il était doué pour distraire Rufus en racontant n'importe quoi et détourner la colère paternelle sur lui, récoltant les châtiments qui m'étaient destinés.

— Il vous aimait, murmurai-je.

— Je sais. En revanche, j'ignore s'il se doutait que la réciproque était vraie. Et à quel point.

— Je crois que oui.

Lui prenant la main, je tirai dessus gentiment jusqu'à ce qu'il me regarde. Je repoussai une mèche égarée sur son œil, caressai du pouce une cicatrice qui boursouflait très légèrement sa peau. S'emparant de mon poignet, il pressa ma paume à plat sur sa joue.

— Et vous, chuchota-t-il, savez à quel point je vous aime?

Un petit cri m'échappa et, soudain, les larmes me montèrent aux yeux. Le souffle court, je luttai contre les émotions qui menaçaient de m'étouffer et secouai la tête. De son autre main, il prit mon menton en coupe et promena le bout de ses doigts sur ma tempe.

— Oui, je vous aime, ajouta-t-il. Je l'ai compris quand vous avez grimpé sur ce parapet pour sauter. Avant, même.

Il eut un bref sourire.

— Je pense l'avoir réalisé alors que vous étiez cette fille dans l'ascenseur dont les coups d'œil timides me rendaient dingue.

Il essuya une larme qui avait roulé sur ma joue. Me serrant contre lui, il lâcha sa canne, qui tomba à terre. Se penchant sur moi, il embrassa mon front.

— J'ai toujours estimé que les mots n'étaient pas nécessaires, continua-t-il. Trop banals, même. Puisque le sentiment existe, pour quelle raison le nommer? Mais la mort de Lucas m'a appris une chose: il faut parler aux autres pour qu'ils sachent. Alors, Lucy Delacourt, sachez que je suis fou amoureux de vous.

— Pourquoi?

Je me serais collé des claques! Quelle idiote! Dieu soit loué, Jeremiah se contenta de rejeter la tête en arrière et d'éclater de rire. Je le dévisageai en me rendant brusquement compte que je ne l'avais jamais vu aussi heureux. Il se rapprocha de nouveau, me caressa la joue, mais ne m'étreignit pas.

— Parce que vous êtes forte et courageuse, que vous pensez d'abord aux autres. Parce que vous êtes aussi belle à l'intérieur qu'en apparence, que je vous considère comme mon égale et que j'ai été très bête de vous laisser franchir la porte de mon appartement, il y a quelques mois de cela.

— Et Lucas ? soufflai-je.

Il secoua la tête.

— Je suis mal placé pour vous jeter la pierre. Comme l'a si bien fait remarquer mon frère, mon comportement à son égard et à celui d'Anya me rend plus que coupable.

Il se tut, passa son pouce sur mon sourcil, et je blottis mon visage au creux de sa main réconfortante.

— Vous méritez qu'on se batte pour vous, et je regrette de ne pas vous avoir retenue alors.

— Alors? murmurai-je. Ça n'a pas été si difficile que ça, non?

Il s'esclaffa une nouvelle fois et m'enlaça. J'enfouis ma tête dans sa veste tout en nouant mes bras autour de sa taille.

— Je vous aime, chuchotai-je.

Il m'étreignit plus fort.

Je sentis une goutte tomber sur ma joue et crus à une larme. Quand une seconde frappa mon front, je relevai la tête. Le ciel s'était brusquement chargé de nuages, et il commençait à pleuvoir. Si le soleil perçait encore çà et là, il n'allait pas tarder à disparaître complètement.

— Souhaitez-vous retourner à la réception? demanda Jeremiah.

D'une main, je jaugeai l'intensité de la pluie.

— Je préférerais rester ici. Mais je regrette de ne pas avoir de parapluie. Ça pourrait se transformer en déluge.

— Attendez-moi, je reviens tout de suite.

— Quoi? Avec votre jambe? Non, nous n'avons qu'à...

— Écoutez-moi, Lucy, insista-t-il en me fixant droit dans les yeux. Ça ne me prendra que deux minutes.

Le regard rivé sur ses lèvres, je ne l'écoutai pas, envahie par une faim que je connaissais trop bien. Je collai impulsivement ma bouche à la sienne. Aussitôt, il me répondit, prenant le contrôle du baiser, et je me laissai fondre entre ses bras. J'avais oublié à quel point ses baisers étaient bons. Alternant mordillements et taquineries de la langue, il réussit à enflammer mon corps. Quand nous finîmes par nous séparer, j'avais le souffle court, et pas seulement à cause du baiser.

— Je reviens, murmura-t-il.

Je me dirigeai vers un banc abrité sous un arbre. Celui, où le vieil homme jetait des graines aux pigeons, auxquels s'étaient mêlés quelques moineaux.

— Vous voulez essayer?

Mon voisin avait un fort accent de Nouvelle-Angleterre. Il paraissait correct. Après avoir contemplé son sachet avec incertitude, je finis par hausser les épaules.

— Pourquoi pas?

Il me versa des graines dans la paume et, tour à tour, nous nourrîmes les oiseaux.

— Votre ami me semble être un homme très bien, dit-il au bout d'un moment.

— Je crois qu'il est du genre à s'engager, acquiesçai-je avec un léger sourire. Même si le chemin jusqu'ici n'a pas été facile.

— Les meilleures choses dans la vie le sont rarement. À en juger par le baiser que vous venez d'échanger, je pense qu'il est très amoureux de vous.

Il ponctua sa remarque d'un frémissement de sourcils suggestif qui fit monter le rouge à mes joues, puis consulta sa montre.

— Je dois terminer ma promenade, décréta-t-il en me tendant le sachet. Tenez, ils ont encore faim.

— Merci... commençai-je.

Je m'interrompis brusquement en découvrant les yeux bleu vert qui me contemplaient avec malice. L'espace d'une seconde, j'oubliai de respirer.

— J'ai entendu ce qu'il vous a dit, poursuivit l'homme, tandis que je m'efforçai de reprendre mes esprits. Je parie que son frère aurait adoré l'entendre de ses propres oreilles.

Il se lécha l'index et le tendit, comme pour tester le vent. La pluie choisit ce moment pour tomber plus dru. Elle se mit à dégouliner sur ma tête et mon visage, mais j'étais trop ébahie pour réagir et rompre le silence. Mon interlocuteur me sourit, dévoilant deux rangées de dents d'une blancheur éblouissante.

— Voilà qui convient mieux à un enterrement, commenta-t-il. S'il fait trop beau, les morts risquent de sortir de leur tombe, histoire de profiter du soleil.

Il se leva et s'étira. De mon côté, j'étais toujours aussi abasourdie.

— Ravi de vous avoir rencontré, mam'zelle, me lança-t-il avec un clin d'œil. On se reverra peut-être un de ces jours?

Il commença à s'éloigner. M'arrachant à ma stupéfaction, je bondis sur mes pieds.

— Attendez! Jeremiah voudrait...

— C'est un homme bon qui vous adore, répondit le vieux monsieur en suivant des yeux la direction par laquelle le milliardaire venait de s'éclipser. Prenez soin de mon frère, et dites-lui…

Il s'interrompit, réfléchit, puis termina en souriant :

— De se retirer le balai qu'il a dans le derrière !

— J'ai l'impression qu'il a commencé à faire des progrès en la matière, répondis-je. Vous seriez fier de lui.

À mon tour, j'étais tout sourire, au point d'avoir mal aux joues.

— Je le suis déjà. Prenez bien soin de vous, Lucy.

Il se redressa, se secoua puis, soudain, ses épaules s'affaissèrent, et il reprit l'allure de n'importe quel vieil homme en cardigan et pantalon de golf. Sifflotant une mélodie joyeuse, il s'éloigna sur le pont et disparut derrière un bosquet.

Je me rassis sur le banc et, aux anges, me remis à nourrir les pigeons. Peu après, Jeremiah apparut au détour d'un virage, le parapluie déjà ouvert au-dessus de la tête. Il s'approcha et m'abrita.

— Vous avez l'air bien heureux, commenta-t-il avant d'examiner le sachet sur mes genoux. Des graines ?

— Si je vous racontais, vous ne me croiriez pas.

Plongeant de nouveau la main dans le sachet, je sentis tout un coup un objet dur au milieu des graines et l'en sortis. C'était une chevalière à l'anneau épais surmontée d'une grosse pierre noire. À l'intérieur étaient gravés des mots que le temps avait effacés.

— Qu'est-ce que… Montrez-moi ça ?

Je remis le bijou à Jeremiah, qui l'étudia de près.

— *Audentes fortuna juvat*, déchiffra-t-il. Le vieil homme ?

J'opinai, et il regarda partout alentour. Lorsqu'il fit mine de se lever, je le retins par la manche.

— Vous ne le trouverez pas, lui annonçai-je.

Jeremiah serra les poings.

— Pourquoi ne m'a-t-il pas averti?

— Il vient juste de le faire, le corrigeai-je, en continuant de tirer sur sa veste jusqu'à ce qu'il daigne baisser les yeux sur moi. Il a aussi entendu tout ce que vous m'avez dit.

Durant un instant, je crus qu'il allait s'entêter à courir à la recherche de Lucas, mais il finit par se rasseoir à côté de moi. Ses doigts jouaient avec la bague, que je contemplai avec curiosité.

— À qui appartenait-elle?

— À notre grand-père. Elle a disparu à peu près en même temps que Lucas. Il y est écrit en latin que la fortune sourit aux audacieux.

Il se tut, observa la chevalière plus longtemps puis me jeta un coup d'œil.

— Il a vraiment tout entendu? s'enquit-il.

Quand je hochai la tête, un sourire perplexe étira ses lèvres.

— Tant mieux, commenta-t-il en enfilant la bague. On continue la balade?

Il se releva et me tendit la main. Posant la mienne dans sa poigne ferme et rassurante, je me levai à mon tour et me penchai vers lui. Je posai la tête sur son épaule et nos doigts s'entrelacèrent. La pluie martelait la fine toile du parapluie, les gens alentour se dépêchaient de se mettre à l'abri de l'averse printanière. Nous déambulâmes le long des allées, heureux de l'instant partagé, indifférents à ce que le ciel nous déversait sur la tête.

22

— Vais-je enfin savoir qui est ton mystérieux admirateur? Omondieu! Puis-je me permettre de répéter pour la énième fois à quel point tu es *fabuleuse*, dans cette robe?

— Alors, merci encore pour le compliment! répliquai-je, amusée par l'exubérance d'Amanda. Et non, je te réserve la surprise pour tout à l'heure.

— Méchante fille! T'ai-je dit qui devait venir, d'après les rumeurs? Devine un peu! Beau, riche, puissant et à croquer! Sa présence sera *mon plat de résistance*[1]!

— Jeremiah Hamilton.

— Flûte! Je voulais garder ça pour moi. Ça a dû m'échapper. Sauf que je ne me souviens pas de t'en avoir parlé... Tu as vraiment trouvé toute seule? Si oui, t'es drôlement fortiche!

— Combien de cafés as-tu bu aujourd'hui, Amanda?

— Une quinzaine. Pourquoi?

Les invités commençaient à arriver, et je me dévissai le cou pour jeter un coup d'œil à la salle de réception. Amanda et

1. En français dans le texte.

ses collaborateurs s'étaient démenés, réussissant à obtenir la présence de célébrités sur notre tapis rouge. Les journalistes grouillaient, couvrant l'événement caritatif sous tous les angles. Pas de doute, nous ferions la une des journaux et des sites *people* dès le lendemain matin, ce qui serait une bonne publicité pour notre modeste organisation. Je n'aurais pu être plus fière d'avoir en partie organisé la soirée.

— Omondieu ! Cher est là ! Et là-bas, c'est Joan Rivers en train d'interviewer des gens ! Et là... Nom de Dieu ! C'est *lui* ! Le grand brun sexy à douze heures. À douze heures !

Je suivis des yeux la direction indiquée par son doigt. *Très sexy en effet.* Jeremiah sortait de sa limousine. Indifférent aux photographes, il grimpa les marches menant à la réception. À côté de moi, Amanda trépignait littéralement, alors que je ne pouvais qu'admirer l'homme que j'aimais avancer vers moi. Tout vêtu de noir, il se déplaçait avec une nonchalance nouvelle. Avec ses cheveux plus longs et savamment décoiffés, il n'avait plus grand-chose en commun avec l'homme à l'allure raide que j'avais connu autrefois.

— Il nous regarde ! Oh, je sens que je vais mourir s'il nous adresse la parole !

Lorsqu'il s'arrêta en face de nous, je crus entendre une espèce de couinement sortir de la gorge d'Amanda. Mais Jeremiah n'avait d'yeux que pour moi. Après m'avoir détaillée de la tête aux pieds, il afficha un sourire de prédateur.

— On en mangerait, déclara-t-il.

Je dus serrer les poings pour me retenir de passer la main dans sa tignasse.

— Vous êtes tout aussi époustouflant, répondis-je, sincère.

Il m'offrit son bras, que j'acceptai sans jeter un regard à Amanda, et lui emboîtai le pas. Dans les parages immédiats, les appareils photos se mirent aussitôt à flasher à tout va, et je tentai de les ignorer tout en me concentrant sur ma démarche, mes talons hauts menaçant de me faire trébucher.

— Omondieu ! Je suis *jalouse* !

Je retins un rire lorsque le commentaire presque crié d'Amanda flotta jusqu'à moi. Je n'avais pas fini d'entendre parler de ça au bureau.

La vaste salle de bal de l'hôtel était pleine à craquer. Les serveurs en smoking circulaient au milieu de la foule avec des plateaux de canapés et veillaient à remplir les verres de vin et les flûtes de champagne. Quelques couples dansaient déjà sur la piste, mais la plupart des invités étaient assis autour des tables qui y avaient été installées.

Jeremiah m'entraînait dans la cohue, une main possessive plaquée sur mes reins. Ignorant ses intentions, je fus ravie quand il m'enlaça sur la piste et entreprit de me faire tourner entre ses bras. Après deux pirouettes, je me collai à son torse afin de respirer son parfum. *Mon Dieu, qu'est-ce qu'il sent bon !*

— Vous avez choisi une robe différente de celle que je vous ai envoyée, souffla-t-il à mon oreille, son haleine tiède déclenchant mes frissons. Vous avez eu entièrement raison.

— Je n'ai pas à vous demander votre permission pour choisir ce que je porte, répliquai-je avec hauteur mais en m'efforçant de cacher à quel point le compliment m'enchantait. Et puis cette robe coûtait dix fois moins cher et n'a rien à envier à la haute couture.

— Puisque je vous dis que j'approuve.

L'orchestre entama un air plus lent, et il m'attira contre lui. Quand je sentis une protubérance appuyer sur mon ventre, je haussai les sourcils.

— Franchement ! ris-je. Maintenant ?

Sans répondre, il m'entraîna sur la piste, tandis que je débattais entre l'agacement et le désir qui enflammait mon corps, accentué par l'éclat avide qui luisait dans les prunelles vertes de mon cavalier. Je dus lutter pour garder le contrôle. Nous étions convenus de ne rien précipiter, de nous contenter de rencontres autour d'un café ou d'un dîner, sans autre chose qu'un simple baiser avant de nous séparer.

Bon, j'avoue. Un soir, il y avait eu un peu plus à l'arrière de sa limousine.

Sauf que, ce soir, Jeremiah semblait prêt à jeter aux orties toutes nos sages résolutions.

La balle était dans mon camp.

La décision ne serait pas très difficile à prendre.

Trop heureuse de le tenir dans mes bras, je me fichais du reste. La musique cessa, et il m'attira hors de la piste, vers le couloir où se trouvaient les ascenseurs. Étouffant un rire, je le regardai appuyer sur le bouton d'appel.

— Décidément, plaisantai-je, c'est une obsession.

Il me plaqua fermement contre les portes métalliques, m'arrachant un petit cri de surprise.

— Que voulez-vous ? Je suis un homme d'habitudes.

Se penchant sur moi, il captura mes lèvres et, sous l'assaut, je poussai un soupir ravi. Je renversai la tête en arrière, crochetai mes mains autour de sa nuque, me frottai à lui.

— Petite coquine, murmura-t-il, cependant que ses larges mains caressaient mes fesses. Vous ne portez pas de culotte.

— Est-ce que je gagne des points pour m'être préparée?

Dans mon dos, un tintement carillonna, et les portes coulissèrent. Je m'agrippai à Jeremiah qui me poussa à l'intérieur de la cabine. Secoué par un rire silencieux, il me souleva de terre et me colla contre la paroi du fond. Je poussai un nouveau soupir quand sa hampe durcie vint taquiner mon entrejambe.

— Que comptez-vous me donner? murmura-t-il en roulant du bassin. Votre corps? Votre âme?

Sa bouche picorait la peau délicate de mon cou.

— Tout ce que vous voudrez, soufflai-je.

J'enfonçai mes ongles dans ses épaules. Je sentis son érection s'insérer entre nous, gémis bruyamment quand son gland effleura mon sexe humide.

— Me donnerez-vous votre amour?

— À jamais!

Je pris son visage entre mes mains et l'approchai du mien afin d'embrasser sa bouche. Le besoin et le désir que je lus dans ses yeux attisèrent le feu qui me dévorait le ventre, mais ce fut la tendresse que j'y vis aussi qui fit fondre mon cœur.

— Je vous aime, répéta-t-il.

Il me pénétra au même moment et je gémis de plaisir. Mon regard vrillé au sien, un vague sourire aux lèvres, je me mis à rouler des hanches, et il grogna.

— Et vous, murmurai-je, que comptez-vous me donner?

— Tout ce que vous voudrez, gronda-t-il.

— Je ne veux que votre amour, soufflai-je dans un nouveau baiser.

— Alors, sachez que vous l'avez, répondit-il, sa langue jouant avec la mienne. Pour toujours.

Mon amour.

note de l'auteur

Il n'y a rien de comparable à la publication de sa première œuvre, qu'il s'agisse d'une édition traditionnelle ou d'une autodiffusion en ligne.

Lorsque j'ai écrit la modeste histoire intitulée *Tout ce qu'il voudra*, je n'osais imaginer qu'elle connaîtrait le succès ni qu'elle rencontrerait un lectorat aussi nombreux et varié. J'aimerais tirer mon chapeau à mes éditrices Delta et Lili Booth ; à Addy Cooper, à qui je dois mes géniales couvertures ; à Lauren Murray, qui a su me calmer lors de la rédaction des scènes particulièrement difficiles ; aux Sirènes, pour leur indéfectible soutien. Mais c'est vous, chères lectrices, qui resterez à jamais dans mon cœur. Je vous adore toutes sans exception, c'est vous qui avez rendu cette aventure possible et m'avez permis de goûter aux infinies délices d'un plein-temps dans le domaine que j'aime par-dessus tout.

Aussi, à ceux qui m'ont encouragée dès le début comme à ceux qui viennent de découvrir ce petit récit addictif, merci ! Parce que, franchement ? Vous êtes gé-niaux !

Est-ce ici que l'histoire s'achève ? N'entendrons-nous plus parler de Jeremiah, de Lucas et de leurs péripéties ? Ma foi, il vous appartient de le décider dans les mois à venir. Croyez-moi, j'écoute attentivement ce que me dit mon lectorat. À plus !

PAPIER À BASE DE FIBRES RECYCLÉES

MARABOUT
s'engage pour l'environnement
en réduisant l'empreinte carbone
de ses livres.
Celle de cet exemplaire est de :
800 g éq. CO_2
Rendez-vous sur
www.marabout-durable.fr

Imprimé en France par CPI Brodard et Taupin en mars 2014
N° d'impression : 3004284
Dépôt légal : avril 2014
ISBN : 978-2-501-09456-6
5133320